A Faint Cold Fear Thrills Through My Veins
William Shakespeare

Zu diesem Buch

«Komm endlich!» Tos packte Stryker am Arm und zog ihn zum Wagen. «Wir kriegen ihn schon.»

«Natürlich kriegen wir ihn.» Strykers Stimme war voller Wut und Rachsucht. Ihm geht es um das Mädchen, dachte Tos. Das Mädchen war verletzt worden. Damit betraf es ihn persönlich. Nun würde er sich festbeißen.

Das «Mädchen» ist eigentlich eine handfeste Frau, Mitte Dreißig, Dozentin, und keineswegs ängstlich oder auf den Mund gefallen. Kate Trevorne hat schon einmal die Bekanntschaft mit Lieutenant Stryker gemacht – damals vor fünfzehn Jahren, als die Studentenunruhen ausbrachen und die Polizei den Campus erstürmte. Damals war Stryker gerade von der Polizeischule gekommen, jung, eifrig und unsicher. Im Gegensatz zu heute, wo er älter, erfolgreich und selbstsicher ist.

Der Tote auf dem Campus, Professor Adamson, war sicher der bestgehaßte Mensch gewesen. Dennoch will sich das Hochschulpersonal von der Polizei nicht in die Karten gucken lassen, errichtet eine Mauer aus Hypothesen, Theorien, Wörtern, Blabla. Was Stryker erst recht animiert, weiter zu bohren, zu fragen, die Leute zu verunsichern. Er ist nicht nur ein Profi, sondern auch ein studierter Bulle, der sich nicht beeindrucken läßt durch die arrogante Attitüde mancher Eierköpfe.

Stryker ist sicher, daß der Mörder unter den Universitätsleuten zu suchen ist. Doch ehe er es genau weiß, gibt es drei weitere Opfer. Darunter ist Kate Trevorne, die ihn nicht ausstehen kann und dennoch fasziniert ist. Und den Mörder kennt.

Paula Gosling ist gebürtige Amerikanerin und lebt seit 1964 als freie Schriftstellerin in England. Für ihren ersten Kriminalroman Töten ist ein einsames Geschäft (Nr. 2796) wurde sie mit dem Gold Dagger der British Crime Writers' Association ausgezeichnet.

In der Reihe rororo-thriller liegt vor Die Dame in Rot (Nr. 2681) und Die Falle im Eis (Dreierband Nr. 2828). Für Tod auf dem Campus erhielt Paula Gosling 1986 den Gold Dagger.

Paula Gosling

Tod auf dem Campus

Deutsch
von Renate Fischer

rororo

Rowohlt

rororo thriller
Herausgegeben von Bernd Jost

Deutsche Erstausgabe
Veröffentlicht im Rowohlt Taschenbuch Verlag GmbH,
Reinbek bei Hamburg, August 1988
Die Originalausgabe erschien bei Macmillan London Limited
unter dem Titel «Monkey Puzzle»
Redaktion Jutta Schwarz
Umschlagfoto Thomas Henning / Bettina Scheffler
Umschlagtypographie Jürgen Kaffer / Peter Wippermann

Satz Bembo (Linotron 202)
Gesamtherstellung Clausen & Bosse, Leck
Printed in Germany
880-ISBN 3 499 42858 x

Die Hauptpersonen

Campus: Professor Aiken Adamson
Dr. Daniel Stark, Leiter des englischen Seminars
Dr. Arthur Fowler, Stellvertretender Leiter
Dr. Jane Coulter
Dr. Edward Pinchman
Peter Rocheleau
Chris Underhill
Franklin Heath
Lucille Grey-Jenner
Kate Trevorne
Richard Wayland
Mark Heskell
Karen Lasterman
Dr. Liz Olson
Sam Klusky
B. Jackson
Jody Longman

Wer ist der Mörder?

Polizei: Captain Fineman
Detective Lieutenant Jack Stryker
Detective Sergeant «Tos» Toscarelli
Detective Pinsky
Detective Neilson
Donovan, Polizeifotograf
Dr. Joseph Bannerman, Gerichtsmediziner

Wer fängt den Mörder?

Rechtsanwalt und Notar: Roger Stewart

Dieses Buch ist meinen Töchtern
Abigail und Emily gewidmet.
Möge ihr Leben vor Tigern geschützt sein.

I

Es kam ihm immer so vor, als sähe er einen Stummfilm. Einsam und verlassen in der finsteren Weitläufigkeit der geschlossenen Universitätsbibliothek, blickte der Angestellte der Wach- und Schließgesellschaft zur Grantham Hall hinüber. Abgesehen von den Eingangshallen in der vorderen Ecke eines jeden Stockwerkes, einschließlich des englischen Seminars im Penthouse, lag das Gebäude nun fast völlig im Dunklen.

Der Wächter trank einen Schluck Kaffee und stocherte ein verirrtes Stückchen Schinken aus einem Backenzahn. Es war ihm zur Gewohnheit geworden, gleich nach der ersten Runde eine kleine Pause einzulegen und den Blick zufrieden über sein Königreich schweifen zu lassen. Unmittelbar vor ihm lag die schneebedeckte Mall mit der klotzigen Grantham Hall auf der gegenüberliegenden Straßenseite. Dahinter schimmerte in der Ferne die Unterstadt im Schein der Lichterkette zwischen den umliegenden Hügeln.

Um diese Zeit war es natürlich ein fast menschenleeres Königreich. Vorher waren noch die Putzfrauen dagewesen, die immer einen Grund zum Lachen boten, indem sie Sachen fallen ließen, in der Post herumschnüffelten, sich am Hintern kratzten oder in der Nase bohrten, wenn sie sich unbeobachtet glaubten. Aber das waren sie nie – wenigstens nicht, wenn er Dienst hatte.

Jetzt brannte nur noch Licht in einem Zimmer etwa in der Mitte des Penthouse. Es wirkte wie ein Fernsehschirm, eigens zu seiner Unterhaltung in der Dunkelheit angebracht und eingeschaltet.

In dem Zimmer saß ein Mann und betrachtete Fotos.

«He, fast ertappt, was?» sagte der Wächter plötzlich und richtete sich gespannt auf. Die Tür des Zimmers war aufgegangen, und der Mann hatte die Fotos auf dem Schreibtisch umgedreht. Offenbar hatte der Besucher es nicht für nötig gehalten, anzuklopfen. Der Wächter war hocherfreut. Obwohl er das Ganze nur als Amateur betrachtete, war ihm klar, daß da drüben eine Auseinandersetzung entstand – wildes Gestikulieren, rote Gesichter, weit aufgerissene Münder.

Er trank noch einen Schluck Kaffee und rülpste leise. Seine Hoffnung hatte sich erfüllt. Es war wirklich komisch. Die beiden da drüben gerieten völlig außer sich. Vielleicht bekam einer von ihnen noch einen Herzanfall oder so was.

Vielleicht verlief diese Nacht ja ganz anders.

2

«Verflucht noch mal, ich schaffe das!»

Lieutenant Jack Stryker zerrte über dem Bauch an seinem Hemd. «Ich setze schon Fett an von der Rumhockerei über dem Papierkram. Man sieht's ganz deutlich!»

Captain Fineman und Sergeant Toscarelli starrten wie Eulen auf Lt. Strykers Gürtellinie. Ja, das Hemd schlug eine Falte, und über dem Gürtel zeichnete sich die Andeutung eines «Rettungsrings» ab, aber mehr auch nicht. Stryker blies sich auf und markierte den dicken Mann. Sein Blick huschte vom Captain zum Sergeant, als sei er Zuschauer in einem Tennis-Match, der feststellen will, welcher der beiden die schwächere Abwehr hat.

«Ich hab doch schon gesagt – mir geht's gut», beharrte er. «Teufel noch mal, wo kommen wir denn da hin? Irgendein junger Student hat eine miese Note gekriegt, hat durchgedreht und seinen Professor umgelegt. Toll! Es ist ja nicht so, als ob ich unserer maroden städtischen Gesellschaft den Bauch aufschlitzen wollte, oder?» Er stieß diese Bemerkung mit genießerischem Sarkasmus hervor. «In den Universitäten sitzen nicht gerade Idioten, sondern zivilisierte Leute.»

«Eben», knurrte Fineman. «Und Sie würden da reinstürmen wie Attila der Hunnenkönig und eine große Lippe riskieren.»

Stryker schaltete unvermittelt von Unwillen auf Beschwichtigung um. «Ach, kommen Sie. Ich bin selbst zwei Jahre dort gewesen und geh auch jetzt noch manchmal zu einem Abendkurs. Hab ich mich vielleicht all die Jahre geschunden, um mit meinem Hintern den Schreibtischstuhl zu polieren? Ich hatte nur eine Lungenentzündung, nicht die Beulenpest. Schicken Sie mich wieder auf die Straße, Fineman, und bewahren Sie mich vor frühzeitigem Bluthochdruck. Lassen Sie mich ab und zu mal wieder einen kleinen Mörder schnappen. Zu meiner Beruhigung...»

Finemans Mundwinkel verzog sich zu einem widerstrebenden Lächeln. Vielleicht war es an der Zeit, Stryker von der Leine zu lassen. Er war vor fast einem Monat aus dem Krankenhaus entlassen worden. «Also gut, meinetwegen», murmelte er. «Sie haben den Fall.»

«Halleluja!» Stryker ging auf die Tür zu.

«Aber, Stryker...» Finemans Stimme klang warnend.

«Ja?»

«Benehmen Sie sich!»

Stryker riß voller Unschuld die hellblauen Augen auf. «Ich bin die Liebenswürdigkeit in Person – was sonst?» Er grinste und schoß durch die Tür, ehe Fineman es sich anders überlegen konnte. Durch die Glasscheibe sahen sie, wie er Mütze und Mantel ergriff, in seinem Schreibtisch nach einem vernünftigen Kugelschreiber kramte, seinen Kaffee austrank und die Schreibtischlampe umstieß. Er war plötzlich voller Tatendrang.

Fineman schielte über seine Brillengläser auf Toscarelli. «Er sieht noch immer elend aus», sagte er düster.

«So fühlt er sich auch», erwiderte Toscarelli.

Fineman brauste auf. «Zum Donnerwetter! Er hat mir gesagt... Stryker... He! Stryker!» schrie er durch die angelehnte Tür.

Aber Stryker war weg, lief summend wie ein Brummkreisel mit leisen, entschlossenen Schritten über den Terrazzoboden. Sein welliges Haar wehte über den fliehenden Haaransatz, sein Schal flatterte. Er lebte wieder.

Toscarelli – ein hünenhafter, dunkler, ausgeglichener Mann –

war im Begriff, ihm zu folgen. Während der langen Zusammenarbeit mit Stryker hatte sich ein freundschaftliches Verhältnis zwischen ihnen entwickelt, und mit seiner kräftigen Statur diente er als notwendiger Bremser für Strykers oft selbstzerstörerischen Tatendrang. Er hatte sich daran gewöhnt, die Scherben aufzuklauben, und Stryker verließ sich darauf, daß er im richtigen Moment zur Stelle war. Sie bildeten ein erfolgreiches Team, und auch Toscarelli hatte unter Strykers aufgezwungener Untätigkeit gelitten, die darauf zurückzuführen war, daß er eine ganze Nacht vergeblich auf einen Informanten gewartet und anschließend vier Wochen im Krankenhaus verbracht hatte. Stryker hätte Toscarelli fast verlassen, und das sollte nicht wieder passieren. Er liebte diesen kleinen Draufgänger wie seinen Bruder. Als er die Tür erreichte, vernahm er neben hektischem Papierrascheln Finemans Stimme.

«Hier steht's doch schwarz auf weiß. Sehen Sie selbst: ‹Die Ärzte haben mir grünes Licht gegeben, den Dienst voll aufzunehmen.› Er hat es unterschrieben.»

Toscarelli zog seine breiten Schultern hoch und ließ sie fallen. «Er hat gelogen.»

Stryker blickte mit finsterer Miene aus dem Wagenfenster, während Toscarelli durch das Einbahnstraßennetz rings um den Campus fuhr und schließlich am Anfang der Mall hielt. Als er ausstieg, traf ihn die kalte Luft wie ein Schlag, und er schimpfte leise. Er zog seine Tweedmütze in die Stirn und hob den Kopf, um die Fassade von Grantham Hall zu betrachten. Ein neues Gebäude. Früher war das englische Seminar behelfsmäßig in zwei hübschen alten Häusern am Lafayette untergebracht gewesen. Die sich ausbreitende Universität hatte einen Block dieser alten Häuser nach dem anderen geschluckt. Jetzt aber, mit der Aussicht, als staatliche Universität zum Aushängeschild zu werden, hatte ein erbitterter architektonischer Blitzkrieg begonnen und das Alte zertrümmert, um Neues zu errichten. In Strykers Augen war die Universität ein unwirtlicher Ort geworden. Die Proportionen stimmten nicht. Die neuen Gebäude mochten einen Architektur-Preis gewinnen, aber wie konnte man es sich in einem T-förmigen Winkel mit einem guten Buch gemütlich machen? Er vermochte sich nicht vorzustellen, daß junge Leute hier lernen oder sich heimisch fühlen konnten. Freilich, es war alles luftig und hell – aber kalte Luft und kaltes Licht. Im alten englischen Seminar hätte man vermuten können, daß ein Butler für die richtige Atmosphäre sorgte. Aber hier? Vielleicht ein Roboter.

Sie nahmen einen der beiden Fahrstühle mit der Aufschrift *Nur für das englische Seminar* zum Penthouse. Die Türen öffneten sich in die weißgestrichene Eingangshalle, an deren Wänden kunststoffbezogene Bänke hinter Chrom- und Glastischen standen. Für Farbe sorgte lediglich ein riesiges abstraktes Gemälde in grellen Farbtönen von Arsengrün, Gelb, Orange, Shocking Pink und Schwarz. Eine kleine Tafel darunter verriet, daß es «Kampf» hieß und ein Geschenk der Kunst-Abteilung war.

«Die haben wahrscheinlich drei Kreuze gemacht, es loszuwerden», murmelte Stryker, indem er seinen Mantel aufknöpfte.

«Was?» Toscarelli sah ihn mit großen Augen an.

«Nichts.» Stryker ging durch die Halle.

«Da, sieh dir das an – diese Leute hatten eine Fete und haben mich nicht dazu eingeladen.» Er stierte durch die Glaswände in einen Raum, an dessen Tür in Goldbuchstaben die Aufschrift *Aufenthaltsraum des Seminars* prangte. «Dies Seminar – das Seminar – die verstehen, sich abzuschotten, was?» Die Stühle darin wirkten kaum einladender als die Sitzgelegenheiten in der Eingangshalle. Auf zwei an die Wand geschobenen Tischen sah man die Überreste: Stapel benutzter Teller, verstreut herumliegende Zahnstocher und ein paar dreieckige Sandwiches, deren Ecken sich neben übervollen Aschenbechern nach oben wölbten. Vom Fenster an der gegenüberliegenden Seite des Glaswürfels fiel der Blick auf die leere Mall und die schwarzen Konturen der Bibliothek. Unter dem Muster des schwarzen Geästes kahler Bäume brummte ein Bus über die dünne Schneedecke und hinterließ glitzernde schwarze Spuren. Trotz der Isolation durch abgestandene Luft und Glas konnte Stryker das asthmatische Motorgeräusch und das Zischen der Druckluftbremse hören, als der Bus vor der Ampel an der Ecke das Tempo drosselte. Stryker atmete tief ein, spürte eine Beklemmung in der Brust und versuchte, sich durch Husten Erleichterung zu verschaffen. «Also, wo ist die Leiche?» fragte er unvermittelt und steckte die Hände in die Taschen.

«Da hinten», sagte Toscarelli, der die Lage erkundet hatte, während Stryker die Überreste der Fete betrachtete. Konnte es sein, überlegte Stryker, als er dem Hünen folgte, daß auch die Leiche zu den Überresten gehörte?

Sie gingen durch einen schmalen, parallel zur Mall verlaufenden Korridor mit Türen zu beiden Seiten. Zimmer mit Blick auf die Mall mußten zu den bevorzugten gehören. Die anderen waren sicher dunkler und den Niederen, den Hungerleidern und Bacon-Anhängern zugedacht.

Der Tatort war ein Zimmer mit Blick auf die Mall. An der Tür stand ein uniformierter Beamter. Sie machten einen großen Schritt über die dicke, zum Teil schon angetrocknete Blutspur, die sich über die Schwelle schlängelte. Der Raum war etwa fünfzehn mal zehn, hatte weißgestrichene Wände und einen Fußbodenbelag aus grauem Linoleum. An beiden Querwänden waren Bücherregale angebracht, an der Wand zum Flur standen Aktenschränke. An der Außenwand befanden sich lediglich Heizkörper. Über den Aktenschränken hingen ein paar neutrale Bilder. Der Raum wirkte unpersönlich und ziemlich kalt. Ohne die vielen Menschen darin wäre er auch kalt gewesen. Strykers Blick fiel auf die Leiche und Bannerman, den Gerichtsmediziner, der sich über den Toten beugte.

Das war immerhin etwas. Stryker schätzte Bannerman; er hatte seinen Sinn für Humor bewahrt, obwohl er es mit Leuten zu tun hatte, die nicht mehr über seine Witze lachen konnten.

Dann warf Stryker einen Blick auf die Kriminalbeamten, die nach Eingang der Meldung als erste zum Tatort geschickt worden waren. Den Älteren – Pinsky – kannte er, und er vertraute ihm. Er war erleichtert, ihn hier zu sehen. Pinsky war ein großer, hagerer, schlaksiger Mann etwa in seinem Alter. Er hatte ein langes, gefurchtes Gesicht und war immer so gekleidet, als hätte er in einem dampferfüllten Türkischen Bad versehentlich die Sachen eines Größeren ergriffen.

Das andere Gesicht war ihm fremd. Neilson? Vermutlich. Er war zuversetzt worden, während er im Krankenhaus lag. Jung, dunkel, gut gekleidet und gepflegt, sah aus wie ein Klugscheißer, aber Stryker wollte kein Vorurteil fällen. Mit zunehmendem Alter erwiesen sich manche wirklich als klug, auf einige hingegen traf nur die zweite Hälfte des Wortes zu. Pinsky schien mit ihm klarzukommen, also steckte vielleicht etwas in dem Jungen.

Stryker warf einen Blick auf Donovan, den Fotografen. «Vergessen Sie meine Extra-Abzüge nicht», erinnerte er ihn.

«Damit Sie alles verkehrt rum sehen können? Das vergeß ich schon nicht.» Donovan grinste. Jedesmal, bei jedem neuen Fall, bat Stryker um zwei Abzüge – einen normalen und einen spiegelverkehrten, auf dem rechts zu links wurde. Er hatte irgendwo gelesen, man sähe die Dinge dann mit anderen Augen. Bisher war dabei nichts herausgekommen und würde wahrscheinlich auch diesmal nichts bringen, aber Donovan legte Wert auf ein gutes Verhältnis zu Stryker, denn er konnte ziemlich unangenehm werden.

Stryker trat an die Leiche. «Grauenhaft», sagte er.

Bannerman sah auf. «Schlimmer, als Sie denken. Der Mörder hat sich regelrecht ausgetobt. Mindestens zehn Wunden in der Brust – vermutlich von diesem Messer.» Er deutete auf einen Messingdolch in einem zusammengefalteten durchsichtigen Plastikbeutel. Stryker erkannte Pinskys kleine, nach links geneigte Handschrift auf dem Etikett. «Sieht aus wie ein Papiermesser oder ein Brieföffner», sagte Bannerman.

Stryker stieg über die Beine der Leiche und bückte sich. «Ein Prachtstück. So was sieht man nicht alle Tage. Meinen Sie, es hat dem Toten gehört?»

«Anzunehmen.»

«Merkwürdiges Ding für einen Universitätsprofessor.» Der Griff des schweren Messingdolches hatte die Form eines zu voller Größe aufgerichteten, naturgetreu dargestellten Phallus.

«Hier ist noch etwas Merkwürdiges, das man bei einem Universitätsprofessor nicht erwartet. Sehen Sie mal», sagte Bannerman.

Stryker und Toscarelli beugten sich über die Leiche. Stryker sagte nichts, Toscarelli würgte voller Ekel, wandte sich ab und lief rasch zur Tür.

«Tut mir leid», entschuldigte sich Bannerman, «ich habe nicht an Toscarellis Magen gedacht.»

«Sie hätten auch einen Gedanken an meinen verschwenden können», sagte Stryker und sah sich um. «Haben Sie sie gefunden?»

«Noch nicht.»

«Was bedeutet das?»

«Gute Frage. Ist nach seinem Tod passiert. Da hat er noch Glück gehabt. Ich glaube, der Tod ist zwischen elf und ein Uhr eingetreten. Genaue Zeit wird die Obduktion ergeben. Die Fenster standen offen, und etwa um elf wird die Heizung abgestellt. Die Kälte kann das Eintreten der Leichenstarre beschleunigt haben. Trotzdem, ich würde sagen, nicht vor elf.»

«Hat er sich zur Wehr gesetzt?»

Bannerman schüttelte den Kopf. «Nein, ich glaube nicht. Er hat eine riesige Beule an der linken Schläfe, war vielleicht schon außer Gefecht, ehe er erstochen wurde.»

«Von vorn oder von hinten?»

«Beides möglich.»

«Meinen Sie, der Mörder hat die Fenster aufgemacht?» fragte er, ging hinüber und betrachtete die Griffe, an denen noch Spuren des Fingerabdruckpulvers hafteten.

«Vielleicht», sagte Bannerman. Er rollte die Leiche zur Seite. Der ausgestreckte linke Arm, steif durch die Leichenstarre, hob sich über die Schulter und deutete zur Decke. Einen Augenblick lang hatte Stryker das merkwürdige Gefühl, der Tote winke ihm zu und versuche, seine Aufmerksamkeit auf sich zu lenken.

«Keine Fingerabdrücke an den Fenstergriffen», sagte Pinsky. «Alles verschmiert.»

«Handschuhe?»

«Warum nicht. Wir haben Winter, oder?»

Stryker warf einen Blick auf seine Hände. Er trug selbst

Handschuhe. War der Mörder von draußen gekommen? Das Opfer war nicht für draußen angezogen. Es trug einen eleganten hellgrauen Anzug, der nach Kaschmir aussah, ein elfenbeinfarbenes Hemd, eine karmesinrote Krawatte, schwarze Schuhe und schwarze Socken.

«Ist das eine rote Krawatte oder...?»

«Rote Krawatte», nickte Bannerman. «Sie ist zwar blutdurchtränkt, aber sie war schon rot.» Er zog das Jackett zurück, um Stryker die Stichwunden und die Blutspuren zu zeigen. «Er muß halb auf der Seite gelegen haben, als der Mörder ihn erledigt hat – die Leichenflecken beweisen es. Es sind große Wunden. Wenn er auf dem Rücken gelegen hätte, wäre der größte Teil des Blutes im Körper geblieben, aber da er auf der Seite lag, ist der arme Kerl regelrecht ausgeblutet.»

«Soll das heißen, er war nach all dem noch nicht tot?»

«Na ja, innerhalb von ein paar Minuten schon. Wie gesagt, es sind große Wunden, aber das Herz wurde nicht getroffen. Es sind gerade Stiche. Um das Herz zu treffen, muß man unter dem Brustbein nach oben oder so zwischen den Rippen durchstechen...»

«Gerade Stiche», wiederholte Stryker.

Bannerman schwankte auf den Fersen und fuhr sich mit dem Ärmel über das Gesicht. Es war ein langes Gesicht mit Aknenarben auf den Wangen und wirkte im allgemeinen wie das eines gutmütigen Pferdes. «Ich gehe davon aus, daß er anfangs auf dem Rücken lag, der letzte Stich ins Sternum – also ins Brustbein – ging und das Messer dort festsaß. Der Mörder mußte kräftig ziehen und zerren, um es rauszukriegen. Sie können ja sehen, daß diese Wunde sich von den anderen unterscheidet. Dabei drehte er das Opfer leicht zur Seite. Ich nehme an, der Mörder war allmählich erschöpft und hatte nicht mehr viel Kraft.»

«Hatte sich abreagiert?»

«So ähnlich.»

«Mann oder Frau?»

«Keine Ahnung. Es gibt schwache Männer und starke Frauen, und vergessen Sie nicht: er war bewußtlos.»

«Und warum dann diese Wut?»

Bannerman zuckte mit den Schultern. «Gute Frage. Vielleicht fing es mit einem Stich an, dann rastete der Mörder aus, geriet in Rage, fand kein Ende. So was kommt vor.»

«Ich weiß», murmelte Stryker. «Hab ich selbst schon erlebt.»

«Sie meinen, Sie können sich das vorstellen. Auf diese Weise werden Babies mißhandelt und Frauen zusammengeschlagen. Es ist grauenvoll.»

«Wir reißen uns nach dem ersten Schlag zusammen. Der Mörder hat's nicht getan.»

«Das ist vielleicht der kleine Unterschied zwischen ihm und uns», sagte Bannerman und begann, seine Tasche zu packen.

«Sonst noch was von Bedeutung?» fragte Stryker.

Bannerman stand da und blickte auf den Toten hinab. «Er war Mitte Sechzig, in gutem Allgemeinzustand, gut genährt. Hat vielleicht ein bißchen viel getrunken.»

«Das war nicht seine einzige Schwäche», sagte Pinsky. «Gukken Sie sich mal die Fotos auf dem Schreibtisch an.»

Stryker trat an den Schreibtisch und griff nach dem umgekehrt auf der Schreibunterlage liegenden Stapel von Hochglanzfotos. Pornos. Das Übliche: ordinäre Posen mit affektiertem Ausdruck, Gesäß ausgestreckt, Beine gespreizt, verführerischer Blick. Er hatte Tausende von der Sorte gesehen. Mit einer Ausnahme: diese zeigten ausschließlich Männer.

«Mein Gott, ein Schwuler», knurrte Stryker und legte die Bilder angewidert zurück. «Glauben Sie, er wurde deswegen so zugerichtet? Schwule verstümmeln oft, wenn sie morden.»

Bannerman zuckte wieder mit den Schultern. «Das hab ich mich auch schon gefragt. Aber die schneiden was anderes ab, und unten ist er in Ordnung. Ich habe noch nie einen Fall mit einer abgeschnittenen Zunge gehabt und auch noch nie was darüber gelesen.»

«Vielleicht sollte er am Reden gehindert werden», warf Neilson munter ein.

«Sehr komisch», sagte Stryker. Aber er lachte nicht.

3

Pinsky war fast am Ende seines Berichts, als Toscarelli ihm aus dem Korridor zurief: «Da kommt jemand.» Stryker ging hinaus.

Neilson sah ihm nach und zog eine Augenbraue hoch. «Das soll der *Jumping Jack Flash* sein, von dem alle reden? So kommt er mir gar nicht vor.»

Pinsky warf ihm einen verächtlichen Blick zu, und Bannerman erklärte: «Er war krank.»

«Das scheint mir auch so», sagte Neilson lachend.

Donovan verstaute seine Kamera. «An Ihrer Stelle würde ich mich in acht nehmen, Junge», sagte er nachsichtig. «Sie werden ihn schon noch in Aktion erleben, und ehe Sie sich's versehen, könnte er Ihnen im Nacken sitzen. Für flapsige Bullen hat er nichts übrig.» Er stellte mit Befriedigung fest, daß Neilson rot wurde, als die Plastiktüte mit dem Messer auf den Boden glitt.

«Das liegt an dem Blut – es ist glitschig», entschuldigte sich Neilson.

Bannerman nickte. «Das ist Jack Stryker auch. Nehmen Sie sich in acht!»

Im Korridor beobachteten Stryker und Toscarelli das unscheinbare, fünf Fuß kleine Etwas, das mit eiskaltem Augenfunkeln und schnellen, federnden Schritten näher kam. Es war ein Mann, aber er sah eher aus wie ein grauhaariger Junge. «Mein Name ist Stark – ich bin der Leiter des Seminars. Der Wachdienst hat mich angerufen. Hier soll ein Mord passiert sein. Stimmt das?»

«Stimmt», bestätigte Stryker und zeigte seinen Ausweis. «Ich bin Lieutenant Stryker, das ist Sergeant Toscarelli. Wir sind mit der Untersuchung beauftragt.»

«Hier?» fragte Stark mit einem Blick auf die offene Tür.

«Ja. Er...» Stryker reagierte nicht schnell genug. Stark war bereits an ihm vorbei und in dem Zimmer, ehe er den Satz beenden konnte. Bannerman kniete neben der Leiche und entfaltete einen Leichensack. Er hielt ebenso wie die anderen mitten in seiner Tätigkeit inne.

Stark stand neben der Leiche und blickte auf sie herab. Sein Gesicht schien sich völlig zu verkrampfen, aber der Ausdruck blieb unbeteiligt.

«Ist es der?» Stryker meinte den Mann, dessen Name an der Tür stand.

«Ja, es ist Aiken. Offensichtlich kein Selbstmord.» Seine Stimme klang teilnahmslos.

«Auf den Kopf geschlagen und erstochen – mehrere Stiche», erklärte Bannerman.

«So...» sagte Stark unberührt.

Bannerman öffnete den Mund, um fortzufahren. Stryker, der hinter Stark stand, schüttelte heftig den Kopf, doch Bannerman sah es nicht. «Man hat ihm die Zunge abgeschnitten», sagte er. «Hinterher.»

Stark sah ihn einen Augenblick lang an, dann machte er auf dem Absatz kehrt und schoß hinaus. Stryker holte die kleine Gestalt auf halbem Wege im Korridor ein, als sie mitten im Schritt innehielt und ganz kurz zu beben schien. «Hat er gesagt...?»

«Ja, tut mir leid, Sir», erwiderte Stryker. «Er hätte nichts sagen sollen, ehe die Obduktion stattgefunden hat, aber...»

Stark sah fragend zu ihm auf. «Warum nicht?»

«Derartige Kleinigkeiten führen oft zu...»

«Ich würde das nicht gerade eine Kleinigkeit nennen, Lieutenant. Mein Gott, Aiken hätte den Gedanken gehaßt, verstümmelt zu werden.»

«Bei geschlossenem Mund merkt man es nicht», erklärte Stryker tröstlich. Er dachte an die Vorbereitungen für die Beerdigung und versuchte, die Dinge vom praktischen Gesichtspunkt zu sehen. «Sie werden ihn so zurechtmachen, daß er ganz natürlich wirkt.»

«Das hätte er noch mehr gehaßt», schnappte Stark und lief weiter. Er begann schnell zu sprechen – mehr zu sich selbst –, machte eine Rettungsleine aus Worten, um sich daran festzuklammern, flocht kleine Dinge von Interesse zusammen, als wolle er sich damit über Wasser halten. «Er hat keine Angehörigen. Na ja, wir werden uns um alles kümmern. Ich muß den Dekan anrufen. Und seine Anwälte. Ich glaube, ich bin gegenwärtig einer seiner Testamentsvollstrecker.»

«Gegenwärtig?»

«Im Umgang mit Menschen konnte er an- und abschalten wie eine Neonlampe», sagte Stark. «Man wußte von einer Woche zur nächsten nicht, woran man war.» Sie hatten die Halle erreicht, und Starks glänzende Augen entdeckten die Überreste im Aufenthaltsraum. Er schnalzte ärgerlich mit der Zunge. «Das sieht ja grauenvoll aus. Bis Montag muß ich das wegräumen lassen.»

«Hat hier gestern abend eine Fete stattgefunden?»

Stark schüttelte den Kopf. «Fete würde ich das nicht nennen. Vergangene Woche waren die Immatrikulationen, und am Ende findet immer ein Treffen statt. Das ist Tradition. Mit Sherry und so. Nichts Ausgefallenes.»

«Und wie lange hat das gedauert?»

Stark überlegte. «Die meisten waren um sechs schon weg. Aber wir sind noch geblieben.»

«Wer ist wir?»

«Mein Vertreter, Arthur Fowler, und die Mitglieder des Ausschusses. Wir hatten einiges zu besprechen.»

Stryker holte sein Notizbuch hervor. «Gehörte Aiken Adamson dazu?»

«Ja.»

«Und wer noch?»

Stark holte tief Luft. «Aiken, Arthur und ich, Pinchman, Rocheleau, Underhill, Heskell, Heath, Grey-Jenner, Trevorne, Coulter und Wayland.»

«Also zwölf.»

«Stimmt.»

«Und sie sind alle geblieben – bis wann?»

«Das weiß ich nicht genau. Etwa halb acht oder acht.»

«Was hat der Ausschuß für Aufgaben?»

«Alle möglichen. Zur Zeit versuchen wir etwas Neues. Ein Sonderprogramm für vielversprechende Studenten. Wir ziehen sie im letzten und vorletzten Jahr aus den normalen Kursen heraus und lassen sie ganz intensiv individuell durch Tutoren betreuen.» Stark wurde mürrisch. «Ich muß unbedingt den Dekan anrufen.»

«Natürlich», stimmte Stryker zu. «Und wenn Sie schon dabei sind, rufen Sie alle anderen auch gleich an.»

«Alle anderen?» fragte Stark. «Ist Ihnen klar, daß das englische Seminar – Sekretärinnen und Assistenten eingeschlossen – aus über sechzig Personen besteht? Englisch ist das größte Einzel...»

«Nur keine Aufregung!» Stryker warf einen Blick in sein Notizbuch. «Ich möchte lediglich Fowler, Pinchman, Rocheleau, Underhill, Heskell, Heath, Grey-Jenner, Trevorne, Coulter und Wayland sprechen.»

«An einem Samstag? Einige sind unsere angesehensten...»

«Ich möchte sie sprechen», unterbrach Stryker. «Es ist mir gleich, ob sie Shakespeare rückwärts deklamieren können, mit Tom Eliot zur Messe gegangen sind, mit Robert Frost Holz gehackt oder Infinitive zerlegt haben. Das ist ein Mordfall, Mr. Stark! Die Leute sind länger geblieben und waren die letzten, die Adamson lebend gesehen haben. Einer von ihnen war vielleicht der allerletzte.»

Stark war entgeistert. «Sie glauben doch nicht... Sie können doch nicht einen von uns...»

«Bis jetzt glaube ich überhaupt nichts», log Stryker. «Ich bin lediglich ein Staubsauger, der Tatsachen und Eindrücke aufsaugt. Das gehört zu meinem Beruf. Einer von ihnen könnte wissen, warum Adamson hiergeblieben ist oder warum er – falls er schon gegangen war – noch einmal zurückgekommen ist. Er könnte einem von ihnen etwas gesagt haben, oder es könnte jemand etwas gehört haben. Er selbst kann mir ja nichts mehr erzählen, oder?»

«Keiner von ihnen ist katholisch», verkündete Stark unvermittelt.

«Wie bitte?»

«Keiner kann mit Eliot in der Messe gewesen sein.» Seine Augen funkelten argwöhnisch. «Allerdings haben wir einen Gastprofessor, der behauptet, er hätte Kontakt mit William Wordsworth gehabt.»

«Das kommt mir ziemlich übergeschnappt vor», sagte Stryker mit unbewegter Miene.

Stark zog eine Augenbraue hoch. «Oh, sehr freundlich. Gehen Sie davon aus, daß...?»

«Setzen Sie sich mit diesen Leuten in Verbindung. Ich erwarte sie sobald wie möglich. Oder glauben Sie, eine Fahrt zum Polizeihaus wäre eine größere intellektuelle Herausforderung für sie?» Stryker lächelte Stark zu. Es war ein charmantes, gewinnendes Lächeln – das Lächeln eines Handelsvertreters.

Stark erlag weder dem Charme noch der Verkaufstaktik. Er musterte Stryker, schätzte ihn ab. Zäh, dachte er. Und intelligent. Nicht leicht zu beeindrucken. Warum auch? Unsere Autorität reicht nur bis an die Grenzen des Campus, seine hingegen kennt keine Grenzen. Und Autorität beeindruckt die Menschen. Sie hat auch mich beeindruckt und etwas aus mir gemacht, was ich nie werden wollte. Aber wenn ich auf der Hut bin – wenn wir alle auf der Hut sind und zusammenhalten – besteht kein Grund, warum diese Sache nicht schnell und glatt aus der Welt geschaffen werden soll, ohne daß die Fakultät oder die Universität Schaden davontragen. Mein Gott, der Dekan wird außer sich sein. Er sucht immer nach einem Grund, auf den Englisch-Leuten rumzuhacken. In ein paar Wochen finden die Wahlen für den Kongreß statt, und auf dem Campus läuft ein Mörder herum. Keine guten Voraussetzungen für die Anerkennung als Staatliche Universität. Auch nicht für Zuschüsse. Er wird versuchen, mir die Schuld in die Schuhe zu schieben. Meine ganze Arbeit, alles, was ich geleistet habe, wird umsonst sein, wenn wir die Sache nicht schnell aus der Welt schaffen. Verfluchter Aiken! Der Teufel soll ihn holen.

«Also gut, Lieutenant, ich werde sie anrufen.»

Toscarelli trat an Stryker heran, als Stark in das Sekretariat ging, um zu telefonieren. Stryker schickte Pinsky hinterher, dann starrte er durch das Fenster auf die Straße hinab. Der Verkehr war nun stärker. Der schwarze Asphalt glänzte, und die Reifen der Wagen begannen, ein schmutziges Matschmuster auf den glitzernden weißen Schnee an den Böschungen zu beiden Seiten der Straße zu werfen.

«Hier stinkt was», sagte Toscarelli.

«Ich weiß.» Stryker erzählte ihm von dem Treffen am vergangenen Abend. «Stark sagt, es war um acht herum zu Ende. Das Opfer könnte mit den anderen weggegangen oder geblieben, genauso gut aber auch gegangen und wieder zurückgekommen sein. Das Gebäude wird erst um elf abgeschlossen, wenn die Nachtwächter ihre Runde machen.»

Toscarelli schnaubte verächtlich. «Die erzählen viel...»

«Ganz recht.» Sie stellten Betrachtungen über die Unzuverlässigkeit all derer an, die nicht als Polizeibeamte tätig waren.

«Irgendein Irrer könnte reingekommen sein, sich auf dem Klo versteckt und dort gewartet haben, bis die Streife vorbei war, ehe er...»

«Woher sollte er wissen, daß Adamson hier war, wenn er sich nicht mit ihm verabredet hatte? Und wenn sie verabredet waren, warum sollte er sich dann verstecken?» Stryker zog ein abgegriffenes silbernes Zigarrenetui hervor, betrachtete es und steckte es wieder ein. «Und warum hier? Angenommen, es handelt sich um was Sexuelles... dafür kann ich mir bessere Orte vorstellen als dieses Zimmer.»

«Stimmt. Vielleicht ging es um ein Geschäft?»

«Was für eins?»

«Keine Ahnung. Ich denke nur laut.»

«Ach so.» Strykers Blick fiel auf die Überreste im Aufenthaltsraum. «Zwölf kleine Professoren trafen sich zur Abendstunde, und als das Fest zu Ende war, fehlte einer in der Runde. Ist der Mörder unter ihnen? Was wettest du?»

«Halt die Luft an!» sagte Toscarelli spöttisch. «Der Typ war ein Schwuler und hatte seltsame Freunde. Vielleicht ist er weggegangen, um sich einen anzulachen, und hat ihn hergeschleift. Dann hat der Typ sich's anders überlegt und ihn umgelegt. Passiert doch dauernd.»

«Daß ich nicht lache! Dauernd?»

«Na ja, aber es passiert.»

«Natürlich. In entsprechenden Bars und einschlägigen Etablissements, aber nicht in Universitäten.»

Toscarelli wurde ärgerlich. «Bloß weil die so klug sind, müssen sie nicht unbedingt immer klug handeln.»

«Eben. Darauf will ich ja hinaus. Diese Homo-Theorie schlucke ich nicht. Da steckt was anderes dahinter.» Stryker fingerte in seiner Tasche herum. «Sperr diese Etage ab – uneingeladen kommt hier keiner rein. Die sind eingeladen...» Er gab Toscarelli sein Notizbuch, damit er die Namen abschreiben konnte. «Dann schick Neilson in die Registratur. Ich möchte eine Liste von allen Studenten, die im letzten Jahr Abschlußkurse bei Adamson belegt haben, und ihre Prüfungsnoten. Ich will wissen, wer durchgerasselt oder ausgestiegen ist. Und dann setz dich mit Vice in Verbindung. Irgend jemand dort soll sich mit der Szene beschäftigen, sich über Adamsons Gewohnheiten und Kontakte und all das informieren. Schuster kennt sich da aus, das arme Schwein. Entschuldige den Ausdruck.» Er nahm die Tweedmütze ab, rollte sie zusammen, schob sie in die Tasche, zog wieder sein Zigarrenetui hervor, nahm eine heraus und steckte sie zwischen die Zähne. Dann suchte er seine Streichhölzer. «Außerdem möchte ich...»

«Du sollst nicht rauchen», erinnerte ihn Toscarelli.

«Ich arbeite, verdammt noch mal», begehrte er auf.

«Die Ärzte...»

«Zum Teufel mit den Ärzten», knurrte er und wich Toscarellis vorwurfsvollem Blick aus. «Na gut, ich verspreche, auf die Streichhölzer zu verzichten.»

Toscarelli sah ihn zweifelnd an. «So lange, bis du's vergißt.»

«Ich werd's nicht vergessen. Großer Gott, schließlich wäre *ich* beinahe draufgegangen. Ist dir das klar?»

«Hauptsache, dir ist es klar.»

«Soll ich dir mal was sagen? Du wärst die ideale jüdische Mutter. Vielleicht warst du das ja mal in einem früheren Leben, Tos. Laß mich in Ruhe. Ich habe einen Fall...»

«Du bist einer», sagte Toscarelli.

«Witzig. Haha!» Stryker ging noch einmal durch die Halle

und blieb vor dem Gemälde stehen. «Was für ein Schinken – ein richtiger Schinken!»

«Hast du sonst noch was auf dem Herzen?» fragte Toscarelli, ohne auf die Kunstkritik einzugehen. Strykers Zigarre hüpfte auf und nieder, während er darauf herumkaute.

«Ich möchte einen Kaffee und ein Stück Blätterteiggebäck. Im *Union* gibt's welches.» Er wirbelte herum und schoß auf Toscarelli zu, ehe er noch etwas erwidern konnte. «Wenn ich schon nicht rauchen darf, darf ich doch wohl wenigstens essen, oder?»

«Natürlich. Du mußt wieder zu Kräften kommen. In acht Wochen ist die jährliche Untersuchung fällig. Dann werden sie dir auf die Schliche kommen.»

«In acht Wochen bin ich wieder voll da», fauchte Stryker. «Das bin ich jetzt schon.» Er starrte in den Aufenthaltsraum. «Ich wette, es war einer von diesen Drogenabhängigen. Kein Einbrecher, kein Homo, und meiner Ansicht nach auch kein Student, der mit ihm abrechnen wollte. Ich wette, es war einer von denen.»

«Du hast doch noch nicht mal mit ihnen gesprochen», wandte Toscarelli ein.

«Das Zimmer ist durchwühlt worden. Hast du die offenen Schubladen und das Papier überall gesehen?»

Toscarelli nickte, und Stryker fuhr fort: «Unter der Leiche lag kein Blatt, nur oben drauf. Wenn Adamson zurückgekommen wäre und den Dieb überrascht hätte, hätte bestimmt auch Papier unter ihm gelegen. Es war ja sonst überall verstreut. Wer immer der Mörder sein mag: er hat das Durcheinander nachträglich veranstaltet, um einen Diebstahl vorzutäuschen. Aber Einbrecher machen keine Unordnung – wenigstens die professionellen nicht. Außerdem morden sie nicht.»

«Wenn sie nicht gerade einen Flattermann haben.»

«Was könnte ein Junkie schon im Zimmer eines Professors zu finden hoffen? Die Erstausgabe der *Geständnisse eines Opiumessers*?»

«Was ist denn das?»

«Ein Buch.»

«Opium ißt man nicht – das wird geraucht.»

«Es spielt in der viktorianischen Zeit. Zum Teufel, was soll das...» Stryker lief nervös in Kreisen durch die Halle. Die Männer vom Labor, die gerade durchgingen, machten einen großen Bogen um ihn. Donovan sah Neilson mit gerunzelter Stirn an und deutete mit dem Kopf auf die umherpirschende Gestalt. «Ich hab Sie gewarnt», flüsterte er. «Er setzt zum Sprung an.»

«Aber ich will nicht von der Hand weisen», fuhr Stryker fort, ohne die Experten oder gar Toscarelli zur Kenntnis zu nehmen. Seine Aufmerksamkeit konzentrierte sich auf seine schlurfenden Füße. «Ich will nicht von der Hand weisen, daß es ein Drogensüchtiger gewesen sein könnte, vielleicht auch ein Psychopath – nicht einmal, daß es Selbstmord war, wenn du das hören willst. Es ist alles offen. Hab ich noch was vergessen?»

«Nur meine reiche Erfahrung und meinen gesunden Menschenverstand. Ich wette zwanzig zu eins, daß der Mörder von draußen kommt.»

Strykers Zigarre machte einen Satz nach oben, seine Augen glänzten. «Die Wette gilt, Doktor Allwissend.»

«Verkneif dir das!»

«Dann verkneif du dir auch, mir zu erzählen, wie ich mit meiner Lunge umgehen soll», schnappte Stryker und machte sich auf den Weg zum Sekretariat. «Sag dem Jungen, der mein Stück Blätterteigkuchen holt, ich möchte Quark oder Apfel.»

«Pflaumen wären besser», meinte Toscarelli. «Die sind gut für die Verdauung, und sauer macht lustig.»

Aber Stryker war schon zu weit weg, um es zu hören.

4

Kate Trevorne saß auf halbem Wege der Motorway-Ausfahrt im Stau, trommelte mit den Fingern auf das Lenkrad und starrte auf eine dicke Frau in einem Kombi, die Anstalten machte, sich dazwischenzuquetschen. «Tut mir leid, meine Liebe, ich hab's eiliger als Sie», murmelte Kate, gab Gas und schoß vorwärts, um die Lücke zu schließen. Sie ignorierte das provozierende

Dröhnen einer Hupe und bog, als sie die Straße erreichte, nach links ab, beschleunigte und fuhr zum Parkplatz der Universität. Dort kurbelte sie die Scheibe herunter, um die Plastikkarte einzustecken, sah sich um und stellte fest, daß nur wenige Wagen parkten. Einige waren eingeschneit, von manchen war der Schnee abgefegt oder weggeweht. Sie erkannte Peters Colt und Janes Lincoln, dann bog sie auf ihren eigenen Parkplatz ein.

Sie stellte den Motor ab und starrte auf die Rückseite des Naturwissenschaftsgebäudes. Ein Mord auf dem Campus – im englischen Seminar. Aiken tot. Es schien unmöglich. Aber Dan Stark hatte es gesagt, und diese Art von Witzen war ihm kaum zuzutrauen. Selbst hier konnte man also nicht sicher sein.

Sie war allerdings nicht wieder hergekommen, um einer derartigen Gefahr zu entrinnen. Als sie nach ihrem fehlgeschlagenen Gastspiel in der rauhen, kommerziellen Welt der Werbung zurückgekehrt war, um Abstand von Tony zu gewinnen, hatten alte Freunde sie zum Bleiben überredet. An einem frischen Frühlingsmorgen hatte sie Dan Stark aufgesucht und ihm die Lage geschildert. Nach dem Examen, das einige Jahre zurücklag, hatte er sie zu halten versucht, doch sie war dem Duft des Lebens auf Spesenkonto gefolgt. Den Gestank hatte sie erst später bemerkt. Nun war sie seit zwei Jahren hier, und es gefiel ihr besser als je zuvor.

Sie stieg aus und fiel fast der Länge nach hin. Nachts war Neuschnee auf den mit Schnee- und Eisresten bedeckten Boden gefallen. Unter den weichen Flocken lag eine tückische, holprige Fläche, die sowohl den Bösen als auch den Guten zum Verhängnis werden konnte. Kate hatte das Gefühl, daß sie im Seminar etwas ganz Ähnliches erwartete.

Als sie die nasse Straße überquerte und behutsam über die ungefegten Pfade ging, fragte sie sich wieder, was Richard gerade tat und dachte. Sie hatte versucht, ihn im Studentenheim zu erreichen, aber die Auskunft erhalten, er sei bereits weg. Immerhin hatten sie den vergangenen Abend zusammen verbracht. Darüber brauchte sie sich keine Sorgen zu machen.

Wenn Dan ihr doch nur gesagt hätte, wann Aiken ermordet worden war. Aber seine Stimme war am Telefon so schroff, die

Erklärung so kurz gewesen, als hätte jemand neben ihm gestanden und zugehört. Wahrscheinlich die Polizei.

Sie blieb mit zusammengebissenen Lippen stehen und warf einen Blick über die Mall. Auf der anderen Straßenseite gingen ein paar Studenten, an ihrer farbigen Kleidung deutlich zu erkennen. Vier weitere veranstalteten auf der Mall eine Schneeballschlacht. Ihr Geschrei drang dünn und hell durch die eisige Luft. Noch konnten sie lachen – sie hatten noch keinen Großeinsatz der Polizei erlebt und wußten nicht, was es bedeutete. Aber sie wußte es und würde es nie vergessen.

Sie holte tief Luft und drückte ihre Umhängetasche fest an sich. Notfalls würde sie damit zuschlagen. Aber niemand versperrte ihr den Weg, und vor den Fahrstühlen des Seminars stand lediglich einer der Campuswächter.

«Ach, da sind Sie ja, Miss Trevorne», sagte er. «Die warten da oben schon auf Sie.»

«Wirklich?» sagte Kate mit schiefem Lächeln. «Dann sind sie wohl nicht durch den Verkehr aufgehalten worden. Die Leute fahren alle zum Winterschlußverkauf.»

Der Mann drückte auf den Knopf und öffnete ihr die Tür. Sie sah das Namensschild an seiner Jacke und hielt inne. «Haben Sie schon Näheres gehört, Mr. Jackson?»

«Nein», sagte er ausweichend. «Ich hab wie immer um elf meine Runde gemacht. Da war alles in Ordnung. Das hab ich den Bullen auch gesagt, aber Sie wissen ja, wie die sind. Vom Wach- und Schließdienst halten die nicht viel. Für die sind wir alle nur verkalkte Trottel. Wenn mir was aufgefallen wäre, hätte ich's doch gemeldet und was unternommen, oder?»

«Natürlich», sagte Kate beruhigend. «Haben Sie nicht voriges Jahr diese Randalierer gestellt?»

Er strahlte. «Ja, das hab ich. Das wissen Sie noch?»

«Sicher. Es waren drei, oder?»

«Nein, nur zwei. Aber kräftig.» Er zögerte. «Und betrunken.»

«Meinen Sie, so einer hat das auch auf dem Gewissen?»

In der Halle erschien ein uniformierter Beamter. Jacksons

Miene wurde leicht beklommen. «Ich weiß nicht – soll auch nicht drüber reden. Sie wissen doch... Fahren Sie jetzt lieber rauf. Da warten eine ganze Menge schlaue Bullen.» Er konnte seinen Groll nur mit Mühe verbergen. Offenbar hatten sie ihn hart durch die Mangel gedreht. Kate beugte sich vor und hielt die Tür auf. «Jackson?»

«Ja?»

«Auf in den Kampf!»

Er war verwirrt, dann verzog sich sein Gesicht zu einem Grinsen. «Das hab ich ganz vergessen. Sie waren ja damals auch...»

Die Türen schlossen sich, ließen ihn mit seinen und Kate mit ihren Erinnerungen allein. Sie hatte lange versucht, zu vergessen, war gesetzt und ein Mitglied der Gesellschaft geworden, doch nun wurde alles wieder lebendig. Sie waren immer noch Schweine, oder? Es hatte sich nicht geändert.

Die Fahrstuhltür ging auf. Dan Stark stand neben einem untersetzten Mann mit wirrem Haar, der ihr ein wenig bekannt vorkam. Er trug eine abgewetzte Lederjacke über einer ausgebeulten Sporthose, einen langen Schal über dem Hemd und dem weiten Pullover und schmutzige Segeltuchschuhe. Er hätte sich dringend rasieren müssen. Als er von seinem Notizbuch aufblickte, sah man in aufmerksame, intelligente, offene und zugleich furchterregende Augen.

Sie fühlte sich verletzt, als hätte er sie am Hals gepackt und ihr die Kehle zugedrückt. In seiner Haltung lag beherrschte Kraft – als sei er im Begriff zu springen. Sein Mund war weich, seine Stimme jedoch hart. Sie hatte eine metallische, beunruhigende Schärfe.

«Tut mir leid – nur Angehörige des Seminars», bellte er. «Hat Ihnen dieser Idiot da unten nicht...»

Dan unterbrach ihn. «Das ist Kate Trevorne, Lieutenant, eine unserer Dozentinnen. Sie kleidet sich nur so, um die Studenten aufs Glatteis zu führen.»

«Aha. Dann können Sie reingehen.» Seine Augen konzentrierten sich wieder auf das Notizbuch. Sie war entlassen.

«Wo rein?» fragte sie liebenswürdig.

«In den Besprechungsraum.» Seine Stimme klang gelangweilt.

«Ohne Polizeigeleit? Ich liebe große, kräftige Polizisten. In ihrer Nähe wird mir immer ganz anders.»

«Kate!» warnte Dan. «Sei still!»

Der Sarkasmus in ihrer Stimme ließ Stryker aufblicken. Er schien eher verwundert als verärgert, und sie spürte, daß er sie in die Kategorie «Unruhestifter» eingeordnet hatte – bereits zum zweitenmal. Sie hob ihr Kinn und starrte ihn an. «Schlagen Sie mich nicht – ich trage Kontaktlinsen.»

«Wirklich?» sagte er mit gespieltem Erstaunen. «Das merkt man kaum. Sie sollten sich ein Schild um den Hals hängen, damit wir uns alle in acht nehmen. Wäre doch jammerschade, wenn diesen schönen, großen grauen Augen was passierte.»

«Polizist!» stieß sie verächtlich hervor.

«Suffragette!» fauchte er zurück.

«Meine Güte», murmelte Stark, als Kate auf dem Absatz kehrtmachte und mit schwingenden Hüften in ihren engen Jeans wutentbrannt davonging.

Stark räusperte sich. «Tut mir leid ... Kate hat der Polizei gegenüber eine bedauerliche Einstellung. Wissen Sie, sie ...»

«Für eine Dozentin ist sie gar nicht so übel», sagte Stryker geistesabwesend.

«Nein, aber ...»

«Lassen Sie's gut sein», sagte Stryker und folgte Kate.

Von ihrem Zorn angetrieben, lief Kate rasch durch die Halle. Sie hatte fast vergessen, wie sie wirklich waren. Die Beschäftigung mit Inspector X oder Lord Y in der klassischen Kriminalliteratur hatte ihre Erinnerung getrübt. Dieser hier ließ alles wieder lebendig werden: das Tränengas, die Polizeiwagen, das Gebrüll und die Fäuste. Roboter –, das waren sie, vernichtende, unbeseelte Maschinen, angestachelt von ihrem Machtgefühl, Schützer und Beschützte des Systems.

Sie trat in den Besprechungsraum und warf ihre Tasche auf den Tisch. «Seid gegrüßt, Leidensgenossen», rief sie. «Ich habe gehört, irgend jemand hat den alten Bastard endlich umgebracht.» Hinter ihr ertönte eine scharfe Stimme. «Haben Sie ‹endlich› gesagt, Miss Trevorne?» fragte Stryker.

5

Stryker stand am Kopfende des Tisches und betrachtete der Reihe nach die Gesichter ringsum. An einige erinnerte er sich aus seiner eigenen Studentenzeit, obwohl die Züge sich im Laufe der Zeit verwischt hatten. Sie hatten ihn einst in Panik versetzt, weil seine Zukunft von ihnen abhing. Jetzt fürchteten sie sich eher vor ihm – abgesehen von den beiden am unteren Ende natürlich: dem Wikinger und der Suffragette. Ihm war jetzt klar, warum sie ihn anfangs verunsichert hatte. Das lange Haar war nun kurz und lockig, die Hälfte des herzförmigen Gesichts, die grauen Augen und die darunterliegenden Fältchen waren hinter großen Brillengläsern verborgen. Die Zeit vergeht, dachte er. Nur der Hintern war unverändert. Daran erinnerte er sich genau.

Der Typ neben ihr – groß, blond, bärtig und ausgesprochen attraktiv – hatte sich nicht verändert. Oder doch?

«Also, meine Damen und Herren ... Es geht um einen Mord. Ich bin Lieutenant Stryker, und das ist Sergeant Toscarelli. Wir sind mit der Untersuchung beauftragt. Inspector Pinsky und Inspector Neilson da drüben unterstützen uns. Normalerweise würde ich mit jedem von Ihnen unter vier Augen sprechen, aber da Sie so zahlreich sind, denke ich, wir können auf diese Weise Zeit sparen. Hat jemand etwas dagegen einzuwenden?»

«Würde es eine Rolle spielen, wenn es so wäre?» fragte der Wikinger.

«Wer sind Sie?» Stryker warf einen Blick auf seine Liste.

«Richard Wayland», sagte der Wikinger.

Stryker sah ihn an und ging auf seinen Ton ein. «Wenn Sie sich lieber zurückziehen möchten, Mr. Wayland, ist es mir recht. Die Gründe können Sie mir dann später in meinem Büro erläutern, wenn Sie Ihre Aussage machen.»

«So ist das also», sagte Wayland gedehnt.

«War das je anders?» warf Kate wütend ein.

Plötzlich ergriff Stark das Wort. Seine Stimme war scharf und voller Zorn. «Gebt endlich Ruhe, ihr beide. Das ist hier keine Protestversammlung – es geht darum, einen Mord aufzuklären. Aiken ist tot, auf entsetzliche Weise umgebracht worden. Wir sind erwachsene Menschen, keine Kinder, und wir werden uns wie Erwachsene benehmen. Ist das klar?»

Einen Augenblick herrschte betretenes Schweigen. Dann sagte Kate mit rotem Gesicht: «Entschuldigung.»

«Kann ich mich auf euch verlassen?»

«Ehrenwort.» Wayland hob drei Finger hoch.

Stryker spürte, daß es Wayland völlig gegen den Strich ging, klein beizugeben. Er würde aus Respekt vor seinem Chef so höflich wie nötig sein, aber keine Spur mehr. Kate Trevorne hingegen machte einen wirklich zerknirschten Eindruck.

«Ehe wir über gestern abend sprechen, möchte ich gern wissen, wer Sie sind», sagte Stryker. «Mr. Rocheleau?»

«Hier.» Ein Mann in der Mitte der linken Reihe hob die Hand. Er hatte ein trauriges Clownsgesicht mit buschigen Augenbrauen, wirkte aber gutmütig und freundlich. Kurz zuvor hatte er Kate Trevorne zugezwinkert. Neben ihm saß Jane Coulter, die mit dem Kopf nickte, als Stryker sie aufrief. Er konnte sich gut an sie erinnern. Sie sah zwar aus wie eine Großmutter, hatte aber einen messerscharfen Verstand und hätte ihn im ersten Semester im Englischkurs beinahe durchfallen lassen. Er hatte viel bei ihr gelernt.

Nacheinander gelang es ihm, sie alle einzuordnen. Edward Pinchman war der alte Herr mit den dünnen Beinen, dessen Aluminiumkrücken an seinem Stuhl lehnten. Arthur Fowler, stellvertretender Leiter des Seminars, war kahlköpfig und pedantisch (er hatte Stryker durchfallen lassen). Lucille Grey-Jenner war neu. Die schlanke, elegante Frau im italienischen Strickkostüm wirkte zwischen den anderen fehl am Platze. Dann kam Stark, klein und konzentriert. Neben ihm saß Mark Heskell mit glänzendem Gesicht und Grübchen.

Als nächster Frank Heath. Groß und kräftig mit schönen

Händen, behutsam auf dem Tisch gefaltet. Daneben noch ein Bärtiger – Chris Underhill, der Dichter des Hauses. Er hatte den Rademaker-Preis bekommen, sah aber jetzt so aus, als hätte er in seinen Sachen geschlafen, und seine Hände zitterten dermaßen, daß er Mühe hatte, sich eine Pfeife anzuzünden. Sie alle waren ihm fremd.

Unten am Tisch saß Wayland, den Arm lässig auf Kates Stuhllehne gelegt. An ihm war Stryker nichts fremd.

Kate beobachtete, wie er sie alle musterte. Er ordnet uns ein, sortiert uns nach Kategorien. Ihn beunruhigt nicht, was er sieht, sondern das, was er nicht sieht.

Wenn er Richard betrachtet, erkennt er dessen Güte und seine Empfindsamkeit? Erkennt er Janes kompromißlosen Verstand ebenso klar wie ihr liebenswürdiges Wesen? Und was ist mit Edward? Vermutlich ahnt er nicht, daß ein Beinamputierter einen so trockenen, ansteckenden Humor oder eine so ausgeprägte Begabung zum Lehren haben kann. Bemerkt er Chris Underhills religiösen Eifer? Mark Heskells Eitelkeit? Oder Lucy Grey-Jenners erotische Ausstrahlung? Dans Mitgefühl? Frank Heaths Würde, sein enormes Wissen? Pete Rocheleaus unbeschreibliches Talent, aus einem winzigen Trieb ein blühendes Talent heranzuziehen? Nein. Und warum nicht? Weil er ein Bulle ist. Bullen können nur sehen, aber nichts durchschauen. Warum sollte dieser eine Ausnahme sein?

Stryker fühlte eine plötzliche Schwäche. Er warf einen Blick zu Tos hinüber, der ihn besorgt ansah. Wenn er jetzt schlappmachte, würde er monatelang keinen Fall mehr bekommen, soviel stand fest. Er mußte durchhalten, mußte die Sache in Griff kriegen und so lange schütteln, bis die einzelnen Stücke an ihren Platz fielen und die Lösung ins Auge sprang. Wenn er es jetzt nicht schaffte...

«Also», sagte er, wandte sich um und ging zum Fenster, das auf den Hof führte. Grantham Hall war in L-Form erbaut, die beiden Trakte schirmten eine Gartenanlage mit Bäumen, Bänken und Blumenbeeten ab, in deren Mitte – etwa sechzig Schritt entfernt – das Gebäude der Naturwissenschaftler stand. «Heute nacht, irgendwann zwischen elf und ein Uhr, wurde hier oben

Aiken Adamson ermordet. Die Leiche wurde am Morgen von einem Angestellten der Schließgesellschaft gefunden, als er wie gewohnt seine Runde machte. Das Zimmer war offensichtlich durchsucht worden, aber wir haben bisher keinen Anhaltspunkt, wonach gesucht wurde.»

«Wie ist er umgebracht worden?» Die Frage kam von Wayland.

«Erstochen.»

Ein Raunen ging um den Tisch. Einige holten vor Entsetzen tief Luft.

«Vermutlich von hinten. Wie passend!» sagte Wayland ironisch.

Alle sahen peinlich berührt zur Seite.

«Erstochen?» Pinchmans Stimme bebte, sein Gesicht war kreidebleich.

«Um es genau zu sagen: er hat einen Schlag auf den Kopf bekommen und mehrere Stiche in die Brust – mit seinem eigenen Brieföffner.» Stryker warf die Fakten wie Steine in einen Teich und wartete auf die Wellen.

«Fingerabdrücke?» erkundigte sich Kate Trevorne.

«Am Messer? Nein. Sonst jede Menge. Wir werden später auch welche von Ihnen machen... Natürlich erwarten wir, Ihre Fingerabdrücke im Zimmer eines Kollegen zu finden. Es kommt uns auf die fremden an.»

«Sie haben etwas vergessen, Lieutenant», sagte Stark spitz.

Stryker starrte ihn an. Er hätte es lieber noch für sich behalten, aber wenn er es jetzt nicht erzählte, würde Stark es tun. «Als Adamson tot war, wurde ihm die Zunge abgeschnitten», sagte er unverblümt.

«O Gott!» Lucy Grey-Jenners Hand fuhr hoch und blieb an ihrem Mund liegen.

«Jesus Maria», krächzte Heskell rauh.

Stryker beobachtete sie alle. Ihr Entsetzen schien echt. Hatte er mit einer plötzlichen Anschuldigung, einem pathetischen Geständnis gerechnet? So geschieht es doch immer in den Romanen. Diese Leute kannten Romane – aber kannten sie auch das Leben?

«Wir haben bis jetzt die Zunge noch nicht gefunden», sagte Stryker in freundlichem Ton. «Kann überall sein.»

«Wer seine Zunge hütet, bewahret sein Leben», murmelte Underhill.

Arthur Fowler begann unkontrollierbar zu kichern, seine Augen weiteten sich voller Grauen über sein Kichern. «Mein Gott», stieß er mühsam hervor und hielt sich das Taschentuch vor den Mund. «Tut mir leid», sagte er einen Augenblick später. «Entschuldigung, es ist nur...» Seine Stimme bebte rebellisch.

Stryker empfand Mitleid mit ihm. «Es ist der Schock, Sir. So geht es vielen Leuten, wenn sie von einem plötzlichen Todesfall hören.»

«Ja? Wirklich?» Fowler wußte nicht recht, ob er mit «vielen Leuten» in einen Topf geworfen werden sollte, aber er beruhigte sich.

«Ist etwas gestohlen worden?» wollte jemand wissen. Es war eine sanfte Stimme. Stryker dachte, die Frage käme von Heath.

«Vermutlich sein Ring und seine Uhr, vielleicht auch seine Aktenmappe.»

«Dann war es ein Einbrecher.» Das kam von Pinchman.

Stryker schüttelte den Kopf. «Das glaube ich nicht, obwohl der Mörder diesen Eindruck erwecken wollte. Die Brieftasche mit mehr als zweihundert Dollar steckte noch in der Jacke des Toten. Außerdem ließ der Mörder eine Reihe kleiner Gegenstände zurück, die sich leicht zu Geld machen lassen: ein Transistorradio, einen Quarzwecker, Messing-Buchstützen, ein Tonbandgerät und so weiter.»

«Vielleicht ist er gestört worden», warf Dr. Coulter ein.

«Wenn er Zeit hatte, sein Opfer zu verstümmeln, hatte er sicher auch Zeit, es zu durchsuchen», sagte Stryker. «Aber zur Sache: Sie waren gestern abend alle hier...» Protestgemurmel ließ ihn innehalten.

«Sie verdächtigen doch wohl nicht einen von uns?» fragte Mark Heskell empört. «Das ist ja absurd!»

«Nein, es ist völlig logisch», sagte Kate Trevorne nachdenklich. Alle Blicke richteten sich auf sie. Stryker war am meisten überrascht. «Aiken hatte keine Angehörigen, Mark. Wir haben

Tag für Tag mit ihm zusammengearbeitet und waren auch gestern abend mit ihm zusammen. Abgesehen von Raubüberfällen und Einbrüchen kennen sich Opfer und Mörder im allgemeinen recht gut. Man muß jemand schon gut kennen, ehe man ihn so haßt, daß man...» Ihre Stimme verklang, als sie merkte, daß sich die Aufmerksamkeit auf sie konzentrierte. Ihr Blick glitt von einem zum andern. Als Stryker an die Reihe kam, wurde sie unwillkürlich sehr rot.

«Vielleicht sollte ich ausdrücklich darauf hinweisen, daß ich Sie nicht hergeholt habe, um Sie zu beschuldigen, sondern um Sie zu entlasten», sagte Stryker. «Es besteht wirklich kein Grund, sich deswegen aufzuregen. Zunächst möchte ich genau wissen, wann jeder von Ihnen das Gebäude gestern abend verlassen hat.»

Es entstand Chaos. Alle redeten durcheinander, protestierten oder beratschlagten. Niemand wollte der letzte gewesen sein.

Kate nahm nur benommen wahr, was um sie herum vorging. Sie sah auf Stryker. Er ließ niemanden aus den Augen, und sie konnte förmlich hören, wie sich das Rad in seinem Kopf drehte und einrastete. Er glaubt, einer von uns hat es getan, dachte sie voller Entsetzen. Bestimmt. Man braucht ihn nur anzusehen. Er steht da wie ein Hund vor dem Kaninchenbau, wartet gespannt, wer einen Fehler macht. Als sich ihre Blicke abermals trafen, war er an der Reihe, auszuweichen.

«Leute, Leute! Bitte...» sagte er mit erhobener Stimme. «Können wir das nicht ohne diesen Kra... ohne diese Konfusion hinter uns bringen? Ich will ja nichts weiter als ein paar simple Zeitangaben. Ist das so schlimm?... Ich habe nur zwei Ohren.»

«Könnte man glatt drauf reinfallen», sagte Richard Wayland und deutete mit dem Kopf auf Toscarelli, der in Windeseile mitstenografierte.

Stryker zuckte mit den Schultern. «Na gut. Vier Ohren. Wenn schon. Also bitte der Reihe nach.» Selbst am anderen Ende des Tisches fühlte Kate, wie ernst er seine Arbeit nahm. Seine Motivation beruhte nicht auf einer Vorliebe fürs Rätsellösen oder auf einer pflichtbewußten Dienstauffassung. Es war auch nicht der Instinkt eines Jagdhundes auf frischer Fährte, sondern ganz einfach Zorn. Der Mann war außer sich, weil jemand tot war. Und so sollte es eigentlich auch sein, dachte sie.

Es dauerte eine Weile, bis eine Art Zeitplan aufgestellt war. Pete Rocheleau war als erster gegangen, um Viertel vor sieben. Als nächster Underhill, zehn nach sieben.

«Du bist weggestürmt wie angestochen», sagte Heskell.

Underhill starrte seinen Kollegen vorwurfsvoll an. «Besten Dank!»

«Ich wollte dir nur helfen», erwiderte Heskell leichthin und wich Underhills Blick aus. Stryker sah zu Tos hinüber, der ihm zunickte, während sein Bleistift über das Papier glitt.

Jane Coulter war zwanzig vor acht mit Kate Trevorne und Richard Wayland im Fahrstuhl hinuntergefahren. Heskell hatte ihn gerade verpaßt, war gelaufen und noch vor den dreien unten angekommen. Als nächste hatten sich Frank Heath und Lucy Grey-Jenner verabschiedet und um acht herum den Fahrstuhl genommen. Unmittelbar nach ihnen war Karen Lasterman – Starks Sekretärin – gegangen, um Viertel nach acht hatten Stark und Fowler zusammen das Feld geräumt.

Daraus ergab sich, daß Edward Pinchman das Gebäude als letzter verlassen hatte, und zwar um halb zehn. Zu der Zeit war Adamson in seinem Zimmer gewesen. «Als ich an seiner Tür vorbei kam, telefonierte er gerade. Ich habe ihm eine gute Nacht gewünscht, und er hat mir zugewinkt.»

«Warum sind Sie so lange geblieben, Sir?» fragte Stryker.

«Ich arbeite immer hier. Aiken hat das auch gemacht. Wir haben nie Arbeit mit nach Hause genommen. Ich kann schon wegen meiner Krücken nichts mitnehmen. Als ich ging, war außer Aiken keine Menschenseele mehr da. Selbst der junge Mann war weg.»

«Welcher junge Mann?» fragte Stryker schroff.

«Von der Vermittlung», sagte Pinchman.

«Den habe ich total vergessen – Entschuldigung», schaltete sich Stark ein. «Aber der ist schon lange vor uns gegangen. Gestern abend waren ja keine Vorlesungen...»

«Welcher junge Mann?» wiederholte Stryker.

«Während des Semesters macht abends immer ein Student Telefondienst – von Montag bis Donnerstag bis um neun, freitags bis sieben. Freitags sind keine Abendvorlesungen...»

«Und er war gestern abend hier?» unterbrach Stryker.

«Nur bis halb sieben. In der Immatrikulationswoche ist nicht viel...»

«Name?»

Kate meldete sich zu Wort. «Longman. Jody Longman. Er ist in meinem Mörder-Kurs.» Als Stryker ihr einen finsteren Blick zuwarf, hob sie das Kinn. «Es ist ein Kursus über die Entstehung und Entwicklung des Kriminalromans.»

«Sie können von Glück reden», sagte Wayland und streckte sich genüßlich, «brauchen sich gar keine Sorgen zu machen – Sie haben eine Expertin zur Seite, die sich hier auch noch auskennt. Wenden Sie sich getrost an Kate – sie wird das schon schaukeln. Es war bestimmt der Butler.»

«Halt den Mund!» zischte Kate zwischen zusammengebissenen Zähnen. Er fand das wahrscheinlich komisch. Je ernster die Lage wurde, desto alberner benahm er sich. Das war schon immer so gewesen.

«Aha», sagte Stryker und sah Kate an. «Die Chancen, daß der Butler der Mörder ist, stehen bekanntlich dreitausendsechshundertzweiundvierzig zu vier, vor allem an einem Freitag. Miss Trevorne als Expertin kann das sicher bestätigen. Wer von Ihnen hat einen Schlüssel zu diesem Gebäude?»

Schweigen. Dann sagte Stark: «Wir alle.»

«Nach Angaben des Wach- und Schließdienstes wird das Gebäude bei der Elf-Uhr-Runde abgeschlossen», sagte Stryker. «Etwa um drei machen sie die nächste, eine weitere um sechs. Der Mann, der die Elf-Uhr-Runde gemacht hat, behauptet, alle Zimmer seien dunkel und abgeschlossen gewesen, und ihm sei nichts Außergewöhnliches aufgefallen.»

«Also ist Aiken vor elf gegangen?»

«Vermutlich. Hat er einem von Ihnen erzählt, was er vorhatte?» Stryker sah sie der Reihe nach an. «Nein? Hat er erwähnt, daß er noch eine Verabredung hatte?» Sein Blick richtete sich auf Heskell. «Was ist daran so amüsant, Mr. Heskell?»

«Aiken hätte uns bestimmt nicht über seine Verabredungen informiert», sagte Heskell betreten. «So war das Verhältnis zwischen uns nicht. Wir waren lediglich Kollegen, keine Freunde.»

«Wußten Sie, daß er schwul war, oder hat er das vertuschen können?»

«Ich muß schon sagen», brauste Pinchman auf, «das gehört wirklich nicht hierher.»

«Warum nicht, Edward?» fragte Jane Coulter und wandte sich dann an Stryker. «Vermutet haben wir es wohl alle, aber nie darüber gesprochen.»

«Es ging uns ja auch nichts an», sagte Fowler pedantisch. «Der Mann hatte ein Recht darauf, sein Leben nach seinem Geschmack zu führen.»

«Was er andern jedoch nicht zugestand», schnappte Heskell.

«Was soll das heißen, Mr. Heskell?» fragte Stryker.

«Er war die Neugier in Person, immer darauf bedacht, andern um eine Nasenspitze vorauszusein.» Heskell sah sich Zustimmung heischend in der Runde um. «Stimmt doch, oder? Ich sehe keinen Grund, das zu verschweigen. Der Mann war eine Bedrohung.»

Underhill beugte sich vor. «Hat er dich auch bedroht?»

«Nein, natürlich nicht», sagte Heskell gereizt. «Spiel dich nicht so auf – du weißt genau, was ich meine.» Als Pinchman ihn ironisch ansah, wurde seine Stimme schrill. «Versucht ja nicht, da irgendwas reinzuinterpretieren ...»

«Irgend jemanden hat er doch anscheinend bedroht.» Heath übertönte das Wortgefecht mit seiner sanften, dunklen Stimme, ohne sie zu erheben. «Der Mann ist tot, Leute – *tot*.»

Die merkwürdige Betonung des letzten Wortes klang wie eine Warnung. Heskell und Underhill brachen die Debatte abrupt ab. Fowler räusperte sich, um Strykers Aufmerksamkeit zu erregen. «Haben Sie gesagt, der Wächter hätte auch um drei seine Runde gemacht?»

«So ist das vorgesehen.» Stryker ärgerte sich, weil Heskell ein Streitgespräch beendet hatte, das zu einer aufschlußreichen Auseinandersetzung zu führen versprach. «Unglücklicherweise begann es um halb zwölf zu schneien, und wie Miss Trevorne sicher bestätigen kann, arbeiten Einbrecher nicht bei Schnee. Deshalb tun Nachtwächter es auch nicht. Der jedenfalls nicht.»

«Aber um sechs ist er gegangen?» Fowler beharrte mit der Verbohrtheit eines Sachverständigen auf diesem Thema.

«Ja, um sechs ist er gegangen.»

«Und da war auch alles abgeschlossen?»

«Ja.»

Fowler schien verwirrt. «Was hat ihn denn dazu veranlaßt, in Aikens Zimmer zu gehen? Er mußte doch die Tür aufschließen, um reinzukommen... Hat Licht gebrannt?»

«Nein, das war aus.»

Fowler sah sich ratlos um. «Wie ist er auf die Idee gekommen? Hat er ein Geräusch gehört? Was hat ihn dazu veranlaßt, um sechs Uhr morgens ausgerechnet in dieses Zimmer zu gehen?»

«Das Blut», sagte Stryker munter. «Das Blut, das unter der Tür durchsickerte. Hätte Sie das nicht auch stutzig gemacht, Dr. Fowler?»

6

Der Wächter kam aus der Bibliothek und hielt inne, als er eine Reihe von Polizeiwagen vor Grantham Hall stehen sah. Er zündete sich gemächlich eine Zigarette an und beobachtete die ein- und ausgehenden Männer. Fußgänger und Autofahrer ließen sich Zeit, guckten und überlegten, was das zu bedeuten hatte.

Was sollte er nur tun? Seine Pflicht kannte er – die hatte er schon in der Nacht gekannt. Da hatte er sie nicht erfüllt, und jetzt zögerte er noch immer. Als es allmählich hell wurde, hatte er – allein in dem hallenden Bibliotheksblock – durch das nackte Fensterglas verfolgt, was sich auf der gegenüberliegenden Straßenseite abspielte. Als um halb neun die Ablösung kam, erfuhr er Näheres.

Sie würden ihn fragen, warum er in der Nacht nicht Alarm geschlagen hatte, würden ihm Vorwürfe machen und ihn zur Rechenschaft ziehen. Ein paar Studenten gingen in die Universität und stellten Betrachtungen darüber an, was die Polizei hier wollte. Einer glaubte zu wissen, jemand von der Fakultät habe Kokain geschnüffelt und sei verhaftet worden, ein anderer war sicher, es handelte sich um Mord. Er hatte das Emblem des Gerichtsarztes an einem der Wagen gesehen. Der Junge hatte recht. Es war zweifellos Mord.

Der Wächter ging langsam über den knirschenden Schnee zur Grantham Hall hinüber. Im Flur hallten seine Schritte laut von den grünen Metalltüren der Schließfächer wider. Er ging an den geschlossenen Türen leerer Vorlesungsräume und hinter den Fahrstühlen vorbei, ohne jemandem zu begegnen, aber als er um die Ecke bog, sah er Jackson vorn an den Fahrstühlen stehen, und es wimmelte von uniformierten Polizisten.

«He, was ist denn hier los?»

Jackson wandte sich um, deutete warnend auf die Beamten und sagte mit verhaltener Stimme: «Mord. Oben im englischen Seminar. Adamson. Der mit dem steifen Handgelenk. Hast du nichts mitgekriegt?»

Der Wächter inhalierte einen Zug aus seiner Zigarette, warf sie auf den Boden und trat sie mit dem Absatz aus. «Nee. Null. Du?»

«Null. Absolut Null.» Jackson wurde rot. «Die Runde um drei hab ich mir allerdings geschenkt. Bei dem Schnee... Was meinst du, wie die mich zusammengefaltet haben. Du bist gut dran da drüben, aber ich muß raus. Mein Gott, hat das geschneit!»

«Die haben leicht reden.» Der Wächter gab sich keine Mühe, seine Stimme zu dämpfen. «Ich wär an deiner Stelle auch nicht rausgegangen.»

«Du wirst sehen», prophezeite Jackson, «die feuern mich. Ich wette, die feuern mich.»

«Geh zur Gewerkschaft. Diese Runde um drei ist... wie sagt man gleich?... Ermessenssache. Die Zeit kannst du selber bestimmen. Die können dir gar nichts anhängen.»

«Ehrlich?» Jackson war beruhigt.

«Geh zur Gewerkschaft – wenn sie Ärger machen, mein ich.»

«Mach ich.»

Der Wächter ließ Jackson auf seinem Posten stehen und ging auf die Tür am anderen Ende der Halle zu. Wahrscheinlich war sie abgeschlossen, aber er hatte einen Schlüssel. Er kam überall rein. Dabei überlegte er. Jetzt war's entschieden: Er hatte Jackson gesagt, er hätte nichts gesehen. Wenn die Bullen ihn fragten, mußte er dasselbe sagen. Aber er hatte etwas gesehen – hatte alles gesehen. Eigentlich müßte er es ihnen sagen. Er würde ihnen nützen. Oder konnte er selbst Nutzen daraus ziehen?

Er hielt inne, den Schlüssel in der erhobenen Hand, und lächelte. Deshalb hatte sein Unterbewußtsein ihn zum Schweigen verleitet. Raffinierter kleiner Teufel!

7

Stryker lächelte der kleinen Gruppe zu. «Also, worum ging's bei diesem Treffen?»

Jane Coulter rutschte auf ihrem Sitz herum, wobei ein Hauch von Flieder- und Lavendelparfüm unter dem alten, abgetragenen Nerz hervorkam. Sie warf den Mantel auf einen leeren Stuhl hinter sich und hob einen Fausthandschuh auf, der aus der Tasche gefallen war. Sie ärgerte sich. Da Dan offensichtlich völlig durcheinandergeraten war (man brauchte ihn sich nur anzusehen, wie er da saß!), und Arthur die Nerven verloren hatte, mußte sie – nach Aikens Tod das älteste Mitglied der Fakultät – die Dinge in die Hand nehmen. «Es war ein ganz normales Treffen, Lieutenant», sagte sie. «Die tapfere, loyale Truppe versammelt sich um ihren Chef. In Anbetracht der allgemeinen Aufsässigkeit der Studenten kommen wir in unregelmäßigen Abständen zusammen. Das gibt uns Kraft.»

«Wir treffen uns immer am Ende der Immatrikulationswoche, um zu hören, ob irgendwelche Probleme aufgetaucht sind», brummte Stark.

«Aha. Sind welche aufgetaucht?» fragte Stryker.

«Keine schwerwiegenden.»

«Das sollten Sie mich besser...»

«... beurteilen lassen», beendete Wayland den Satz für ihn und klopfte sich dabei auf die Schulter. «Typisch für Sie.»

Fowler schnalzte ungeduldig mit der Zunge. «Kümmern Sie sich nicht um ihn, Lieutenant. Seit er sich wegen Vietnam in die Nesseln gesetzt hat, fühlt er sich bemüßigt, überall seinen Senf dazuzugeben. Er hat an allem was zu bemängeln, widersetzt sich jeglicher Autorität, ist konsequent ein Dissident...»

«Oh, Arthur, ein Reim. Konsequent... Dissident. Das gefällt mir – das muß jemand aufschreiben», warf Wayland ein.

«Wird schon erledigt.» Rocheleau deutete warnend auf Toscarelli. «Wenn du nicht in Aikens Fußtapfen treten willst, solltest du dich bremsen.»

«In Aikens Fußtapfen?» hakte Stryker nach.

«Als Stänker», erklärte Underhill. «Das ist vielleicht eine Steigerung vom konsequenten Dissidenten, hat aber den Nachteil, daß es sich nicht reimt.»

«Immerhin besser als ein Stümper», ergänzte Heskell.

Mein Gott, wir sitzen erst zehn Minuten hier und werden schon zu Karikaturen, dachte er. Unser Horizont reicht nicht über diese Fakultät, diese Universität, diese Stadt hinaus. Ein Trauerspiel. Keiner von ihnen hat eine Ahnung, worum es im Leben wirklich geht. Allenfalls Kate. Wir beide wären ein gutes Paar, aber sie zieht ja Wayland vor. Der sieht natürlich gut aus... Er beneidete Wayland wegen seines großen, schlanken Körpers und lässigen Charmes. Immer auf das Gewicht und all das achten zu müssen, war sehr lästig, aber für das Amt, das er anstrebte, äußerst wichtig. Eines Tages würde er Rektor der Universität und ein großes Stück auf der Leiter zum Erfolg vorangekommen sein. Dann konnte er anders auftreten. Akademiker wurden in der Regierung immer gebraucht, und das Geld...

«Leute, seid doch vernünftig», mahnte Dan.

«Kann mir vielleicht mal jemand erklären, was Sie mit ‹Stänker› meinen?» fragte Stryker.

«Aiken war wie eine Schlange, die ihr Gift verspritzt», erklärte Rocheleau. «Er machte gern bissige Bemerkungen, liebte Sarkasmus und betrachtete es als seine Lebensaufgabe, uns immer im Nacken zu sitzen. Eine falsche Aussage in der Vorlesung, ein falsch zugeordnetes Zitat in einem Artikel, und schon fing er an zu stänkern. Er liebte es, zu verletzen, behauptete aber, er täte es nur eines hohen literarischen und akademischen Niveaus zuliebe. Er war nicht...»

«Er schreckte auch nicht davor zurück, hin und wieder jemand persönlich anzugreifen», murmelte Frank Heath, «mußte seine Nase überall drin haben – vielleicht sollte man besser sagen, seine Schnauze.»

«War er ein guter Dozent?» erkundigte sich Stryker. Er selbst hatte keine Vorlesungen bei ihm gehört, aber wenn er sich recht erinnerte, war Adamson eher durch den Flur gerannt anstatt zu gehen und hatte meist einen Schwarm von Studenten hinter sich hergezogen.

«Ja», erklärte Stark, «ein sehr guter.»

Heskell ergriff wieder das Wort. «Er brauchte die Speichelleckerei der Studenten und erkaufte sie sich, indem er sich mit ihnen auf eine Stufe stellte – indem er haßte, was sie haßten. Dieses ‹Gemeinsame Sache machen› war seine größte Schwäche. Abgesehen davon, daß er gute Noten gab. Das kriegen die schnell spitz.»

«Aber er hatte ein großes Talent, Wissen zu vermitteln», sagte Jane Coulter. «Das findet man selten.»

«Endlich mal ein Wort zu seiner Verteidigung», sagte Stryker. «Ich hatte die Hoffnung schon fast aufgegeben.»

«Ich wollte ihn nicht verteidigen, sondern nur auf eine Tatsache hinweisen», erklärte Dr. Coulter gleichmütig. Mit ihren dichten grauen Löckchen und den Apfelbäckchen sah sie aus wie eine Großmutter. Während Stryker sie betrachtete, nahm sie eine kleine schwarze Zigarre aus ihrer Handtasche, beugte sich vor und ließ sich von Rocheleau Feuer geben.

«Sie können aus all dem entnehmen, daß Aiken kein besonders beliebter Kollege war», sagte Heskell.

«Ich frage mich schon, ob Sie zu seiner Beerdigung gehen oder ein Freudenfest veranstalten werden. Wenn ich den Mörder finde, legen Sie vermutlich alle zusammen, um einen guten Verteidiger zu finanzieren. Oder schmücken Sie ihn vielleicht mit einem Lorbeerkranz?»

«Nur wenn der Lorbeer nichts dagegen hat», erklärte Wayland lakonisch.

«Bitte entschuldigen Sie meine Leute, Lieutenant», sagte Stark und sah sich beklommen um. «Es muß der Schock sein.»

«Vielleicht ist es die schlichte Wahrheit», sagte Rocheleau. «Du warst immer schnell bei der Hand, eine Entschuldigung für Aiken zu finden, wenn er jemandem auf die Hühneraugen getreten hatte. Als Kollege war der Mann ein Ekel. Für das Seminar mag sein Tod ein Verlust sein. Für uns ist er ein Segen.» Also, Leute, dachte er, behaltet die Nerven und helft diesem Eindringling, seine Arbeit schnell zu erledigen, damit wir es hinter uns bringen. Und streicht Aiken aus euerm Gedächtnis. Er hat genug Unheil angerichtet.

«Amen», sagte Pinchman, als hätte er Petes Gedanken gelesen.

«Ich finde, wir sollten uns geschmeichelt fühlen, daß der Lieutenant uns einen Mord zutraut», brummte Wayland. «Ich hätte nicht mal für möglich gehalten, daß jemand von uns einer Katze einen Fußtritt gibt, geschweige denn einen Menschen umbringt.»

«Unsinn», sagte Kate. «Jeder ist unter bestimmten Voraussetzungen fähig, einen Mord zu begehen.»

Richard sah sie belustigt an. «Du auch?»

«Ich auch.»

«Du besonders», erklärte Underhill ohne jede Bosheit. «Sieh dir doch mal die Regale in deinem Zimmer an. In den Büchern findest du dreihundertfünfundsechzig Methoden, jemand umzubringen, ohne überführt zu werden.»

Kate lächelte liebenswürdig. «Auf anderen Regalen auch. Bei mir werden ständig Bücher ausgeliehen.»

«Wenn Sie von Kriminalromanen sprechen, möchte ich darauf hinweisen, daß der Mörder am Ende immer überführt wird. Das ist der Unterschied zur Realität», warf Stryker ein.

«Wollen Sie uns damit Hoffnung machen, Lieutenant?» fragte Heskell.

«Macht es Ihnen Hoffnung, Mr. Heskell?»

«Man gibt die Hoffnung nie auf.»

«O Gott, Aiken hätte seinen Spaß an uns», sagte Lucy Grey-Jenner. «Fast ein Jammer, daß er nicht dabei ist.»

«Ohne Zunge hätte er nicht viel sagen können», bemerkte Wayland.

«Warum erkundigen Sie sich nicht bei seinen Freunden?» fragte Fowler verdrießlich. «Warum bei uns?»

«Deutet eine Verstümmelung nach dem Tod nicht meistens auf ein sexuelles Motiv hin?» wollte Wayland wissen.

«Das können wir nicht ausschließen», sagte Dr. Coulter bestimmt. «Wir wissen ja, daß Aiken sexuell... andersartig veranlagt war.»

«Wir sollten langsam zum eigentlichen Thema zurückkommen: Freitag abend», sagte Stryker. «Kann mir jemand etwas über dieses Treffen erzählen?»

«Meine Sekretärin tippt gerade das Protokoll. Aber es ist nichts Erwähnenswertes...»

«Abgesehen von dem Streit», fiel Heskell ihm ins Wort. «Der ist durchaus erwähnenswert.»

«Streit kann man das kaum nennen, eher eine Meinungsverschiedenheit», sagte Stark verdrießlich. «Wegen des Fotokopierers.»

«Underhill hat Aiken Prügel angedroht.» Heskells Stimme klang triumphierend. Er hatte anscheinend nur auf eine Gelegenheit gewartet, es zur Sprache zu bringen.

«Stimmt nicht», widersprach Underhill energisch. «Ich habe lediglich gesagt, er solle sich ebenbürtige Opfer aussuchen, die sich körperlich zur Wehr setzen können.»

«Der Lieutenant muß ein völlig schiefes Bild von der Situation bekommen», sagte Frank Heath mit seiner leisen, aber durchdringenden Stimme. Stryker betrachtete ihn eingehend. Ein gutaussehender, breitschultriger Mann mit sicherem Auftreten. Ehemaliger Sportler? «Tatsache ist, daß wir uns nach dem offiziellen Teil durchaus wie zivilisierte Menschen benommen haben. Wir haben unsere Sandwiches gegessen, unseren Sherry getrunken und über alles mögliche gesprochen: Weihnachten, Kinder, Hunde, Katzen, Hypotheken und den Preis von Hamburgers.»

«Hat sich auch jemand mit Professor Adamson unterhalten?»

«Natürlich, alle», sagte Stark ungeduldig. «Es war eine sehr harmonische Atmosphäre. Sollte es ja auch sein.»

«Kann sich jemand erinnern, was Adamson gesagt hat? Ich suche irgendeinen Anhaltspunkt. Hat er erzählt, was er anschließend vorhatte?» Kopfschütteln. «Hat er Namen genannt?» Kopfschütteln. «Hat er erzählt, was er in den Semesterferien gemacht hat?»

«Er war in Griechenland», sagte Kate. Sie setzte sich ärgerlich auf. «Es nutzt ja nichts – er behält uns so lange hier, bis er weiß, was er wissen will. Stimmt doch, oder?» wandte sie sich an Stryker.

«Genau», bestätigte er freundlich.

«Also, laßt es uns hinter uns bringen. Ich jedenfalls habe am letzten Samstag vor Semesterbeginn was Besseres zu tun, als hier rumzusitzen und eine Show vor der Polizei abzuziehen.»

«Eine Show für mich?» sagte Stryker. «Das wäre Perlen vor die Säue geworfen.»

Sie warf ihm einen zornigen Blick zu. Das Lächeln auf seinem Gesicht war nur Maske. In Wirklichkeit beobachtete er sie genau und wünschte, daß sie sich verplapperten. Nach ihrer Ansicht wußte er ohnehin schon zuviel. Sie mußten sich an Tatsachen halten. Sie wandte sich an Edward. «Als Dan sich um die Getränke gekümmert hat, haben wir beide uns mit Frank unterhalten. Richtig?»

«Ich glaube ja, meine Liebe», sagte Pinchman in herzlichem Ton. Man merkte, daß er das Mädchen mochte – alle anderen offenbar auch. Der Mann sah müde aus. Vielleicht hatte er Schmerzen in den Stümpfen, oder die Kälte und der Schock setzten ihm zu. Stryker erinnerte sich an das verkniffene Gesicht seiner Großmutter, wenn sie besonders unter ihrer Arthritis litt.

«Stimmt», sagte Heath in seinem sanften Ton. «Wir haben uns ganz allgemein über Urlaub unterhalten. Jane war in Frankreich, ich in Italien, und dann kam Aiken dazu. Er hat Griechenland durchstöbert.»

«Durchstöbert?» fragte Stryker.

Kate sah an ihm vorbei und rief sich den vergangenen Abend

ins Gedächtnis zurück. Aiken hatte wie immer wie ein ältlicher Tenor in einem Operettenensemble ausgesehen, das sich mit Gastspielen über Wasser hält: makellos gekleidet, das Haar behutsam über den kleinen kahlen Fleck gelegt. Er hatte behende mit den Händen gestikuliert, als stünde er im Rampenlicht. Er war wie ein Luchs um einen Schwarm verletzter Vögel gekreist und hatte erst den einen, dann den nächsten angegriffen. Sie war die erste gewesen.

«Er sagte, er hätte Griechenland durchstöbert – er nannte das ‹Kleine Kostbarkeiten suchen› –, er sei in Athen, Delphi – Thermopylen und so weiter gewesen. Frank hat ihn gefragt, ob das Wetter gut war, und er hat mit einer seiner typischen, rätselhaften Andeutungen geantwortet: ‹Nicht viel Sonne, aber in der Nähe von Delphi ist mir ein Licht aufgegangen. Ich habe das Rätsel der griechischen Sphinx gelöst!› Keine Ahnung, was er damit meinte.»

«Haben Sie ihn nicht danach gefragt?»

«Natürlich nicht – das wollte er ja gerade. Es war eine seiner Fallen, und ich dachte nicht im Traum daran, ihm das Stichwort für den nächsten Auftritt zu geben. Ich sagte nur, ihn könne man nicht mit einer Sphinx verwechseln, und da nahm er mich aufs Korn.» Sie machte eine Pause.

«Hat er scharf geschossen?»

«Nur Übungsmunition.»

«Ehe er sich richtig einschießen konnte, hab ich sie angestoßen und ihren Sherry vergossen», sagte Rocheleau.

«Hast du gut gemacht, Pete», lobte Wayland.

«Und als wir ihn aufgewischt hatten, war Aiken bereits bei seinem nächsten Opfer.»

«Wer war das?» wollte Stryker wissen.

«Ich glaube, das war ich», sagte Stark.

«Nein, ich», widersprach Jane Coulter. «Ich habe Arthur gerade von einer ganz obskuren Bibeldeutung erzählt, auf die ich gestoßen bin...»

«Ich war auch dabei», warf Wayland ein.

«Und was hat Adamson gesagt?»

Wayland richtete sich plötzlich auf. «Er hat gesagt: ‹Wer von euch bringt mich um?› Da haben wir gelost, und wer, glauben Sie...?»

«Er hat nichts Besonderes gesagt», erklärte Jane Coulter. «Er hat einen Augenblick zugehört, etwas von grünen Weiden gemurmelt und ist weitergegangen.»

«Und was meinte er damit?»

«Keine Ahnung», sagte Jane.

«Sie können das nicht verstehen – Sie haben ihn ja nicht gekannt», sagte Kate hoffnungslos.

«Ich versuche ja schon dauernd, mir ein Bild von ihm zu machen. Helfen Sie mir dabei.»

Sie versuchte es. «Da waren wir alle zusammen, wollten nett zueinander sein... weil wir uns wirklich gern haben... Nur Aiken lief wie angestochen herum, als wollte er den dritten Akt von Hamlet inszenieren. Er schlich umher und suchte...» Sie überlegte. «Es war, als suchte er Streit, als wolle er ein Geheimnis erzählen und sei wütend, weil niemand ihm das Stichwort gab. Es klingt vielleicht überspitzt, aber besser kann ich es nicht ausdrücken. Tut mir leid.»

«Das war doch gut. Danke. Sonst noch jemand?»

«Ich habe darüber nachgedacht, ob...» begann Wayland langsam.

«Meine Güte», sagte Heskell. «Was ist das für ein Gefühl nach all den Jahren?»

«Ein sehr gutes», erwiderte Wayland geistesabwesend. Er sah Stryker über den Tisch hinweg an; der stellte mit Erstaunen fest, daß die Streitsucht aus seinen Augen verschwunden war. Wayland hatte wirklich nachgedacht. «Es kann nur ein Süchtiger gewesen sein», sagte er eindringlich. «Die Universität ist von den schlimmsten Slums der Stadt umgeben, und obwohl ich sehr dafür bin, Notleidende auf jede nur mögliche Weise zu unterstützen... hier ist Hopfen und Malz verloren. Ich habe selbst in der Drogenberatung gearbeitet und kenne mich aus. So was macht vor den Toren der Uni nicht halt. Die jungen Leute lehnen sich ohnehin gegen jegliche Autorität auf. Vielleicht hatte einer von Aikens Studenten ein Drogenproblem und hat ihn, als er gerade auf dem Trip war, gewissermaßen als Symbol erledigt.

Vielleicht möchte er am liebsten uns allen die Zunge abschneiden.»

Fowler wurde kreidebleich. «Das kann doch nicht dein Ernst sein.»

Wayland zuckte mit den Schultern. «Wir haben jede Menge von denen, glaub mir. Ich kümmere mich um sie, und manchmal jagen sie mir richtig Angst ein. Wenn sie Präsidenten erschießen, warum nicht auch Professoren?»

«Aiken ist nicht erschossen worden», sagte Fowler pedantisch.

«Ich verstehe, was Sie meinen, Mr. Wayland», sagte Stryker. «Aber so, wie eine Schwalbe noch keinen Sommer macht, ist...»

«... ein Psychopath noch lange kein Mörder», warf Kate ein. «Immerhin – es könnte was dran sein.»

«Stimmt», pflichtete Stryker bei.

«Und während wir hier unsere Zeit wegen eines blöden Treffens vertrödeln, könnte er da draußen –» Heskell wurde leicht hysterisch – «einen weiteren Mord planen. An einem von uns.»

Stryker wandte sich an seinen Sergeant. «Wie viele Leute arbeiten an dem Fall, Tos?»

Toscarelli überlegte. «Wir beide, Pinsky und Neilson. Wenn nötig, können wir noch Unterstützung anfordern. Außerdem die uniformierten Kollegen, wenn wir sie brauchen, die Leute von der Gerichtsmedizin, von der Personendatei...»

«Also rund hundert. Das sind einige mehr als in einem gewöhnlichen Mordfall. Wenn ein prominenter Bürger umgebracht wird, werden alle verfügbaren Kräfte eingesetzt. Falls die Presse Wind davon kriegt, dann...»

«Großer Gott!» stöhnte Fowler. «Die Presse... Das Fernsehen... Daran hab ich noch gar nicht gedacht. Fotos in allen Zeitungen, Namen...»

«Schon deswegen habe ich gedacht, es wäre Ihnen lieber, mich bei meinen Ermittlungen zu unterstützen.»

Kate sah ihre Kollegen der Reihe nach an, betrachtete ihre Hände und richtete den Blick auf Stryker. «Wir benehmen uns wirklich schlimm. Aiken ist tot, und wir haben nichts Besseres zu tun, als uns gegenseitig anzukeifen. Machen das alle so?»

Stryker lächelte. Es war ein offenes, nachsichtiges, freundliches Lächeln. «Nur die, die etwas zu verbergen haben.»

8

«Leg los», sagte Stryker, lehnte sich in seinem Schreibtischsessel zurück, rieb sich Augen, Ohren, den Ellbogen und die Knie.

Tos sah auf seine Notizen. «Underhill ging nach Hause zu Frau und Kindern, sagte sein Abendgebet und legte sich ins Bett. Rocheleau ging ebenfalls nach Hause. Da war eine Familienfeier. Alle haben ihn gesehen, vor allem seine Schwiegermutter. Das wird ihr stinken, denn sie würde ihm mit Freuden eins auswischen.» Toscarelli sah auf, aber Stryker hatte die Augen geschlossen. Er fuhr fort: «Dr. Coulter, die sich zusammen mit Trevorne und Wayland verabschiedet hatte, ging zu Fuß zu einer Verabredung ins Dupont Hotel, blieb bis halb zwölf und nahm ein Taxi zum Uni-Parkplatz. Der Fahrer wartete, bis sie eingestiegen war – darum hatte sie ihn gebeten –, und folgte ihr unaufgefordert eine gute Weile, denn er wollte nach Hause und hatte den gleichen Weg. Trevorne und Wayland gingen zusammen in *ihre* Wohnung.» Er warf wieder einen Blick auf Stryker, der reglos mit mürrisch-verbissenem Gesicht dasaß. «Als nächster ging Heskell. Er traf sich in der Unterstadt mit seiner Verlobten zum Essen, besuchte mit ihr zusammen die Spätvorstellung im Kino und nahm sie mit zu sich nach Hause. Ich wette, sie ist häßlich und steinreich.»

«Oder häßlich und einflußreich», murmelte Stryker. Sie mochten Heskell beide nicht.

«Heath und Grey-Jenner gingen zusammen was trinken und trennten sich. Sie fuhr in ihre Wohnung zu ihrem einsamen Bett, er...»

«Eine attraktive Frau – für ihr Alter», bemerkte Stryker. «Schön und melancholisch.»

«Freut mich, daß du innen drin noch so was wie Gefühl verspürst», knurrte Toscarelli, während er umblätterte. «Heath ging nach Hause, um nach seiner behinderten Mutter zu sehen, und machte anschließend eine Joggingrunde. Das war gegen zehn, sagt er. Wann er zurückkam, weiß er nicht. Hat nicht auf die Uhr gesehen. Nimmst du ihm das ab?»

Stryker zuckte mit den Schultern. «Alter Leistungssportler. Legt Wert darauf, in Form zu bleiben.»

«Vielleicht benutzt er das nur als Ausrede, um jemanden zu besuchen.»

«Zum Beispiel Adamson?»

«Ich dachte eher an was Weibliches. Er macht nicht den Eindruck, als ob er auf Männerbekanntschaften stünde.»

«Und auch nicht den eines Muttersöhnchens», entgegnete Stryker. «Wir sollten ihn etwas näher unter die Lupe nehmen.»

«Toll. Dann werden alle sagen, wir wären hinter ihm her, weil er schwarz ist.»

Stryker lächelte vor sich hin. «Wir müssen alle noch näher unter die Lupe nehmen. Weiter.»

«Moment... Stark – Fowler. Nein, erst Starks Sekretärin, Karen Lasterman. Wohnt auch bei ihrer Mutter, ist aber verlobt. Sie sparen für ein Haus. Hab gar nicht gewußt, daß es so was noch gibt.»

«Manchmal schon.»

«Mag sein. Stark und Fowler gingen in die Stadt – machen sie jeden Freitag. Spielen in Starks Club Handball und stärken sich anschließend mit einem Steak. Aber Fowler hatte Kopfschmerzen, deshalb blieben sie nicht lange und kehrten so um elf zu ihren Frauen zurück.»

«Hört sich an, als hätten sie einen Harem.»

«Jeder zu seiner natürlich, meine ich.»

«Schon gut. Ist das alles?»

«Bis auf Pinchman. Er hat bis halb zehn an seinem Schreibtisch gearbeitet, sagt er. Dann wurde ihm kalt. Zu der Zeit war Adamson angeblich in seinem Zimmer und telefonierte. Das wär's.»

«Eine reizende Gesellschaft, findest du nicht?»

«Wie meinst du das?»

«Heath und Grey-Jenner gehen zusammen was trinken, Stark und Fowler spielen Handball, Wayland und Trevorne schlafen zusammen...»

«Und das letzte paßt dir am allerwenigsten, stimmt's?»

«Keine Moral mehr unter den Menschen», sagte Stryker und richtete sich auf. «Ist sie die letzte?»

«Das weißt du verdammt gut. Du hast es doch so gewollt. Ich möchte nur wissen, warum.»

«Bring sie rein und sag Pinsky, er soll die Alibis überprüfen lassen. Es muß sein.» Er starrte auf die Tür, die Toscarelli hinter sich schloß. «Es muß sein.» Er ballte die Fäuste zusammen, bis die Knöchel weiß wurden.

Chris Underhill verließ Grantham Hall, drückte sich an der Menschenmenge vor dem Eingang vorbei und wünschte, der Wind könnte durch sein Gehirn blasen wie durch die kahlen Bäume. «Wer den Wind sät, wird den Sturm ernten.» Nach einer Weile glitt er aus und mußte sich an einem morschen Zaun festhalten, um nicht zu fallen. Er sah sich um und stellte fest, daß er in Junktown war. Die leeren Augen der zum Abbruch verurteilten Häuser starrten über die schon geräumten Grundstücke hinweg, auf denen der Schnee kaum den Unrat bedeckte. An einem Laternenpfahl an der entferntesten Ecke lungerte ein Schwarzer in Lederjacke herum, der eine Zigarette rauchte und ihn abschätzend musterte. Unten an der Straße schlurfte eine mit schweren Taschen beladene alte Frau über den schmalen, freigeschaufelten Pfad in der Mitte des holprigen Bürgersteigs. In der Ferne bellte ein Hund. Es war ein schwaches, aber scharfes, schnappendes Geräusch. Underhill fröstelte. Er war zu weit gegangen, hatte die Orientierung verloren. Er warf einen Blick zurück und sah den klaren weißen Bogen des Naturwissenschafts-Gebäudes, der sich merkwürdig flach vom Himmel abhob. Als er den Rückweg antrat, spürte er, daß der Schwarze ihn beobachtete. Der unberechenbare Wind blies ihm in den Rücken. «Wehe dem, der allein ist, wenn er strauchelt», sagte er mit schiefem Lächeln.

«Frank...»

Der große Schwarze wandte sich um. Nachdem er einen Blick in die Halle geworfen hatte, ging er in das gegenüberliegende Zimmer und schloß die Tür hinter sich.

«Es ist schrecklich.» Lucy Grey-Jenner sah ihn mit großen Augen und bebenden Lippen an. «Was hast du gesagt?»

Heath lehnte sich an die Tür, die Hände im Rücken verschränkt. «Ich habe gesagt, wir haben noch einen Schluck getrunken, sind zum Parkplatz gegangen und haben uns dort getrennt. Und du?»

«Das gleiche. Gott sei Dank!»

«Es lag nahe.» Seine unerschütterliche Gelassenheit beruhigte sie.

«Glaubst du... Ich meine... Werden sie das nachprüfen?»

«Warum sollten sie?»

Lucy ging ans Fenster und sah auf die Mall hinab. Alles war verschneit. Eine Reihe von Studenten in leuchtenden Anoraks, die sich selbst während der Ferien zur Universität hingezogen fühlten, überquerten die Straße. Hier war der Mittelpunkt ihres Lebens, auch wenn keine Vorlesungen stattfanden. Sie riefen und winkten einander zu, blieben in kleinen Gruppen stehen. Einige deuteten zur Grantham Hall hinüber und zeigten auf das englische Seminar. Obwohl Lucy wußte, daß man sie nicht sehen konnte, trat sie unwillkürlich vom Fenster zurück.

«Und wenn jemand dein Gespräch mit Aiken gehört hat?» fragte sie mit leiser, besorgter Stimme.

«Das wäre nicht weiter schlimm. Ich hoffe nur, es hat niemand gehört, daß ich gesagt habe, wenn er das machte, würde ich ihm den Hals umdrehen.»

Die Reporter, verstimmt über eine kurze, nichtssagende Erklärung von Stark, warteten am Fahrstuhl auf den nächsten Englisch-Dozenten. Es war Mark Heskell. Er warf einen Blick auf die Männer mit ihren Notizblöcken und blinzelte mehrfach, weil das Blitzlicht ihn blendete. Die Leute bestürmten ihn mit Fragen, und er zögerte.

«Natürlich, es ist furchtbar, aber ich kann Ihnen wirklich nichts sagen. Bitte lassen Sie mich durch. Die Polizei hat doch sicher schon Einzelheiten verlauten lassen...» Wenn das alles längst vorbei war, avancierte der eine oder andere von ihnen vielleicht zum Chefredakteur. Er holte tief Luft und legte zurückhaltende Freundlichkeit an den Tag. «Mein Name ist Heskell. Ich habe wirklich keine Ahnung – abgesehen davon, daß es ein Besessener getan haben muß. Nur ein Verrückter kann jemandem die Zunge abschneiden. Es ist ein schrecklicher Gedanke, daß sich vielleicht in dieser Minute jemand hier rumdrückt und einen anderen von uns ins Auge faßt. Ich jedenfalls werde um Polizeischutz bitten.»

Als er schließlich ging, grinsten die Reporter sich an und stürzten zum Telefon. Januar war Saure-Gurken-Zeit. Etwas Besseres als ein Mord konnte ihnen gar nicht passieren.

9

Kate war im vergangenen Jahr nicht mehr als drei- oder viermal in Dans Büro gewesen und hatte vergessen, wie klein es war – noch kleiner als ihr eigenes Zimmer –, aber es war so gut eingerichtet, daß die Enge eher vorteilhaft wirkte. Es lag in einem Winkel des Gebäudes und hatte einen direkten Zugang zum Besprechungsraum und dem Sekretariat. Ungestört vom ständigen Kommen und Gehen in den Fluren schien es ein Zufluchtsort, ein privates Heiligtum zu sein.

Nun war Stryker hier eingedrungen, und der Raum wirkte verändert. Obwohl er hinter dem Schreibtisch saß, schien er der Mittelpunkt zu sein. Er müßte sich dringend rasieren, und er sieht müde aus, dachte sie. Aber seine blauen Augen funkelten noch immer, und es hatte den Anschein, als würde er jeden Moment explodieren. Sie setzte sich zögernd auf die Kante des Ledersessels, bereit, die Flucht zu ergreifen, wenn Stryker in die Luft ging.

Toscarelli kam herein, setzte sich neben den Schreibtisch und zog den Notizblock hervor, den er schon vorher benutzt hatte. Für einen Mann seiner Größe besaß er ein erstaunliches Talent, allmählich in sich zu versinken.

«Erzählen Sie mir von gestern abend», sagte Stryker. «Was haben Sie gemacht, als Sie weggingen?»

«Richard und ich waren essen. Unten bei *Chows*. Dann sind wir ein bißchen spazierengegangen und...»

«Es war sehr kalt gestern abend. Haben Sie nicht gefroren?»

«Zuerst nicht. Richard wollte einen klaren Kopf bekommen, ehe er sich ans Steuer setzte.»

«Sehr löblich», sagte Stryker sarkastisch. «Und? Als er einen klaren Kopf hatte?»

«Dann sind wir zu mir gefahren, um einen Kaffee zu trinken.»

«Zu Ihnen – nicht zu ihm?»

«Er wohnt im Delta Theta-Haus. Dort ist es etwas unpersönlich.»

«Ist er nicht etwas zu alt für eine Studentenbude?»

«Er hat schon während des Studiums dort gewohnt und fungiert da jetzt als Studentenberater. Es gefällt ihm gut. Auf diese Weise hat er Kontakt zu den jungen Leuten und weiß, was sie beschäftigt. Er kümmert sich sehr um sie. Das Dachgeschoß ist zu einer Wohnung ausgebaut worden. Außerdem liegt es ganz in der Nähe der Uni. Er ist nicht scharf auf Besitztümer und...» Ihr wurde bewußt, daß sie wie ein Wasserfall redete, machte den Mund zu und wünschte, er würde sie nicht unentwegt ansehen.

«*Etwas* möchte er anscheinend doch besitzen.»

Sie runzelte die Stirn. «Das verstehe ich nicht.»

«Ich auch nicht.» Er sah endlich weg, aber nur für einen Moment. «Soviel ich weiß, waren Sie mit Wayland verlobt.»

«Das liegt schon Jahre zurück. Eine Studentenaffäre.»

«Und was ist passiert?»

Sie seufzte. «Wir sind erwachsen geworden. Aber ich weiß nicht, was das mit der Sache zu tun hat.»

«Überlassen Sie das mir», sagte Stryker. «Gehen Sie oft zusammen aus – so wie gestern abend?»

«Ab und zu. Wir sind befreundet und haben eine Menge gemeinsame Interessen.»

«Alte Freunde? Oder mehr als das?»

«Nur alte Freunde.» Durch das Fenster hinter Strykers Kopf konnte sie die Wipfel der Bäume auf dem Hof sehen. Ihre Äste bewegten sich geräuschlos und unregelmäßig im Wind. Der graue Himmel spiegelte sich in den geschwungenen Fenstern des Naturwissenschafts-Gebäudes. In dem kleinen Raum war es heiß. Plötzlich war ihr, als müsse sie ersticken. «Das ist alles.»

«Aber Sie teilen sentimentale Erinnerungen?»

«Natürlich.»

Stryker griff in die Tasche, holte eine Brille hervor, setzte sie auf, starrte auf seine Notizen und sah dann über die Fassung hinweg zu Kate. «Laut Mr. Wayland hatten Sie gestern etwas zu feiern. Stimmt das?»

«Etwas zu feiern?» Kate war verwirrt. Was um alles in der Welt hatte Richard gesagt? Sie waren vorher ständig beobachtet worden und hatten nicht ungestört miteinander reden können. Kurz bevor er hineingegangen war, um unter vier Augen mit Stryker zu sprechen, hatte er sie auf die Stirn geküßt, was er seit Jahren nicht getan hatte, und sie laut «Liebling» genannt, als sei es für die Ohren des Beamten bestimmt, der mit ausdrucksloser Miene am Fenster stand.

«Das hat er jedenfalls gesagt.» Stryker wartete offensichtlich auf eine Erklärung und merkte, daß sie verunsichert war.

«Es war wohl nur ein Witz. Ihm fällt immer ein Grund zum Feiern ein! Der Tag, an dem wir zum erstenmal Spargel zusammen gegessen haben oder im Theater waren. Der Tag, an dem wir zum erstenmal auf einen Baum geklettert sind. Das ist eine Marotte von ihm.» Sie lächelte. «Richard ist...»

«Und der Tag, an dem Sie zum erstenmal zusammen ins Bett gegangen sind – feiern Sie den auch?»

«Was?» Es kam ihr so vor, als hätte er sie geschlagen.

«Sie haben schon verstanden. Wayland sagt, gestern abend sind Sie das auch.»

«So?» Sie wurde rot und ärgerte sich über dieses verräterische Zeichen. «Er ist sehr lange geblieben.» Die Gedanken in ihrem Kopf überschlugen sich. Welche Zeit mochte er angegeben haben? Was sollte sie sagen? «Sehr lange.»

«Haben Sie zusammen geschlafen?» Stryker senkte den Kopf und stützte ihn auf die Hand, als sei er zu schwer für ihn. «Waren Sie die ganze Nacht zusammen im Bett?»

«Das geht Sie einen feuchten Kehricht an!» sagte sie und überlegte, warum sie mit Stryker nicht wie mit jedem anderen ganz unbefangen sprechen konnte. Die rauhe Stimme, sein Benehmen und seine Ausdrucksweise hatten sie vom ersten Augenblick an beunruhigt. Sie starrte ihm ins Gesicht. Zwischen den Wolken kam ein Sonnenstrahl hervor, der seine Brillengläser für einen Sekundenbruchteil in eine schwarze Maske verwandelte, und Kate empfand die gleiche Qual wie vor fünfzehn Jahren. Sie starrte auf den Schatten der Hand, der über seine Stirn glitt, und erinnerte sich. O Gott, dieses arrogante, lächelnde, lachende Schwein!

Er redete noch immer. «Ich habe den Eindruck, Sie halten nicht viel von der Polizei. Oder irre ich mich?»

«Durchaus nicht.» Ihr Hals war wie zugeschnürt, und sie wunderte sich, daß sie überhaupt einen Ton herausbrachte.

Die Sonne verschwand, seine Augen wurden wieder sichtbar. «Wollen Sie uns das nicht erklären?» Ein freundliches, aber zugleich bedrohliches Lächeln trat auf sein Gesicht.

«Nein.»

«Haben Sie falsch geparkt und die Strafe nicht bezahlt?»

«Nein.»

«Wird Ihr Vater steckbrieflich gesucht?»

«Großer Gott, nein!»

«Wollten Sie zur Polizei und sind nicht angekommen, weil Sie zu kleine Füße haben?»

«Nein.»

«Haben Sie gestern nacht mit Richard Wayland geschlafen?»

«Nein.» Sie hatte zu spät geschaltet. «Ja. Er war sehr lange bei mir.»

«Wann ist er gegangen?»

«Ich habe nicht auf die Uhr gesehen. Im Schlafzimmer ist keine.» Das entsprach den Tatsachen.

«Haben die Vögel schon gesungen, als er ging?»

«Nein, um alles...»

«Wann ist es heute morgen hell geworden, Sergeant Toscarelli?»

Toscarelli rutschte auf seinem Stuhl herum. Der Wind blies an das Fenster und heulte durch die kahlen Äste. Irgendwo fiel eine Tür zu. «So um sechs, schätze ich.»

«Also haben die Vögel um halb sechs angefangen zu singen. Das bringt uns ein bißchen weiter, aber wann er gegangen ist, wissen wir immer noch nicht.»

«Hat er es Ihnen nicht gesagt?»

«Leider nicht.» Er imitierte ein bedauerndes Lächeln. «Es muß eine sehr schöne Nacht gewesen sein, denn er hat auch nicht auf die Zeit geachtet. Haben Sie Aiken Adamson gehaßt?»

Sie lehnte sich zurück und entspannte sich. «Das können Sie wirklich gut.»

«Was?»

«Kombinieren, den schnellen Wechsel, das plötzliche Feuer.» Nun gelang auch ihr ein Lächeln. «Aber es wird ein bißchen eintönig. Man ist schon darauf gefaßt.»

«Oh!» Das gespielte Bedauern verwandelte sich in Ärger. «Halten Sie das fest, Sergeant. Ich werde berechenbar. Bin nicht mehr beeindruckend. Werde langweilig. Hat Ihr Freund Adamson umgebracht, Miss Trevorne? Oder Sie?»

«Vielleicht haben wir es zusammen getan.»

«Wie so vieles andere auch. Arbeiten. Schlafen. Lügen.»

«Ich habe nicht gelogen.»

«Aber auch nicht die Wahrheit gesagt. Sie haben beide viel Tamtam um nichts gemacht. Ich frage mich, warum. Warum haben Sie nicht einfach gesagt, Sie hätten zusammen gegessen, geschlafen und sich dann getrennt? Das braucht man doch nicht zu vertuschen. Alle tun das.»

«Aber nicht alle reden darüber.»

Sie vermochte Stryker nicht einzuordnen. Er war verrückt, hatte keinerlei Ähnlichkeit mit den Kriminalbeamten in ihren Büchern oder in den Fernseh-Krimis. Im Besprechungsraum war er ihr völlig normal erschienen, aber hier sah er verrückt aus, benahm sich verrückt, war verrückt. «Sie erinnern sich doch, oder?»

Er zuckte mit den Augen. «Woran?»

«An mich.»

«Sollte ich? Sind wir uns schon mal begegnet?» Er sah sie jetzt wieder an.

«Nicht unbedingt. Es ist nicht wichtig. Ist das alles, oder haben Sie noch Fragen?»

«Oh, es dämmert!» Er drehte Dans Sessel zum Fenster, so daß nur noch sein Hinterkopf sichtbar war. «Sie haben mit Wayland zusammen hier studiert, richtig?»

«Richtig.»

«Bei Adamson?»

Konnte es sein, daß er sich nicht erinnerte? Das wäre fast noch schlimmer. «Ja. Ich hatte verschiedene Kurse bei ihm ...»

«Und gute Noten?»

«Sehr gute.»

«Mein Gott – als Frau. Das muß ihm gestunken haben!»

«So war Aiken nicht.»

«Hatte Wayland auch Vorlesungen bei ihm?»

Vorsicht, mahnte sich Kate. «Ja. Griechische Mythologie. Da haben wir uns kennengelernt.»

«Und das feiern Sie wahrscheinlich auch jedes Jahr, genau wie den ersten Spinat, Mozart und das Rollschuhlaufen.»

«Vergessen Sie das Schlafen nicht», erinnerte sie ihn ironisch.

Stryker drehte den Stuhl herum und schlug so hart mit der Faust auf den Schreibtisch, daß sie zusammenzuckte. «Danke, Miss Trevorne. Das Protokoll ist am Montag fertig zum Unterschreiben.» Er winkte ihr zu. «Auf Wiedersehen.»

«Ist das alles?» Sie sprach zur Lehne von Dans Stuhl, sah unsicher zu Toscarelli, stand zögernd auf und ging hinaus.

Nach einer Weile fragte Stryker: «Habe ich ihr Angst eingeflößt?»

«Ich weiß nicht. Mir ja, und nicht zu knapp.»

Stryker sah ihn aus dem Augenwinkel an. «Hast du gedacht, ich dreh durch?»

«Vielleicht.» Tos war vorsichtig.

«Ich habe alles vermasselt», gestand Stryker den Bäumen vor dem Fenster. «Du hättest das machen sollen.»

«Vielleicht.» Tos wollte das gar nicht hören. Er schrieb weiter in seinen Notizblock.

Strykers Stimme war voller Selbstvorwurf. «Sie lügt, genau wie Wayland. Einige andere vermutlich auch. Allerdings scheinen sie über nichts Wesentliches zu lügen. Ich dachte, ich würde mit ihnen klarkommen, aber sie reagieren nicht wie andere Menschen. Sie erzählen mir alle ganz offen, wie sehr sie Adamson gehaßt haben und daß sie am liebsten an seinem Grab einen Freudentanz aufführen würden. Es kann jeder von ihnen gewesen sein.»

«Wir sind hier nicht im Orient-Express.»

«Der Ausspruch könnte von Miss Trevorne stammen.»

Tos sah ihn an. «Was sollte ihre Frage, ob du dich an sie erinnerst?»

«Wenn ich das wüßte!» Er fuhr sich mit den Fingern durch das lockige Haar, über das Gesicht und zog an einem Ohr. «Großer Gott!» sagte er. Es klang wie ein Gebet.

10

Kate ging rasch in ihr Zimmer. Als sie an Aikens versiegelter Tür vorbeikam, lief es ihr kalt über den Rücken. Der Fußboden war saubergemacht worden, und dort, wo Aikens Blut geflossen war, sah man einen hellen Fleck.

Hatte Richard den Mord begangen? Unsinn, sagte sie sich und rannte fast weiter. Aiken war zwischen elf und ein Uhr gestorben. Richard hatte sie vor Mitternacht verlassen. Sie hatte gelogen, ganz instinktiv gelogen, um ihn zu schützen. Aber sie war eine schlechte Lügnerin und hatte alles nur noch schlimmer gemacht, weil Stryker sie durchschaute. Richard konnte es nicht gewesen sein. Aber er war außer sich gewesen wegen Aikens ständiger, endloser Sticheleien.

Sie nahm den Schlüssel aus ihrer Handtasche, schloß auf und trat mit einem Seufzer der Erleichterung über die Schwelle.

«Hast du's ihm gesagt?»

Als sie Richards Stimme hörte, stieß sie einen leisen Schrei aus.

Sein blondes Haar fiel ihm in die Stirn, sein Mantel war mit schmelzenden Schneeflocken bedeckt. Er lehnte an ihrem Tisch, die Arme über der Brust verschränkt.

«Mein Gott, hast du mich erschreckt!» keuchte Kate. Sie legte die Handtasche auf den Schreibtisch. «Was soll ich ihm gesagt haben?»

«Wann ich gegangen bin.»

«Nein. Ich habe gesagt, ich wüßte es nicht genau, aber es war sehr spät. Warum hast du ihm gesagt, du wärst die ganze Nacht geblieben?»

Er faßte sie am Oberarm und zog sie an sich. «Weil ich das nur zu gern getan hätte, wie du verdammt gut weißt. Und weil ich klarstellen wollte, daß du zu mir gehörst. Außerdem ist es mir lieber, der Unzucht als des Mordes beschuldigt zu werden.»

«Und warum wolltest du klarstellen, daß ich zu dir gehöre?»

«Vielleicht wegen der Blicke, die er dir zugeworfen hat – oder du ihm.»

Sie trat einen Schritt zurück. «Und warum sollte er mir Blicke zuwerfen?»

«Genau das frage ich mich auch.»

«Reine Einbildung. O Gott, ich wünschte, wir wären irgendwo anders, und ich wäre nie hierher zurückgekommen.»

«Dann hätten wir uns nie wiedergesehen.» Diese Antwort hatte sie hören wollen. «Es wäre ein Verbrechen gewesen.»

«Und jetzt ist es Mord.»

«Aikens Mord ist kein Verbrechen. Das ist Erlösung.»

«Gestern abend hast du gesagt, du würdest ihn umbringen.»

Sein Gesicht verdüsterte sich und verzog sich gleich darauf zu einem breiten Lächeln. «Du auch. Aber wir brauchen keine Angst zu haben. Wir haben ihn beide nicht umgebracht, und da wir zusammen waren, kann niemand das Gegenteil beweisen. Warum sollte die Polizei ihre Zeit an uns verschwenden?»

«Hast du deswegen gelogen?»

«Du nicht auch? Als ich ins Studentenheim kam, haben alle schon geschlafen. Kein Alibi – das wäre ein gefundenes Fressen für die Polizei gewesen, vor allem in Verbindung mit allem anderen.»

«Da ist nichts anderes. Das ist längst vorbei, hat nichts zu bedeuten. Wir waren Kinder und völlig ahnungslos.»

«Und heute wissen wir alles. Freud ist für uns wie Muttermilch...»

«Hör auf!» sagte Kate gereizt. Sie hatten immer und immer wieder darüber gesprochen. «Die Sache ist gestorben.»

«Wie Aiken.»

«Genau.»

«Du hast recht. Niemand weiß was, und wir schweigen. Gut?»

«Gut.»

«Das hört sich schon besser an.»

«Was machen wir heute abend? Kommst du zu mir?»

«Nein. Ich hab dir doch gesagt, ich muß zu einer Versammlung.»

«Ach ja...» Sie nahm die kleine Schnitzerei in die Hand, die er ihr einmal geschenkt hatte – drei Affen mit Händen über Ohren, Augen und Mund: nichts hören, nichts sehen, nichts sagen.

«Wenn es nicht zu spät wird, komme ich noch mal vorbei.»

«Schön. Ich werde mich hinlegen, Schokolade essen und Schundliteratur lesen. Du kennst mich ja.» Sie stellte die Schnitzerei an ihren Platz zurück.

Er sah sie mit einem merkwürdigen Blick an, gab ihr einen Kuß auf die Nase und hielt an der Tür inne. «Das will ich doch hoffen, Kate. Das will ich sehr hoffen.» Er winkte ihr zu und ging.

Kate kannte Liz Olson ebenso wie Richard schon aus der Studienzeit. Liz hatte promoviert und ein Jahr in Frankreich verbracht, war aber schon wieder in Grantham, als Kate angeschlagen und reuevoll aus New York zurückkam. Liz hatte Kate schließlich zum Bleiben bewegt.

Sie war eine stattliche Frau mit großen blauen Augen und üppigem, goldfarbenem Haar, das ihr im Gegensatz zu anderen

Frauen, die eine Menge Geld dafür ausgaben, von Natur aus in Wellen auf die Schultern fiel. Sie trat nie in einen Raum, sondern segelte hinein wie eine Galionsfigur. So war es auch jetzt, als sie in das schummerige *Tacoma* hereinrauschte und sich mit ihren kurzsichtigen Augen blinzelnd umsah, bis sie Kate in einer der hinteren Nischen entdeckte. Sie trug ein langes rotes Cape, schwarze Stiefel und eine auf den Hinterkopf geschobene Pelzkappe. Mehrere Männer sahen sich nach ihr um, aber sie nahm keine Notiz davon. Sie hatte nur Augen für große Männer. Da sie ohne Schuhe sechs Fuß maß, bemerkte sie bei einem Mann im allgemeinen zuerst, ob er Schuppen hatte oder nicht. Dieser Umstand hatte ihr Herz verbittert, behauptete sie; wenn es stimmte, merkte man es ihr jedoch nicht an. Während sie es sich in einem Wirbel von rotem Wollstoff, mit dem sie fast den Tisch leerfegte, bequem machte, zog sie die Handschuhe aus und holte teils erleichtert, teils voller Spannung tief Luft. «Erzähl...»

«Ich weiß kaum, wo ich anfangen soll.»

«Auf keinen Fall mit einer Phrase, das solltest du schlechten Studenten überlassen», sagte Liz. «Immer der Reihe nach.»

Ein Blick in Liz' blaue Augen gab Kate Kraft. Liz war nicht aus der Fassung zu bringen. Bei ihr hatten sich schon ganz andere Leute ausgeweint. Ihr konnte man alles sagen, solange man sich klar und deutlich ausdrückte.

Kate berichtete in kurzen Zügen, was sich ereignet hatte.

Liz lehnte sich besänftigt zurück, wartete, während der Kellner ihnen einen weiteren Martini servierte, und fragte dann in bestimmtem Ton: «Hast du ihn umgebracht?»

«Um Gottes willen...»

«Verdammt – ich weiß. Aber so eine Chance kommt wohl nicht wieder. Es passiert ja nicht alle Tage, daß jemand aus meinem Bekanntenkreis einen Mord begeht.»

«Hör zu, es ist...»

«... ernst?» Liz runzelte die Augenbrauen. «Du darfst dir das nicht zu Herzen nehmen, Kate. Das ist die einzige Möglichkeit, ungeschoren da durchzukommen.» Sie zündete sich eine Zigarette an. «Ich kenne dich doch. Für dich ist alles dramatisch – Weltuntergang. Hat Richard ihn umgebracht?»

«Nein.»

«Sicher?»

«Ganz sicher.»

«Er ist vor Mitternacht gegangen.»

«Woher weißt du das?»

«Ich habe ihn gesehen. Er ist wie ein Wilder die Treppe runter- und zur Tür rausgestürmt, als hätte er Feuer unterm Hintern. Was hast du ihm in den Kaffee getan – Kerosin?»

«Liz...» sagte Kate aufgebracht.

«Schon gut. Erzähl mir von dem Bullen. Ist er groß?»

«Ist das alles, was dich an einem Mann interessiert?»

«Nein, aber immer das erste. Weshalb bringt er dich so aus der Fassung?»

Es hatte keinen Sinn, Liz etwas vorzumachen. Kate beugte sich vor. «Es ist derselbe, der...»

Liz riß die Augen auf und beugte sich ebenfalls vor. «Doch nicht *der*?» sagte sie mit verhaltener, ehrfürchtiger Stimme.

Kate fing an zu kichern. «Laß das...»

Liz lehnte sich zurück, inhalierte den Rauch ihrer Zigarette und lächelte. «Was erwartest du denn von mir? Was soll ich sagen? O Gott, bist du sicher? Der von dem Sitzstreik?»

Kate nickte. «Er ist jetzt Lieutenant bei der Mordkommission. Jack Stryker heißt er.»

«Erinnert er sich an dich?»

«Ich weiß nicht. Er hat sich ziemlich merkwürdig benommen. Ich habe ihn erst erkannt, als er seine Brille aufgesetzt hat.»

«Er trägt eine Brille? So tief kann man sinken?»

«Nur zum Lesen. Als die Sonne drauf schien, wirkte sie wie ein Helmschutz, und da fiel der Groschen bei mir. Er hat mich von Anfang an wütend gemacht, aber ich wußte nicht, warum. Er hat sich verändert, wirkt abgespannt und...»

«Wütend? Meinst du nicht geil?»

«Nein. Er ist älter geworden, Liz.»

«Das sind wir alle. Ich wette, er ist noch immer toll.» Liz wurde plötzlich bewußt, was nach allem Vorangegangenen bevorstand. Sie starrte Kate mitleidig und keineswegs erfreut an.

Es hatte sich während eines Sitzstreiks in der Mitte der sechziger Jahre ereignet. Wayland, aktives Mitglied der Studentenvereinigung, mußte mit seiner Einberufung rechnen und hatte einen Sitzstreik im englischen Seminar organisiert, um dagegen zu protestieren, daß die Universität der Regierung Informationen gab, die zu einer vorzeitigen Einberufung führen konnten. Kate, die mit Richard Wayland befreundet war und ihn bewunderte, hatte sich daran beteiligt, war von der emotionalen Welle erfaßt worden und hatte in das Geschrei und Gelächter der fast hysterischen Menge eingestimmt, bis die Polizei erschien. Dann war ihre Stimmung umgeschlagen. Als die uniformierten Beamten in das Gebäude eindrangen, hatte sie voller Panik die Flucht ergriffen. Einer der Männer war ihr gefolgt, hatte ihr in einem Raum im oberen Stockwerk den Weg abgeschnitten, sie übers Knie gelegt und erbarmungslos verprügelt. Dann war er aufgestanden, hatte sie hart auf den Mund geküßt und war zu seinen Kollegen zurückgekehrt, die alle Hände voll zu tun hatten, die Demonstranten festzunehmen.

Kate war gedemütigt und verwirrt, vor allem aber von Schuldgefühlen gepeinigt zurückgeblieben, weil sie Richard im Stich gelassen hatte. Erst nach Einbruch der Dunkelheit war sie hinausgeschlichen und nach Hause gegangen. Abgesehen von ihrer besten Freundin Liz hatte sie niemandem etwas davon erzählt. Er hatte eine dieser Spiegelbrillen getragen. Sie konnte sich nur an seine Hände auf ihrem nackten Fleisch, seinen Mund und das Lachen erinnern, mit dem er gegangen war. Gesagt hatte er nichts weiter als «Geh nach Hause und spiel mit deinen Puppen, Baby. Das ist hier kein Spiel für kleine Mädchen.»

Liz hatte das Ganze immer von der komischen Seite gesehen und tat es noch. Jetzt bemerkte sie, daß Kate sich in einem Konflikt befand. «Was ist?» fragte sie geduldig.

«Es liegt alles schon so lange zurück. Seitdem ist viel passiert. Ich bin erwachsen geworden.»

«Denkst du.»

«Verdammt, das bin ich. Wenn ich ihn unter anderen Umständen wiedergesehen hätte... Daß ausgerechnet er diesen

Mord aufklären soll... Er hat sich auch verändert, hat schon ein paar graue Strähnen im Haar, genau wie ich, und er ist kein Phantom, sondern ein Mann, der seine Pflicht tut.»

«Und dir immer noch Angst einflößt.»

«Ja.»

«Und das gefällt dir.»

«Natürlich nicht. O Gott, ich weiß nicht. Aber das macht die Sache noch komplizierter. Verstehst du das nicht? Es ist schon schlimm genug, unter Mordverdacht zu stehen...»

«Aber er hat deinen nackten Hintern gesehen und dir Angst gemacht. Ach, Kate, schade, daß er nicht größer ist.»

«Ich wünschte, er wäre es. Dann könntest du ihn dir angeln, und alles wäre erledigt. Da sind noch andere Dinge, die das Ganze komplizieren und die ich dir nicht erzählen kann. Es liegt schon lange zurück. Damals waren wir noch so voller Leidenschaft und Idealismus, jetzt sind wir älter, ein bißchen ausgelaugt und selbst Teil des Establishments.»

«Es ist ein Kreuz», sagte Liz bedauernd, doch ihre Augen funkelten.

«Du nimmst das alles nicht ernst.»

«Weiß Gott nicht. Und du solltest es auch nicht tun.»

Kate brach in Tränen aus. «Angenommen, Richard hat es wirklich getan. Ich habe Stryker angelogen. Wenn sich nun rausstellt, daß Richard...»

«Was belastet dich denn mehr?»

«Wie kannst du das fragen?» Einige Köpfe wandten sich zu Kate um. Sie nahm die Serviette und wischte sich verstohlen das Gesicht ab.

«Ich wollte nur wissen, wie die Dinge liegen», sagte Liz. «Hör mir mal gut zu: Der Richard, von dem du sprichst und den du siehst, ist nicht mehr derselbe, mit dem du verlobt warst. Er ist in Vietnam gewesen, das hat ihn verändert. Vorher war er nur schwach. Jetzt ist er ein Wrack.»

«Du magst ihn nicht. Du hast ihn nie gemocht.»

«Ich mag ihn schon, aber seit er dich mit deinen achtzehn Jahren einfach sitzengelassen hat und wortlos von der Bildfläche verschwunden ist, trau ich ihm nicht mehr über den Weg.»

«Er hatte Probleme.»

«Die hatten wir alle, und er hat anscheinend immer noch welche. Du kannst ihn nicht ewig beschützen. Wenn er unschuldig ist, hat er nichts zu befürchten, und...»

«Glaubst du wirklich an Wahrheit und Gerechtigkeit?» unterbrach Kate. «Glaubst du, bei uns kommen nie Unschuldige in den Knast, und Schuldige werden immer bestraft? Das kannst du mir nicht weismachen.»

Liz zuckte mit den Schultern. «Ich kann mich schlecht von der Überzeugung freimachen, daß man bei der Wahrheit bleiben soll – es sei denn, jemand will wissen, wie alt man ist oder was man wiegt.»

«Rühmliche Ausnahmen.»

«Genau. Wenn Richard unschuldig ist, war deine Lüge dumm, aber harmlos. Aber wie willst du damit fertig werden, wenn er schuldig ist? Wenn Stryker sein Handwerk versteht, wird er Richard schließlich überführen. Und was ist dann mit dir?» Sie drückte ihre Zigarette aus und griff nach der Speisekarte. «Vergiß die Vergangenheit, vergiß alles – nur nicht, daß Aiken ermordet wurde.»

«Aber nicht von Richard Wayland.»

«Wenn du davon überzeugt bist, warum hast du der Polizei dann nicht die Wahrheit gesagt?»

«Weil es Stryker war. Er hat mich wütend gemacht und ganz durcheinandergebracht.»

Liz winkte mit der Speisekarte. «Iß erst mal was. Du hast nicht nur einen leeren Kopf, sondern auch einen leeren Magen. Was möchtest du?»

Kate starrte auf den Kellner. Er hatte genau so einen Notizblock wie Toscarelli.

11

Nachdem Stryker das letzte Verhör beendet hatte, wandte er sich dem Problem der fehlenden Aktentasche zu. Er hatte nie einen Dozenten ohne eine gesehen. Er zog den Umschlag mit den persönlichen Dingen hervor, die der Tote bei sich gehabt hatte, und kippte den Inhalt auf die Schreibunterlage. Als er sie zwei oder drei Minuten betrachtet hatte, sagte er: «Soso ...»

Toscarelli, in sein Stenogramm vertieft, zuckte zusammen.

Stryker streckte die Hand aus und griff nach dem Wagenschlüssel. «Vielleicht ist sie im Auto.»

«Wenn der Dieb hinter der Tasche her war, hat er Pech gehabt.»

Stryker sah ihn mit gerunzelter Stirn an. «Ein Dieb hat nichts mit der Sache zu tun.»

«Mann, bist du stur!» Toscarelli grinste. «Wenn die Tasche nicht im Wagen ist, ziehst du die Möglichkeit dann vielleicht doch in Betracht?»

«Könnte sein. Aber was soll ein Dieb mit ein paar vertrockneten Sandwiches und einem Bündel Papier? In meiner Tasche würde er sonst jedenfalls nichts finden. Hält man das für möglich? Er fuhr einen Mercedes.»

«Ehrlich? Bei seinem Gehalt?»

Stryker hielt den Schlüsselring am Lederanhänger hoch. «Stell dir vor, du wärst ein Mercedes und gehörtest einem Professor. Wo würdest du dann sein?»

«Wenn er mich auf der Straße geparkt hat, wahrscheinlich irgendwo zum Umfrisieren, oder, wenn er mich in einer Garage abgestellt hat ...»

«Fragen wir Stark», sagte Stryker und stand auf.

«Was soll das ganze Theater um das Auto?»

«Es geht nicht ums Auto, sondern um die Aktentasche. Irgendwo muß sie doch sein, und wenn nicht in seinem Zimmer, dann vielleicht in seinem Wagen.»

«Und vielleicht in irgendeiner Mülltonne, in die der Mörder sie reingeworfen hat, nachdem er rausgenommen hat, was er suchte.»

Stryker hielt an der Tür inne. «Na schön – wie du meinst. Womit fangen wir an: mit den Mülltonnen im Umkreis von fünf Meilen oder mit seinem Wagen?»

Es schneite nun stärker. Obwohl es erst drei Uhr war, brach unter der dichten Wolkendecke bereits die Dämmerung herein. Die Straßenlaternen brannten schon, und unter ihnen glitzerten der aufgetürmte alte Schnee und die frischen Flocken wie Kristalle. Auf dem Parkplatz standen nur wenige Wagen.

Als Toscarelli mit dem Handschuh den Schnee vom dritten Wagendach fegte, kam der glänzende silbergraue Lack von Adamsons Mercedes zum Vorschein, den Stark beschrieben hatte. In einiger Entfernung hörte man das Brummen der in kleinem Gang fahrenden Streuwagen. Durch die Luft drangen einzelne Geräusche, vom Schnee gedämpft: das Läuten einer Kirchenglocke, eine Stimme, Hundegebell, eine Hupe. Davon abgesehen fühlten Stryker und Toscarelli sich völlig von der Welt abgeschnitten und von den schneebedeckten Büschen eingehüllt, die rings um den Parkplatz und an der blaß aufragenden Hinterfront des Naturwissenschafts-Gebäudes standen.

Stryker zog seinen Handschuh aus und nahm die Wagenschlüssel aus dem Umschlag. Dann schloß er die Fahrertür und setzte sich hinter das Lenkrad. Es war dunkel im Wagen, weil Schnee die Fenster verhüllte. Er warf einen schnellen Blick über den Rücksitz und entdeckte die Tasche.

Es war eine abgegriffene Tasche aus braunem, geprägtem mexikanischem Leder – offenbar ein altes, ramponiertes Erbstück, das gar nicht zu Adamsons peinlich gepflegter Erscheinung paßte (die der Mörder allerdings ruiniert hatte), und sie war so vollgepfropft mit Papier, daß sie aus den Nähten zu platzen drohte. Er gab sie Toscarelli, der frierend von einem Fuß auf den andern trat, und tastete mit der Hand herum, die im Handschuh steckte. Die Kollegen würden den Wagen später gründlich untersuchen.

Der Rücksitz war leer. Auf der Ablage lagen nur ein Scheibenkratzer und eine Dose Enteisungsspray. Das Handschuhfach enthielt einige Karten, eine Kreditkarte der Tankstelle, eine Parkmarke, eine leere Flasche mit Lederhülle, ein kleines Notizbuch mit Eintragungen über den Wartungsdienst am Wagen und ein homosexuelles Porno-Taschenbuch aus Dänemark.

Der Fahrersitz war nach vorn gezogen, denn Adamson war kleiner gewesen als Stryker. Während er nach dem Hebel tastete, um den Sitz zurückzuschieben und mehr Platz für die Beine zu schaffen, berührte er etwas Weiches: einen roten Fausthandschuh mit braunem Pelzbesatz auf dem Rücken. Er stieg aus und leuchtete mit der Taschenlampe unter den Sitz. «Das reicht wohl. Das Geheimnis der Aktentasche ist jedenfalls geklärt.»

«Ich habe Eisbeine», brummte Toscarelli. «Das ist kein Geheimnis.»

«O Gott!» Kate blieb so abrupt stehen, daß Liz in sie hineinlief. «Da ist er.»

«Wer?» Liz blinzelte, sah aber nur zwei verschwommene Gestalten am anderen Ende des Parkplatzes.

«Stryker. Der im Ledermantel.»

Liz holte die Brille aus der Handtasche und blickte hindurch, ohne sie aufzusetzen. «Und wer ist der andere?»

«Sergeant Toscarelli. Sein Kollege.»

«Der ist groß», hauchte Liz hingerissen. «Komm!» Sie faßte Kate am Arm, stieß die schneebedeckten Zweige der Büsche aus dem Weg und steuerte auf die beiden Männer zu. Kate versuchte sie zurückzuhalten, aber gegen eine besessene Frau kam sie nicht an. «Liz, was soll das?»

«Ich bringe dich hin, damit du ihm sagst, wann Richard gestern gegangen ist. Und wenn du's nicht machst, mach ich's. Ich habe ihn gehen sehen, bin also Zeuge. Das werden die natürlich überprüfen wollen. Vor allem Sergeant Toscarelli, hoffe ich.»

Toscarelli spürte eine Bewegung hinter sich und wandte sich um. «Heilige Mutter Gottes», murmelte er.

Auch Stryker wandte sich um, sah eine Gestalt in rotem Cape mit wehendem blonden Haar, sprühenden Augen und weit ausholenden Schritten näherkommen. «Eine Walküre», sagte er. Dann bemerkte er Kate Trevorne, die rutschend und schlitternd folgte.

«Lieutenant Stryker? Ich bin Liz Olson. Kate und ich wohnen im gleichen Haus. Sie hat eine Dummheit gemacht und möchte Ihnen etwas sagen.»

Stryker sah über Liz' Schulter hinweg zu Kate. Sie schien nicht zu wissen, ob sie vor Verlegenheit oder vor Zorn rot werden sollte. «So?» fragte er leise.

«Ja», sagte Liz bestimmt. «Richard Wayland hat die Nacht nicht bei ihr verbracht.»

«Nein?» Strykers Stimme klang nicht überrascht.

«Er ist zehn Minuten vor Mitternacht gegangen», fügte Liz hinzu, als sie sah, daß Kates Mund auf- und zuschnappte wie eine Briefkastenklappe.

«Und wohin?»

«Woher soll ich das wissen?» Liz war verärgert.

«Ich dachte, Sie wüßten es vielleicht», sagte er mit ausdrucksloser Miene. «Sie wohnen im gleichen Haus?»

Liz begann zu bereuen, daß sie so vorgeprescht war. Ihr Eindruck von Stryker entsprach keineswegs ihrer Vorstellung. Nachdem sie jahrelang von Kates mysteriösem Mann gehört hatte, war es enttäuschend zu sehen, daß er Augen, Schuhe und dergleichen besaß. Sie war auch nicht auf den kaum unterdrückten Zorn gefaßt gewesen, den man ihm anmerkte. Sie fing an zu verstehen, warum Kate so reagiert hatte, und begann selbst, wie ein Wasserfall zu reden. «Ich wohne unten, Kate oben. Sie hat durch den Wäscheschacht gerufen, und ich...»

«Wäscheschacht?» fragte Stryker ruhig.

Kate war damit beschäftigt, die Höhe des Naturwissenschafts-Gebäudes abzuschätzen. Es schien eine Lebensaufgabe zu werden. Sie sprach mit belegter Stimme, ohne den Kopf zu wenden. «Mein Haus ist in zwei Wohnungen aufgeteilt. Der Wäscheschacht führt in den Keller. Wir haben Klingeln daran angebracht. Wenn wir wissen, daß die andere allein ist und wir was erzählen möchten, machen wir die Klappe auf und klingeln. Dann unterhalten wir uns durch den Schacht, oder ich gehe runter oder Liz kommt rauf. Ich weiß nicht, wann Richard gegangen ist. Ich habe nicht auf die Uhr gesehen.»

«Aber ich», sagte Liz. «Er hat die Tür so zugeknallt, daß mein Fernseher flimmerte. Ich dachte, Kate wollte vielleicht mit jemandem sprechen. So war's auch. Wir haben zusammen Kaffee getrunken und uns bis drei unterhalten.» Sie wandte sich seufzend an Kate. «Ich weiß, du bist jetzt sauer auf mich, aber es ist wirklich blöd, der Polizei was vorzulügen. Es geht um Mord. Da muß jeder mithelfen.»

«Amen», murmelte Toscarelli. Liz belohnte ihn mit einem so hinreißenden Lächeln, daß er fast die Aktentasche fallen ließ. Seine Füße waren plötzlich nicht mehr kalt.

Liz sah Kate noch immer an. «Wenn du mir verzeihst – falls du das je tust – mein Wäscheschacht ist immer offen.» Da sie keine Antwort bekam, seufzte sie resigniert. «Ich hab das doch nur für dich getan, weil du dich selbst nicht getraut hast.»

«Wirklich?» fragte Kate kalt.

«Vielen Dank, Miss Olson», sagte Stryker. «Wenn Miss Trevorne begreift, daß Sie ihr ein hieb- und stichfestes Alibi verschafft haben, wird ihr besser zumute sein.»

«Schön, daß alle wissen, wie mir zumute sein wird. Es erspart mir viel Kopfzerbrechen.» Kate kochte vor Wut. Sie lief zu ihrem Wagen und knallte die Tür zu. Nach ein paar stotternden Startversuchen fuhr sie so schnell davon, daß sie ins Schleudern geriet und fast die Rücklichter des Mercedes mitgenommen hätte.

Toscarelli grinste Liz an. «Es war völlig richtig, daß Sie mit der Sprache rausgerückt sind.»

«Ich weiß. Aber glauben Sie nicht, daß ich glücklich darüber bin. Manchmal ist Kate selbst ihr schlimmster Feind.»

Toscarelli warf einen Blick auf Stryker, der ein paar Schritte zurückgetreten war und Kates Wagen nachsah. «Solche Leute gibt's. Unterrichten Sie auch?»

«Ja. Französisch.»

«Komm schon, Tos», unterbrach Stryker das Gespräch energisch und wandte sich an Liz. «Nochmals vielen Dank. Falls wir Ihre Aussage zu Protokoll nehmen müssen, setzen wir uns mit Ihnen in Verbindung.»

«Wollen Sie nicht meine Adresse und die Telefonnummer wissen?»

«Sicher. Schreib's auf, Tos.» Er winkte kurz und ging mit den Händen in den Taschen davon.

Toscarelli nahm die Aktentasche unter den Arm, zog sein Notizbuch hervor und schrieb die Telefonnummer auf. Die Adresse wußte er – die gleiche wie die von Kate Trevorne. «Französisch also. Ich hab in der Schule Spanisch gehabt.»

«Spanisch ist eine sehr schöne Sprache.»

Sie standen sich lächelnd gegenüber.

«Komm endlich, Tos!» Stryker war bereits hinter dem Gebüsch verschwunden.

«Was hältst du davon?» fragte Toscarelli, als sie in die Stadt hinunter fuhren.

«Wovon?»

«Von diesem Alibi, daß diese Olson Miss Trevorne gegeben hat.»

«Ich denke, es stimmt.»

Toscarelli grinste erleichtert. «Ich auch. Aber warum hat sie gelogen?»

«Weil sie Angst hat, daß Wayland der Täter ist.»

«Meinst du, sie weiß was, was wir nicht wissen?»

«Hm...»

«Du wirst es schon aus ihr rauskriegen», sagte Toscarelli zuversichtlich.

12

Der Wächter aß für gewöhnlich in der Mensa, aber während der Semesterferien war sie geschlossen, und er mußte mit einem kleinen Lokal vorlieb nehmen, das doppelt so teuer und nur halb so gut war. Auf dem Wege dorthin kaufte er sich eine Abendzeitung, um sie während des Essens zu lesen.

Der Bericht war nicht sehr ausführlich.

Aber als er zu der Stelle kam, an der über Adamsons Zunge berichtet wurde, blieben ihm fast die Bratkartoffeln im Halse stecken. Er hatte den Streit, die Messerstecherei, die verzweifelte Sucherei und den Diebstahl gesehen, aber das mit der Zunge war ihm entgangen. Es war auf dem Boden und außerhalb seines Blickfeldes geschehen. Er fühlte sich ein wenig betrogen.

Er lehnte sich zurück, starrte auf seinen leeren Teller und überlegte, was er nun tun sollte.

Plötzlich lächelte er.

Verdammt, warum nicht?

Natürlich mußte er sehr vorsichtig sein, aber er war ja nicht dumm.

Schließlich arbeitete er an einer Universität.

13

Stryker beneidete Klempner ebenso wie Elektriker, Versicherungsagenten, Programmierer, Börsenmakler, Maurer und Sekretärinnen. Niemand von ihnen mußte sonntags arbeiten. Selbst Diebe, Zuhälter und Mörder konnten ein paar Gläser Bier trinken, fernsehen, ein Buch lesen, sich kratzen oder einfach die Zeit verschlafen. Polizeibeamte konnten das nicht.

Sie hatten den größten Teil des Sonntags damit verbracht, die Alibis von Adamsons Kollegen zu überprüfen. Das war reine Routine. Am Nachmittag hatten sie eine Verabredung, um sich die Wohnung des Toten anzusehen.

Adamson hatte Benning, Stewart und Tate als Testamentsvollstrecker eingesetzt. Obwohl er tot war, genoß er noch immer die Rechte und Privilegien eines unbescholtenen Bürgers. Sein Heim war seine Burg. Sie konnten sich natürlich einen Durchsuchungsbefehl besorgen oder auf Verdacht Zugang verschaffen, mußten dann aber auch die Konsequenzen tragen. Der einfachste und beste Weg war meist der, höflich zu bitten.

Jemand von Benning, Stewart und Tate wollte sich nach dem

Lunch mit ihnen am Haus treffen. Inzwischen hatte Stryker einen ersten Bericht über die Untersuchungen am vergangenen Tage verfaßt, den Captain überredet, ihm den Fall weiterhin zu überlassen, und eine Verschnaufpause eingelegt, während die anderen seine Aufträge ausführten. Er drehte sich meistens im Kreis, genau wie dieser verdammte Stuhl, und war fast erleichtert, als Wayland zu einem weiteren Verhör hereingeführt wurde.

«Ich protestiere», sagte Wayland laut. Niemand nahm davon Notiz, auch Stryker nicht. Er ging mit dem Mann in den Vernehmungsraum und schloß die Tür. Gut ausgeschlafen, wie er war, fiel es ihm leichter, Waylands Dreistigkeit zu ertragen. Fragte sich nur, wie lange.

«Es hat Sie niemand gezwungen, herzukommen.»

«Niemand gezwungen? Blödsinn! Sie sind ins Studentenheim gekommen und haben mich vor all den jungen Leuten bedroht. Sie meinten es durchaus ernst.» Wayland ließ sich auf einem Stuhl nieder und beobachtete mürrisch, wie Stryker einen Ordner aufschlug.

«Ich habe neue Informationen bezüglich Ihres angeblichen Zeitplans bekommen», sagte er ohne Umschweife. «Sie haben das Haus von Miss Trevorne kurz vor Mitternacht verlassen – jemand hat Sie gesehen. Möchten Sie Ihre Aussage berichtigen?»

«Wer hat mich gesehen?»

«Möchten Sie Ihre Aussage berichtigen?»

«Hat Kate Ihnen das gesagt?» wollte Wayland wissen. «So ein Blödsinn. Sie bestimmt nicht.»

«Nein, nicht Miss Trevorne. Ein unparteiischer Zeuge.»

«Jemand, der draußen vorbeiging? Wie konnte der wissen, daß ...» Wayland legte eine Pause ein, ließ sich an die Stuhllehne fallen und musterte Stryker voller Mißtrauen, während er alle Möglichkeiten in Betracht zog. «Liz Olson», stieß er schließlich aufgebracht hervor. «Hab ich recht? Unparteiisch – meine Güte!»

«Möchten Sie Ihre Aussage berichtigen?» wiederholte Stryker höflich.

Wayland überlegte. «Nein, zum Teufel. Das will ich nicht!»

«Ich möchte Ihnen dringend raten, die Wahrheit zu sagen, Mr. Wayland. Wenn...»

«Wenn ich das nicht tue, lochen Sie mich ein?» höhnte Wayland. «Das können Sie nicht. Ich erinnere mich, was ich gesagt habe – erinnere mich genau: daß ich nicht wüßte, wann ich Kate verlassen habe, weil ich nicht auf die Uhr gesehen habe.»

Stryker seufzte, klopfte mit einem Bleistift auf den Tisch und sah an die Decke. «Sie haben gesagt – behauptet, Sie hätten die Nacht bei Miss Trevorne verbracht. Darunter versteht man normalerweise den größeren Teil des Abends und Mor...»

«Sie können von mir aus darunter verstehen, was Sie wollen. Ich bin nicht hier, um mich mit jemandem ohne Abschlußzeugnis über Semantik zu unterhalten.»

Stryker stieß ein enttäuschtes Geräusch aus. «Finden Sie nicht, das geht ein bißchen weit? Aber wenn Sie sich darüber Sorgen machen, kann ich Ihnen gern eine Kopie meiner Zeugnisse von der Universität und der Polizeischule zukommen lassen. Ich habe Semantik bei Professor Culpepper gehört und weiß verflucht gut, was man unter *die Nacht verbringen* versteht.»

«Ich mache mir überhaupt keine Sorgen, aber Sie anscheinend. Ihre Qualifikationen hauen mich um.»

Stryker schloß die Augen, zählte bis elf und lächelte. «Möchten Sie Ihre Aussage berichtigen, Mr. Wayland? Wenn nicht, könnte ich sämtliche Bewohner des Studentenheims vernehmen. Ich bin sicher, daß zumindest einer von ihnen sich erinnern kann, wann Sie Freitag nacht nach Hause gekommen sind.»

Wayland wurde bleich. «Unterstehen Sie sich!»

«Es ist reine Routine», sagte Stryker. «Während wir hier sitzen und uns unterhalten, findet eine ganze Reihe routinemäßiger Untersuchungen statt. Die Beamten Pinsky und Neilson überprüfen zur Zeit alte Prüfungsunterlagen und Immatrikulationsverzeichnisse, befragen Kellner, Taxifahrer und alle möglichen Leute. Sie würden sich wundern, was manche Leute hören und sehen. Sie meinen doch nicht etwa, daß wir jedem alles abnehmen? Wir sind die mißtrauischsten Menschen, denen Sie je begegnet sind. Möchten Sie Ihre Aussage berichtigen?»

«Wozu?»

«Um die Wahrheit zu sagen. Das macht sich meistens bezahlt.»

Wieder eine nachdenkliche Pause. Wayland – mit Jeans, Hemd und Pullover bekleidet – betrachtete seine blankgeputzten Schuhe und den dunklen Streifen seiner Socken unterhalb der Jeans. Er hatte den Oberkörper nach vorn gebeugt und die langen Beine ausgestreckt. In dem grellen Licht des Vernehmungsraumes bemerkte Stryker, daß die sorgfältig aufgesetzte Maske des gewandten jungen Akademikers langsam rissig wurde. Um Augen und Mund bildeten sich kleine Fältchen. Der Backenbart zeigte Spuren von Grau, an der Nasenspitze trat ein geplatztes Äderchen hervor, und unter der Kinnlinie wurde der Ansatz eines Doppelkinns sichtbar.

«Ich will gar nichts berichtigen», sagte Wayland schließlich.

«Und warum nicht? Wovor haben Sie eigentlich solche Angst?» Stryker wollte es wissen. «Begreifen Sie nicht, daß Sie sich mit dieser Verbohrtheit selbst in die Nesseln setzen? Wenn Sie uns irgendeine harmlose Geschichte erzählt hätten, wäre die Sache vielleicht längst erledigt. Aber jetzt muß ich mich gründlich mit Ihnen beschäftigen. Mit Ihnen, Ihrer Umgebung, Ihrer Vergangenheit. Ich werde das sehr gründlich tun. Ist das nicht ein Trauerspiel? Schon allein die Zeitverschwendung!»

«Womit Sie sich den Arsch aufreißen, ist mir scheißegal!»

«Sie könnten dabei ganz schön dumm aus der Wäsche gukken.»

«Soll das eine Drohung sein?»

«Um Himmels willen, nein.» Stryker riß die Augen auf. «Drohen ist nicht meine Art. Ich bin ein sturer Typ, mach immer weiter, bis ich am Ziel bin. Und das werde ich erreichen, verlassen Sie sich drauf.»

«Viel Glück», sagte Wayland lächelnd und richtete sich auf. «Wenn weiter nichts ist, kann ich wohl gehen.»

«Ich lasse Sie nach Hause bringen.»

«Nein, danke.»

Als Wayland die Tür erreichte, fragte Stryker beiläufig: «Was meinen Sie – wie weit muß ich zurückgehen, um rauszukriegen, was Ihnen Angst macht? Fünf Jahre? Zehn? Fünfzehn? Oder wird Miss Trevorne es mir schließlich erzählen? Sie ist keine gute Lügnerin. Sie scheint Sie gern zu haben, aber sie kann es nicht ewig für sich behalten. Lügen und Geheimnisse belasten sie.»

«Wenn Sie Kate unter Druck setzen, werde ich...» Wayland wurde bleich.

«Oh, wie ritterlich», sagte Stryker ironisch.

Wayland machte auf dem Absatz kehrt und ging.

Neilson trat einen Schritt zurück, um ihn vorbeizulassen, trat mit gerunzelter Stirn ein und machte die Tür fest hinter sich zu. Er hatte eine Computerliste in der Hand. Stryker war froh über jede Ablenkung und erkundigte sich, was es damit auf sich hätte.

«Es ist merkwürdig. Erinnern Sie sich an die Adresse, die Heath uns genannt hat? Wo er mit seiner Mutter wohnt?»

«Ja.»

«Es ist ihre Wohnung, nicht seine. Seine richtige Adresse hat er uns verschwiegen.»

«Vielleicht gehört ihm die andere Wohnung, und er hat sie vermietet.»

Neilson schüttelte den Kopf. «Nein, ich habe das überprüft. Der Hausmeister sagt, er wohnt da, ist aber viel unterwegs. Er scheint Heath für einen Handelsvertreter oder so was zu halten. Ich habe geklingelt. Es ist ein Luxusapartment. Der Portier...»

«Da gibt's einen Portier?»

«Ja, so eine Wohnung ist das.» Neilson setzte sich auf die Schreibtischkante und zündete sich eine Zigarette an. «Er sagt, Heath ist entweder in der Kirche oder er läuft. Wenn er zu Hause ist, läuft er oft. An Wochenenden ist er meistens da. Ich hab ihn nach gestern abend und Freitag abend gefragt, und er hat gesagt, da wäre er dagewesen.» Neilson zog den Rauch tief in die Lungen und stieß ihn langsam aus. «Er hat gesagt, Freitag abend waren beide da. Heath und seine Frau.»

Stryker setzte sich kerzengerade auf. «Heath hat mir doch gesagt, er sei geschieden.»

«Eben.» Neilsons Augen funkelten. «Genau das hat er gesagt.»

Stryker stand auf. «Los, kommen Sie!»

Pinsky las aus seinem kleinen schwarzen Buch ab.

«Wir haben den Taxifahrer gefunden. Er bestätigt, daß er Dr. Coulter zehn Minuten vor Mitternacht vom Hotel zum Uni-Parkplatz gebracht und gewartet hat, bis sie eingestiegen war. Er ist ihr bis Jefferson gefolgt und dort abgebogen, während sie geradeaus fuhr. Das war das eine.» Er blätterte um. «Heskells Verlobte bestätigt, daß sie zusammen waren.» Er beugte sich leicht vor. «Ich meine, wir sollten sie etwas unter Druck setzen. Es klang ärgerlich, als ob es ihr gegen den Strich ginge, das zu sagen. Ich hab da ein komisches Gefühl.»

Tos und Stryker sahen sich an. Pinskys Gefühle waren zwar etwas vage, aber meistens nicht unbegründet.

«Dann tun Sie das», stimmte Stryker zu. «Sonst noch was?»

«Bei Fowler und Stark ist alles in Ordnung. Die Ehefrauen haben die Angaben bestätigt. Das ist zwar nicht immer zuverlässig, aber sie scheinen die Wahrheit zu sagen. Rocheleau ist auch in Ordnung. Die Frau ist einsame Klasse, aber die Schwiegermutter... Da hat er recht. Die würde ihn mit Freuden hinter Gittern sehen. Pinchman und Grey-Jenner stehen noch aus. Underhill...» Er legte eine Pause ein. «Da ist was faul.»

«Nämlich?» fragten Stryker und Toscarelli wie aus einem Mund, weil Pinsky schwieg.

«Es ist...»

«So ein Gefühl?»

Pinsky nickte. «Ein Nachbar sagt, Underhill wäre so um halb acht nach Hause gekommen, hätte den Wagen auf den Einstellplatz gefahren und das Haus nicht mehr verlassen. Seine Frau behauptet, sie hätte Underhills Wagen um Mitternacht herum wegfahren hören. Offenbar passiert das öfter. Es fällt ihr auf den Keks, weil der Einstellplatz direkt unter dem Schlafzimmer liegt. Unter ihrem meine ich...»

«Das haben wir kapiert.»

«Ihr Mann hat aber gesagt, sie hätte das nur geträumt, der Wagen wäre am Morgen noch dagewesen. Sie haben sich richtig in die Wolle gekriegt.»

«Toll», sagte Neilson. «Und?»

Pinsky zuckte mit den Schultern. «Sie behauptet, er ist weggefahren, er behauptet, er ist geblieben. Außerdem sagt sie, die Underhills hätten ständig Streit, und er schluckt das nur, weil er so vernarrt in die Kinder ist und die Familie zusammenhalten will. Sie sagt, er ist ein Heiliger.»

«Was schluckt er?»

«Ihre Rumtreiberei, wie sie das nennt», grinste Pinsky. «Offenbar kann sie Mrs. Underhill nicht ausstehen. Mrs. Underhill scheint große Klasse zu sein, und der Nachbar... Reimen Sie sich das selbst zusammen.»

«So ist das also», sagte Neilson.

Es war eine der neueren Siedlungen in einem Gebiet, das im Rahmen der Stadtsanierung und des Denkmalschutzes modernisiert worden war. Nach rechts ging der Blick auf den Fluß und das bewaldete gegenüberliegende Ufer, nach vorn auf die Wolkenkratzer der Unterstadt, und nach links auf die düsteren Hütten und verfallenen Häuser von Junktown. Der Mann an der Tür – Portier und Hausmeister zugleich – nickte Neilson zu.

«Ist er da?» fragte Neilson. «Ist er gekommen?»

«Ja, vor etwa zwanzig Minuten», sagte der Mann, indem er Neilsons Begleiter musterte. «Ich hab ihm nichts gesagt – sollte ich ja nicht.»

Als Neilson seinen Informanten entlohnte, zeigten Stryker, Pinsky und Toscarelli plötzlich Interesse für Architektur. «Sie ist auch da», tat der Portier gratis kund, als sie durch die Glastür gingen. «Vor zehn Minuten gekommen.»

«Was mag eine Wohnung hier kosten?» fragte Pinsky im Fahrstuhl, der mit schwarzem Walnußholz vertäfelt und mit Messing abgesetzt war.

«Mehr, als wir vier in einem Jahr verdienen», meinte Neilson. «Der Hausmeister sagt, als die Apartments gebaut wurden, gingen sie für hundert weg. Inzwischen haben einige den Besitzer gewechselt, und der Preis ist jedesmal gestiegen. Das letzte hat fast dreihundert gekostet.»

«Dreihunderttausend?» stieß Pinsky hervor.

«Dreihunderttausend.»

«Jesus Maria! Da muß er seine Finger aber noch woanders dringehabt haben!»

«Das ist anzunehmen.» Neilson grinste.

Sie sahen ihn an, aber er grinste weiter und führte sie den Flur entlang. «Hier ist es», sagte er und klingelte. Nach einer ganzen Weile öffnete sich die Tür. Vor ihnen stand Lucy Grey-Jenner, die ihre Blöße hastig mit einer Samtrobe bedeckt hatte.

Neilson sah seine Kollegen und «Mrs. Frank Heath» an. «So eine Überraschung», murmelte er.

«Seit vier Jahren», brummte Heath. Seine massige Gestalt wirkte wie eine drohende Gewitterfront. «Und wenn meine Mutter nicht wäre, hätten wir es längst offiziell gemacht. Sie ist eine alte, eigensinnige Frau. Der Gedanke, daß ich mit einer Weißen verheiratet bin, wäre ihr Tod.» Er sah unvermittelt zur Seite. «Sie hat ohnehin nicht mehr lange zu leben, und man braucht ihr die letzten Monate nicht unnötig schwer zu machen. Lucy hat dafür Verständnis.»

Professor Grey-Jenner hatte sich inzwischen angezogen. Unter Rock und Pullover zeichnete sich ihr noch immer schlanker, jugendlicher Körper ab. Sie zündete sich nervös eine Zigarette an und suchte Rückhalt bei Heath, doch sein Blick war in die Ferne gerichtet. Seine herabhängenden Hände waren zu Fäusten geballt, und er hatte Mühe, seinen Zorn zu verbergen. Selbst Toscarelli fühlte sich durch die mächtige Kontur vor dem Fenster eingeschüchtert.

«Hat Adamson von dieser Verbindung gewußt?» fragte Stryker.

Heath stand völlig reglos da, dann lief ein kurzes Beben durch seinen Körper. Als er sich umwandte, traten Pinsky und Neilson unwillkürlich einen Schritt zurück, Toscarelli ging auf ihn zu,

Stryker rührte sich nicht vom Fleck. «Ja. Er hat mich an diesem Abend darauf angesprochen und gesagt, es wäre ein großer Schritt vorwärts in den Beziehungen zwischen den Rassen, wenn wir uns zu unserer Liebe bekennen würden. Er fand, das wäre wundervoll.» Der Zorn zerriß die Worte zu Silbenfetzen. Er sah Stryker an. «Er hat wirklich *wundervoll* gesagt.»

Stryker fiel keine passende Antwort ein, allenfalls die, sich für die Existenz seiner Rasse zu entschuldigen. Was ihm allmählich am meisten Kopfzerbrechen bereitete, war die Frage, warum nicht jemand Adamson schon früher umgebracht hatte.

«Die Leute auf dem Campus würden es verstehen», sagte Lucy wehmütig. «Kinder stehen ohnehin nicht zur Debatte. Dafür bin ich mittlerweile zu alt, und Frank hat drei reizende Kinder aus erster Ehe. Wir wollen nur füreinander da sein, es gibt also gar keine Probleme. Nur Mutter Heath...»

Man merkte, wie sehr es sie belastete. Heath faßte sie sanft am Arm. «Sie ist stark», sagte er und meinte seine Mutter. «Mein Vater hat uns sitzen lassen, als ich zur Welt kam, und außer mir waren noch vier hungrige Mäuler zu stopfen. Sie hat für uns getan, was sie nur konnte. Einer meiner Brüder ist Arzt, der andere Rechtsanwalt, die beiden Schwestern sind Lehrerinnen. Ich hatte Glück – ich habe als Sportler ein Stipendium bekommen und dabei Gefallen am Campusleben gefunden.»

Tos schnappte plötzlich mit den Fingern. «Sie haben für Packers gespielt», sagte er ehrfürchtig.

Heath nickte. «Bis beide Knie kaputt waren.» Er zog eine Grimasse.

«Und er gehörte zu Beta Kappa», fügte Lucy leise hinzu.

«Ja», sagte Heath. «Das und ein paar Cent verhelfen mir überall zu einer Tasse Kaffee.» Er berichtigte sich. «Wenigstens im Norden.»

«Warum haben Sie nicht heimlich geheiratet?» fragte Neilson.

«Das wäre unaufrichtig», sagte Lucy leise. «Sie war ihm gegenüber nie unaufrichtig, und das zahlt er nun zurück.»

Heath sah sie an. «Zahlen tust du.» Er zog sie an sich, hielt sie fest und warf den anderen über ihren Kopf hinweg einen scharfen Blick zu. «Sie halten uns wahrscheinlich für verrückt.»

«Nein», sagte Stryker. «Aber ich schätze, es ist nervenaufreibend, zwischen den beiden Frauen hin und her zu laufen.»

Heath sah ihn verwundert an und fing dann an zu lachen. «Diese verdammten Frauen!»

«Recht hat er», sagte Pinsky. «Ich hab vier Töchter...»

«O Gott», sagte Heath voller Mitgefühl.

«Sie waren also Freitag beide die ganze Nacht hier?» fragte Stryker.

Sie nickten. «Ich bin direkt hergekommen», sagte Lucy. «Frank ist erst nach Hause gefahren, um nach seiner Mutter zu sehen, und dann gelaufen. Sie schläft sehr viel und hat keine Uhr im Zimmer. Hauptsache, er ist da, wenn sie aufwacht, dann ist alles in Ordnung.»

«Aber...» begann Toscarelli, hielt inne, sah sich um und fuhr dann fort: «Aber wenn sie irgendwas braucht?»

«Die Schwester ist ja da.»

«Schwester?» fragte Stryker. «Die haben Sie bei Ihrer Aussage gar nicht erwähnt.»

Heath zuckte mit den Schultern. «Ich habe nicht damit gerechnet, daß Sie es nachprüfen.»

«Das tun wir immer», sagte Stryker streng. «Sie hätte uns gesagt, Sie wären weggegangen.»

«Das bin ich auch. Jogging», erinnerte ihn Heath. «Als ich gegen vier zurückkam, hat die Schwester geschlafen. Hoffe ich wenigstens. Sie ist auch nicht mehr die Jüngste, und ich kann leise sein, wenn ich will. Kinder mit einer energischen Mutter und vier lebhaften Geschwistern lernen, wie man sich unbemerkt zu Hause einschleicht. Das können Sie mir glauben.»

«Wie kann er so eine Wohnung überhaupt finanzieren?» wollte Pinsky wissen, als sie im Wagen saßen.

«Das haben Sie doch gehört. Drei Jahre Footballprofi. Können Sie sich nicht erinnern, daß er bei Packers gespielt hat?»

«Ich hab nicht viel Gelegenheit, Football zu sehen», sagte Pinsky düster. «Bei uns laufen immer Familienserien und so was.»

«Vielleicht hat er das Geld investiert. Checken Sie das, Neilson, ja?»

«Hab ich schon, soweit das am Sonntag möglich war. Beide verdienen gut, und sie hat auch was auf der hohen Kante.»

«Heath hat noch seine Mutter zu versorgen.»

Neilson schnaubte. «Die hat selbst genug. Soweit ich weiß, gehörte Heaths Mama zu den rührigsten Frauen in der Stadt. Das Haus, in dem sie wohnt – gut eine Meile von hier –, war weit und breit bekannt. Ich glaube, sie wurde *Mama Jubilee* genannt.»

Tos kam leicht mit dem Wagen ins Schleudern. «Von der hab ich auch schon gehört. Nur Schwarze, da war sie unerbittlich. Ich erinnere mich...»

«Sie war äußerst verbohrt.»

«Ist sie anscheinend immer noch.»

«Jedenfalls haben sie ein Alibi», sagte Toscarelli.

Stryker schüttelte den Kopf. «Wenn Grey-Jenner bereit ist, heimlich mit ihm zusammenzuleben, wird es ihr nicht viel ausmachen, für ihn zu lügen, oder? Ein Jogger um Mitternacht ist schwer zu identifizieren, vor allem, wenn er einen dieser Anzüge mit Kapuze trägt. Durch die Gassen sind es nur zwei Meilen zum Campus. Er ist kräftig und – wie ich glaube – aufbrausend, aber er reißt sich zusammen. Er steht unter Druck. Angenommen, Adamson hat gedroht, darüber zu reden. Wie würde jemand wie Heath dann reagieren?»

«Sie haken die beiden also nicht ab?»

«Ich hatte sie abgehakt, aber jetzt hab ich sie wieder auf der Liste.» Er sah auf die Uhr. «Laßt uns was essen, ehe wir in die Berge fahren. Auf dem Weg können wir Professor Coulter einen Besuch abstatten. Ich möchte ihr den Handschuh bringen.»

Wie kann er so eine Wohnung finanzieren . . .

... will Pinsky wissen. Des Rätsels Lösung: Heath hat das Geld investiert, das er als Footballprofi verdiente. Und sein Beispiel zeigt uns, wie man die guten Jahre des Lebens verlängern kann.

14

Professor Coulter bewohnte ein kleines, in neu-englischem Stil erbautes rotes Backsteinhaus. Es lag am Ende eines langen, schmalen Gartens, dessen Büsche runde Schneehauben trugen. Der Pfad zur Haustür war freigeschaufelt. An der Seite schwang ein kleiner, stämmiger Mann im Arbeitskittel mit einer Jägermütze auf dem Kopf rhythmisch die Schaufel. Während Pinsky und Neilson im Wagen blieben und über Heath debattierten, klingelten Toscarelli und Stryker an der Tür. Eine rundliche, aufgeregte kleine Gestalt voller Rüschen öffnete ihnen.

«Sie sind bestimmt Mrs. Feather», sagte Stryker und nahm die Mütze ab. Das Haus und die Frau ließen diese Geste angebracht erscheinen. «Ich bin Lieutenant Stryker. Ist Professor Coulter da?»

«Ja, oh... Bitte kommen Sie herein», flüsterte Mrs. Feather. «Sie arbeitet.» Es klang, als sei Professor Coulter in ein Gespräch mit Gott und allen Erzengeln vertieft. «Aber wenn es sehr wichtig ist...» Sie sah ihn an und kam zu dem Schluß, es sei wichtig. «Ich rufe sie. Einen Moment.» Sie wandte sich um, lief den Flur entlang, warf einen Blick über die Schulter und lächelte über das ganze Gesicht. «Die Fußmatte...»

Sie traten sich pflichtschuldig die Schuhe auf der Matte ab. Einen Augenblick später kam Mrs. Feather eilig zurück, erklärte, Jane würde sie empfangen, und führte sie nach hinten in einen Raum mit Bücherregalen an den Wänden. Im Kamin brannte ein offenes Feuer. Was sie zunächst für ein Fell hielten, bewegte sich plötzlich und entpuppte sich als riesiger Hund, der sich erhob und Stryker in die Augen sah.

«Schon gut, O'Bannion. Bekannte», sagte Professor Coulter von ihrem Platz am Schreibtisch, und der Hund legte sich wieder ans Feuer. Sie stapelte einige Papiere aufeinander und lächelte. «Ein irischer Wolfshund. Angeblich als Gefährte für Könige gezüchtet. Ich frage mich oft, was er davon hält, zum Aufpasser von zwei alten Tanten wie Milly und mich degradiert worden zu sein. Sind Sie gekommen, um mich zu verhaften?»

«Noch nicht.» Stryker lächelte. «Ich wollte...»

«Wie schade», unterbrach sie ihn, stand auf und kam näher. «Ich habe mir immer gewünscht, zu Hause verhaftet zu werden. Einmal bin ich in Syrien verhaftet worden, weil ich Aufnahmen von einem Hethitergrab gemacht habe – ich hatte übersehen, daß unmittelbar dahinter ein Militärflugplatz lag. In Kreta wurde ich während eines Aufstandes der Einheimischen in Schutzhaft genommen, und ich habe zwei Tage in einem tunesischen Gefängnis verbracht – äußerst unangenehm. Zu Hause ist mir das noch nie passiert. Es wäre interessant, Vergleiche anzustellen.»

«Wenn Sie so scharf darauf sind, dürfte es Ihnen nicht schwerfallen, ein kleines Verbrechen zu begehen.» Stryker grinste. «Ich bin nur gekommen, um Sie nach Ihren Handschuhen zu fragen.»

«Nach meinen Handschuhen?» fragte sie verwundert. Selbst O'Bannion hob seinen gewaltigen Kopf und musterte Stryker erstaunt.

«Genau gesagt, nach einem.»

Mrs. Feather erschien mit einem Tablett, auf dem ein silbernes Teeservice und ein Teller mit Keksen standen. «Ich dachte, Tee... Die Kälte und...»

«Das ist lieb», sagte Jane und deutete auf den niedrigen Tisch vor dem Kamin. «Setzen Sie sich, meine Herren. Lassen Sie uns zivilisiert miteinander umgehen.»

Sie ließen sich vorsichtig auf dem zerbrechlich wirkenden Sofa nieder. Jane Coulter nahm gegenüber Platz und goß Tee ein. Mrs. Feather verteilte Teller, Tassen, Servietten und Löffel, setzte sich dann abseits auf einen kleinen Stuhl und griff nach einer Petit point-Stickarbeit. Während die Nadel unermüdlich in den Stoff stach, beobachtete sie sie mit großen Augen. Stryker sah sich um. Es war ein bemerkenswertes Zimmer. Jede zur Verfügung stehende Stellfläche war überladen mit Fotos in kleinen und großen Silberrahmen, winzigen Statuen, Ikonen, großen und kleinen Steinen, Messinggegenständen, Schnitzereien, Puppen, Gefäßen – mit allem, was man sich vorstellen kann. Es war das Zimmer einer Elster, vollgepfropft, überfüllt, aber faszinierend. Allein das Staubwischen mußte die kleine Mrs. Feather an den Rand der Erschöpfung bringen, dachte er.

«Also, was ist mit den Handschuhen?» fragte Jane Coulter munter, als die Tassen verteilt waren. Das feine Porzellan wirkte in Toscarellis Händen wie Puppengeschirr.

«Ach ja.» Stryker stellte umständlich seine Tasse ab und zog den pelzbesetzten Fausthandschuh hervor, den er in Adamsons Wagen gefunden hatte. «Hier ist er.»

«Er gehört Kate Trevorne.»

Stryker sah sie überrascht an. «Aber ich habe doch gesehen, daß er Ihnen Samstag vormittag aus der Tasche gefallen ist.»

«Der war etwas anders.» Sie wandte sich an Mrs. Feather. «Milly, holst du bitte mal meine Handschuhe aus der Manteltasche?» Sie trank lächelnd ihren Tee, bis Mrs. Feather die Handschuhe brachte. Jane Coulter nahm sie ihr ab, und Mrs. Feather kehrte zu ihrer Stickerei zurück. «Sehen Sie, hier ist das Leder an der Handfläche braun, bei Kate ist es rot. Also gehört er vermutlich ihr – oder sonst jemandem. Meiner ist es jedenfalls nicht. Wo haben Sie ihn gefunden?»

«Auf...» begann Toscarelli.

«Auf dem Uni-Parkplatz», ergänzte Stryker.

«Aha. Jedenfalls finde ich es sehr nett, daß Sie sich die Mühe gemacht haben, deswegen herzukommen. Sehr nett.»

«Wir sind auf dem Weg zu Professor Adamsons Haus.»

«Dann war es ja nur ein Abstecher.» Sie schien ein wenig enttäuscht.

«Er wohnt nicht weit von hier», stellte Stryker fest. «Waren Sie befreundet?»

Sie zog die Augenbrauen hoch. «Befreundet? Aiken und ich? Kein Gedanke. Er hatte keine Freunde in der Fakultät, das müssen Sie doch inzwischen gemerkt haben. Bei den Studenten war er ganz beliebt – er sorgte dafür, weil er ihre Schmeicheleien brauchte. Aber die Beziehungen zwischen uns... Wir waren Rivalen.»

«Rivalen? Ging es um seine Stellung?»

«Nein, keineswegs. Wir hatten beide volle Professorenstellen und gleiche Rechte, außerdem steuerten wir mit Riesenschritten auf die Pensionierung zu. Rivalen in akademischem Sinne, Lieutenant. In unserem Beruf sind zwei Dinge wichtig: erstens einen vielversprechenden Studenten zu finden und zu fördern, zweitens Anerkennung im erwählten Fachgebiet. Um sie zu behalten, muß man soviel wie möglich publizieren: Bücher, Artikel und dergleichen. Ich selbst habe mich recht gut geschlagen und brauche mein Licht nicht unter den Scheffel zu stellen. Ich habe hart gearbeitet und Anerkennung verdient.» Ihr Lächeln schwächte die Worte ab, so daß sie nicht so arrogant schienen, wie sie klangen.

«Du bist genial, Jane», murmelte Mrs. Feather in ihrer Ecke. «Das bist du immer gewesen.»

«Nein, aber ich arbeite hart», korrigierte Mrs. Coulter. «Genialität ist nicht genug, Milly. Aiken hielt sich für genial. Er dachte, wenn man etwas gut oder clever ausdrückt, kann man vertuschen, daß nur Effekthascherei dahinter steckt. Er war seicht, oberflächlich. Der Mann hat sich in seinem Leben nie wirklich in etwas vertieft, hat nur von anderen profitiert.»

«Sie meinen, er hat die Arbeit anderer als seine eigene...?»

Dr. Coulter schien bestürzt. «Das wollte ich damit nicht sagen. Aber er... er hat es verstanden, sich Vorteile zu verschaffen.»

«Von wem?»

«Wem?» sagte sie geistesabwesend. «Ich möchte lieber keine Namen nennen – schon deswegen, weil ich kein gutes Gedächtnis dafür habe. Aber im Laufe der Jahre hat er bestimmt mehr als einmal die Arbeit eines Studenten genutzt und Vorteil daraus gezogen.»

«Nicht unbedingt ein Verbrechen.»

«Nach Ihren Maßstäben vielleicht nicht, aber nach unseren schon. Ich zweifle nicht daran, daß er intelligent war, aber er meinte, Intelligenz genügte, sei alles, worauf es ankommt. Und das stimmt nicht.»

»Hat er auch aus Ihren Arbeiten Nutzen gezogen?»

«Aus meinen?» Sie war erstaunt. «Das hätte er nicht gewagt. Außerdem haben wir uns mit völlig verschiedenen Gebieten befaßt. Nein, ich fand ihn unangenehm, aber ich bin mit ihm ausgekommen. Wenn Sie Freundschaft an Anteilnahme messen, war Aiken nicht mein Freund. Wenn er in Schwierigkeiten geraten wäre, hätte ich keinen Finger für ihn gerührt. Um ehrlich zu sein, muß ich zugeben, daß er sehr erstaunt gewesen wäre, wenn ich es getan hätte.»

«Sag das nicht, Jane. Du bist die Hilfsbereitschaft in Person», flüsterte Mrs. Feather in ihrer Ecke.

«Danke, Milly.» Professor Coulter nahm das Kompliment mit Würde entgegen, schenkte den Beamten jedoch ein schiefes, amüsiertes Lächeln. «Jedenfalls habe ich keine Sympathie für Aiken empfunden. Er konnte mitunter ganz amüsant sein. Er hatte sehr viel Witz.»

«Wenn man Sie aufforderte, seinen Mörder zu nennen – an wen würden Sie denken?» erkundigte sich Stryker.

Sie sah ihn lange schweigend an, dann seufzte sie tief. «Ich sehe Ihre Probleme, Lieutenant. Statt einem oder zwei Verdächtigen haben Sie eine große Auswahl. Die meisten Leute würden Aikens Mörder – wenn sie die Wahl hätten – lieber ungeschoren davonkommen lassen, als zur Verurteilung eines Freundes beizutragen. Viele würden sogar eine Entschuldigung dafür finden, daß ein Freund durchgedreht und diese schreckliche Tat begangen hat.»

«Dafür gibt es aber keine Entschuldigung», sagte Tos. «Töten ist Unrecht.»

«Würden Sie nicht auch töten, um Ihre Pflicht zu erfüllen?» fragte Dr. Coulter. «Betrachten Sie das als Unrecht?»

«Wir würden es alle tun. Aber es ist immer der letzte Ausweg.»

«Vielleicht hielt Aikens Mörder es auch für den letzten Ausweg.»

«Möglich. Allerdings glaube ich kaum, daß er ruhiger schlafen kann als wir», sagte Stryker und stand auf. «Danke für den Tee, meine Damen. Tut mir leid, daß wir Sie so überfallen haben.»

«Ich wünschte, ich hätte Ihnen etwas mehr helfen können», sagte Jane Coulter und fügte hinzu: «Meine Güte ...»

«Was ist?»

«Ich dachte nur gerade an Kates Handschuh. Sie glauben doch nicht etwa, der hat etwas mit Aikens Mord zu tun? Es wäre mir schrecklich, wenn ich Sie auf den Gedanken gebracht hätte, daß sie...»

«Machen Sie sich deswegen keine Gedanken», beruhigte Stryker sie. «Wir haben ihn nur gefunden und gedacht, er gehörte Ihnen. Das ist alles.»

«Soll ich ihn ihr zurückgeben?»

«Nein, das mache ich schon», sagte Stryker.

«Ich bin sicher, Kate... Ich meine, sie würde nie...» Diesmal schien Jane Coulter die Fassung verloren zu haben.

Der Klang ihrer Stimme, der veränderte Ton brachten Bewegung in O'Bannion. Er spitzte die Ohren und richtete sich langsam auf.

«Vergessen Sie's!» sagte Tos.

«Sie sind sehr verständnisvoll.» O'Bannion legte sich wieder hin, behielt aber die Augen offen und verfolgte die beiden Männer auf dem Weg zur Tür mit aufmerksamem Blick.

«Ich wünsche Ihnen viel Glück bei der Suche nach Aikens Mörder», sagte Jane Coulter.

«Danke. Das werden wir brauchen, schätze ich», sagte Toscarelli mit verstohlenem Blick auf den Hund.

Adamson hatte in Lakeside Hills an einer sorgfältig angelegten, kurvenreichen Straße gewohnt, von der man gelegentlich zwischen den Bäumen oder am Ende einer kiesbedeckten Zufahrt einen Blick auf die Umrisse langgestreckter Gebäude im Stil einer Ranch oder hohe, der georgianischen Bauweise nachgeahmte Häuser erhaschte. In der Stadt hatten sich die Schneewehen oder der aufgeschaufelte Schnee in schmutzigen Matsch verwandelt, doch hier draußen lag er höher, sauber und glatt. In dieser Gegend, in der die Mogule des Bankgewerbes und die Fürsten der Werbeagenturen regierten, war ein Universitätsprofessor eigentlich fehl am Platze.

Als sie endlich den Briefkasten mit dem Namen Adamson fanden, stellten sie fest, daß bereits ein Wagen die Auffahrt entlanggefahren war. Vor dem geschlossenen Garagentor stand ein Rolls in zwei Grautönen. Pinsky hielt neben ihm an. Der Motor krächzte und spuckte, ehe er sich geschlagen gab. Aus dem Rolls stieg ein kleiner, elegant gekleideter Mann. «Lieutenant Stryker? Ich bin Roger Stewart.» Er streckte eine makellos manikürte Hand ohne Handschuhe aus. «Ich wohne ganz in der Nähe, deswegen habe ich den Auftrag bekommen...» Stewarts Händedruck war herzlich und kräftig, wie es sich für den Senior-Teilhaber einer der renommiertesten Anwaltsfirmen der Stadt gebührte, aber in Anbetracht seiner Statur überraschend. Handball, vermutete Stryker, mindestens zweimal wöchentlich.

«Ich hatte gedacht, Sie würden einen jüngeren Angestellten herschicken.»

«Normalerweise tun wir das.» Stewart lächelte kurz. «Aber Adamson war ein alter und angesehener Klient. Und, wie gesagt, ich wohne ganz in der Nähe. Haben Sie seine Schlüssel?»

«Die Sterbesakramente», dachte Stryker und zog sie hervor. Sie schritten durch den breiten Patio des im Kolonialstil erbauten Hauses. Ihre Schuhe knirschten im Pulverschnee, der vom überhängenden Dach geweht war. Der Himmel war fahl, die Luft hier draußen viel kälter. Ihr Atem blieb in der Stille hängen. Ein paar Vögel gaben zwitschernd ihren Kommentar ab, und ein Busch neben dem Eingang knackte und raschelte in einem kurzen Windstoß. Der Schlüssel im Schloß verursachte das lauteste Geräusch in der Umgebung.

Als die Tür aufging, wurden sie von abgestandener, warmer Luft eingehüllt, die vom Geruch guter Möbel und guter Politur erfüllt war, aber nicht im entferntesten an irgend etwas Menschliches erinnerte. Es roch nicht nach Essen, auch nicht nach Seife, die unter der Dusche zu Schaum gerieben worden war, weder nach Zigaretten, Rasierwasser noch Schweiß. Niemand zu Hause.

Stewart ging voran, die anderen folgten und stapften auf den schwarz-weißen Fliesen der Diele den Schnee von den Füßen. «Ich glaube, Professor Adamson hatte eine Haushälterin, die täglich kam, aber er lebte allein und hatte auch keine Angehörigen.»

Sie gingen durch den Türbogen ins Wohnzimmer. Kein

Zweifel, das Haus hatte einem wohlhabenden Mann gehört. Die Wände waren vom blassen Blau eines Rotkehlcheneies, der Teppichboden hatte die Farbe dunkler Bronze und war mit Orientbrücken belegt. Ein großer Teil der Möbel war nach Maß gearbeitet, der Rest antik. Stryker, dessen Eltern ein Antiquitätengeschäft betrieben hatten, ehe sie auf einer Einkaufsreise nach Europa sehr früh ums Leben gekommen waren, berührte einen Hocker mit Intarsienarbeit und dachte an sie. Sie hatten ihm wenig, aber immerhin einige antike Möbelstücke, Erinnerungen und Kenntnisse hinterlassen, die ganz allmählich in ihm gewachsen waren, ohne daß er sich damals dessen bewußt wurde. Jetzt wurde alles plötzlich wieder lebendig, er spürte es in den Augen und Fingerspitzen, und er wußte, daß irgend etwas nicht stimmte. Universitätsprofessoren besaßen einfach nicht soviel Geld.

Die kleinen Bilder an den Wänden waren zart und hübsch auf ihre Art, wurden aber von vier großen, modernen, auf alle vier Wände verteilten Ölgemälden überschattet. Alle vom gleichen talentierten Maler. Stryker brauchte nicht viel von moderner Kunst zu verstehen, um das zu erkennen. Ebenso klar war, daß sie speziell für dieses Zimmer gemalt worden waren. Die Farbtöne paßten zur Umgebung, die Proportionen stimmten genau, und die Sujets hätten sie auf dem allgemeinen Markt unverkäuflich gemacht. Sie zeigten Männer, deren Aktivitäten in allen Einzelheiten dargestellt wurden. Die erotische Absicht war unmißverständlich.

«Allmächtiger», murmelte Stewart, während Neilson lachte und Pinsky etwas zuflüsterte, der von einem Fuß auf den andern trat und seine Aufmerksamkeit den Brücken zuwandte. Stryker mahnte Neilson mit einem Blick zur Ruhe und sah dann zu Stewart. Der kleine Mann war offensichtlich peinlich berührt. «Ich hatte keine Ahnung... na ja, einen leisen Verdacht schon...» Er räusperte sich und gewann die Fassung zurück. Als er wieder sprach, klang seine Stimme leicht amüsiert. «Die Nachbarn haben bestimmt vergeblich auf eine Einladung zum Tee gewartet.»

Stryker grinste. «Haben Sie ihn nicht näher gekannt?»

Stewart schüttelte den Kopf. «Nein, zum Glück nicht. Wir fungieren zwar schon seit Jahren als seine Vermögensverwalter, haben aber nicht miteinander verkehrt. Meine Frau wäre hingerissen...»

«Ihre Frau?» fragte Toscarelli entgeistert.

«Sie ist Fachärztin für Psychiatrie.» Er knöpfte den Mantel auf und sah sich um. «Wo wollen Sie anfangen, Lieutenant? Und was hoffen Sie zu finden?»

«Irgendwas, das uns dem Mörder auf die Spur bringt», sagte Stryker. «Woher hatte er eigentlich das viele Geld?»

«Die Frage ist leicht zu beantworten. Er hat es geerbt.»

Stryker starrte ihn an. Diese Antwort hatte er nicht erwartet. «Geerbt? Ich habe gehört, er war ein uneheliches Kind und ist in einem Waisenhaus aufgewachsen.»

«Stimmt. Aber sein Vater hat ihn in seinem Testament bedacht. Da er keine weiteren Kinder besaß, war Adamson Alleinerbe. Ich habe das immer als eine Art Sühnegeld betrachtet. Der alte Mann hat Adamson nie anerkannt, und die Nachricht von der Erbschaft war ein großer Schock für ihn. Bis zum Alter von etwa zwanzig Jahren hat er eine sehr schwere und unerfreuliche Zeit durchgemacht, und ich glaube, er war verbittert. Zuerst spielte er sogar mit dem Gedanken, die Erbschaft auszuschlagen, aber als er hörte, um welchen Betrag es sich handelte...»

«Wenn er keine anderen Kinder hatte...»

«Gehabt hat er welche, aber sie sind vor ihm gestorben. Eine tragische Sache – sie sind im Alter von gut zehn Jahren mit dem Boot verunglückt. Die Frau hat den Verstand verloren und sich ein paar Monate danach das Leben genommen.»

Stryker dämmerte etwas. «Sie wollen doch nicht etwa sagen, er war der Sohn von Ezra Craddicks?»

Stewarts Mundwinkel zuckten, als wolle er ein Lächeln unterdrücken. «Das habe ich nicht gesagt, Lieutenant. Sie sind selbst zu dem Schluß gekommen.»

Stryker dachte nach. Ezra Craddicks hatte mit jungen Jahren ein Vermögen mit Patenten auf dem Gebiet der Automatik gemacht, das Geld geschickt investiert und es zum Millionär gebracht. Er hatte als großzügiger Gönner der katholischen Kirchengemeinde gegolten und hohes Ansehen wegen seiner Rechtschaffenheit und seiner hohen moralischen Grundsätze genossen. «Warum hat Adamson nicht seinen Namen geändert?»

«Das war ihm laut Testament ausdrücklich untersagt, und die Beziehung sollte soweit wie möglich geheimgehalten werden.»

«Und seine Mutter?»

«Die ist gestorben, als er noch ein Kind war. An Syphilis, die sie sich bei ihrem Broterwerb geholt hat. Nach ihrem Tod endete auch die Unterstützung ihres ... Wohltäters, und der Junge war auf Unterstützung der öffentlichen Hand angewiesen.»

«Bis er mit gut zwanzig Jahren ein Vermögen erbte», sagte Stryker. «Kein Wunder, daß er verbittert war. Anstatt sich mit dem Geld ein fröhliches Leben zu machen, wurde er Professor für Englisch. Warum?»

Stewart hob die Hand und zuckte mit den Schultern. «Ein paar Jahre hat er – wenn auch diskret – auf recht flottem Fuß gelebt, sich dann aber wieder gefangen. Frivolität und Untätigkeit langweilten ihn, hat er einmal gesagt. Ein anderer Beruf kam wohl vom Temperament her für ihn nicht in Betracht. Geschäftssinn besaß er jedenfalls nicht. Das Vermögen haben wir für ihn verwaltet.»

Und sicher nicht zum eigenen Nachteil, dachte Stryker neidlos. Für einen Anwalt machte Stewart einen durchaus ehrlichen Eindruck. «Was passiert jetzt mit dem Geld? Wer erbt es?»

«Eine ganze Menge Leute. Er war gewissermaßen ein Testamentsfanatiker. Hat ständig Leute gestrichen und andere eingesetzt. Es ist noch nicht eröffnet worden, aber da keine Angehörigen existieren, sehe ich keine Bedenken, Ihnen eine *cui bono*-Liste zu geben.» Er griff in die Innentasche und zog ein zusammengefaltetes Blatt Papier hervor. «Das ist die letzte – die gültige Liste. Ehrlich gesagt, ich habe keinen blassen Schimmer, welche Kriterien er zugrunde gelegt hat. Ich weiß auch nicht, ob die Leute überhaupt informiert sind. Er war sehr verschlossen. Vielleicht aber doch. Er gehörte zu denen, die gern Macht über andere haben und auch davon Gebrauch machen.»

«Das ist schon zu uns durchgedrungen.» Stryker faltete das

Papier auseinander. Als seine Augen über die Liste glitten, wurde er still. Sie enthielt etwa zwanzig Namen, daneben stand der jeweils zugedachte Betrag. Einige waren ihm bekannt, einige fremd. Richard Wayland zum Beispiel erbte fünfzigtausend Dollar, Frank Heath, Chris Underhill, Kate Trevorne und Lucy Grey-Jenner sollten je zehntausend erhalten.

«Ist das sein ganzer Nachlaß?» Die einzelnen Beträge summierten sich fast zu einer halben Million.

«O nein, keineswegs. Ein großer Teil geht an verschiedene Institutionen: Kranken- und Waisenhäuser, die Universität. Ich habe eine Kopie des Testaments bei mir.» Er griff wieder in seine Innentasche. «Es ist im Gegensatz zu anderen ein sehr persönlich gehaltenes Dokument. Manche der Anspielungen klingen sehr merkwürdig, andere geradezu verleumderisch. Ich habe ihm mehrfach zugeredet, einige Passagen zu ändern, aber er war unerbittlich. Eines Tages, so hoffte ich, würde er sich vielleicht erweichen lassen, doch dazu hat die Zeit leider nicht mehr gereicht.»

«Und wie hoch ist die Hinterlassenschaft?»

«Alles in allem rund drei Millionen», schätzte Stewart. «Das Kapital hat er eigentlich nie angegriffen, sondern in erster Linie von den Zinsen gelebt. Es ist einfach gewachsen, wie Unkraut.» Plötzlich grinste er.

«Jetzt weiß ich auch, warum Sie sich selbst herbemüht haben», sagte Stryker.

Stewart nahm die Bemerkung nicht krumm. Trotz seiner adretten Eleganz schien er ein sehr praktischer Mann zu sein. «Die Firma hat bisher nicht schlecht abgeschnitten und wird's auch jetzt nicht tun. Mein Problem besteht darin, seinen letzten Willen zu vollstrecken, ohne jemanden zu beleidigen. Da er ermordet wurde, wird die Presse eine ganze Meute auf die Sache ansetzen, vor allem wenn durchsickert, *wie* reich er war. Aiken bringt es fertig, einem sogar als Leiche noch Scherereien zu machen. Typisch für ihn.»

«Fünfzigtausend sind ein verdammt gutes Mordmotiv», sagte Neilson, der Stryker über die Schulter sah.

«Zehn sind auch nicht zu verachten», bemerkte Pinsky.

«Deswegen hielt ich es für richtig, Sie darüber zu informieren», sagte Stewart leise.

«Nicht zu fassen!» Toscarelli hatte Stryker das Testament aus der Hand genommen und deutete mit seinem riesigen Finger auf eine Stelle. «Dan Stark ist auch bedacht, obwohl er nicht auf der Liste steht. Hunderttausend... Stimmt das?»

Stewart schüttelte den Kopf. «Die sind für das englische Seminar, nicht für ihn persönlich. Damit soll ein Fonds für Verbesserungen innerhalb des Seminars eingerichtet werden, über den Stark verfügt. Aiken hat die Sache mit ihm besprochen, und wir haben darüber auch korrespondiert. Stark kann je nach Gutdünken entweder Stipendien vergeben oder gute Lehrkräfte ködern. Bedingung allerdings ist, daß alles in Starks Händen bleibt. Wenn er nicht mehr mitmacht, fällt das Geld in die Nachlaßmasse zurück.»

Toscarelli fuhr mit dem Finger über das Papier. «Pinchman auch.»

«Edward Pinchman – ja. Auch hier handelt es sich nicht um eine persönliche Begünstigung. Höchst seltsame Angelegenheit. Eine Stiftung in Pinchmans Namen für die *Cattleman's Association.* Daraus sollen Mitglieder, bei denen als Folge von Verletzungen eine Amputation erforderlich wird, die Arzt- und Krankenhauskosten erstattet bekommen.»

«Machen Sie keine Witze», sagte Stryker.

«Das ist kein Witz. Aiken schien es allerdings sehr amüsant zu finden. Pinchman brauchte das Geld nicht, er hätte selbst genug, meinte er. Darauf wollte ich vorhin hinaus... Ein Stückchen weiter finden Sie ein Legat für eine gewisse Mary Jeske für den ‹Kauf medizinischer Geräte›. Zufällig weiß ich...»

«Sie betreibt einen Puff unten in der Clary Street», sagte Pinsky in seiner langsamen, bedächtigen Art. «Perverses Etablissement.»

«Ich weiß», sagte Stewart trocken. «Dann soll am Gartenbau-Institut das *Maud Fineman-Stipendium* zugunsten ‹vielversprechender junger Gärtner männlichen Geschlechts› eingerichtet werden. Vielleicht verstehen Sie jetzt, warum ich es vorhin als sehr persönlich gehaltenes Dokument bezeichnet habe. Es gibt ein Dutzend Legate, die man auf sehr verschiedene Art und Weise auslegen kann. Sie sind meist klein, aber alle höchst unangenehm.»

«Legal?»

«O ja, völlig legal. Ich habe das Testament selbst aufgesetzt.» Stewart schnitt eine Grimasse. «Gott steh mir bei, wenn es zur Eröffnung kommt. Er hat verlangt, daß es öffentlich verlesen wird.» Er stieß einen Ton der Verzweiflung aus und schüttelte sich. «Also, wo wollen Sie anfangen?»

Stryker, ganz verwirrt von den Enthüllungen über Adamsons verkorkste Persönlichkeit, teilte seine Männer ein. Sie nahmen sich systematisch das Wohnzimmer und die Bibliothek vor, suchten nach Adreß- und Tagebüchern, Briefen oder irgend etwas, woraus sich ein Schluß auf Adamsons Privatleben ziehen ließ, das er so gewissenhaft von seinem Beruf getrennt hatte. Sie fanden Briefe, ein Bündel Gedichte – einem *APOLLO Emergent* gewidmet –, die selbst Stewart die Röte ins Gesicht trieben.

Pinsky stieß auf die Kartei. Eine Liste von «Freunden» (oder Eroberungen) mit genauer Beschreibung der Erscheinung, Beurteilung und Dauer der Beziehung. Die meisten schienen nach einer Nacht oder einer Woche mit Geschenken bedacht oder bar entlohnt worden zu sein, nur wenige Beziehungen hatten länger gehalten. Die Aufzeichnungen gingen etwa fünf Jahre zurück, vermutlich waren die älteren Daten jährlich gelöscht worden. Vier schienen ihm etwas bedeutet zu haben, und alle vier waren auf der Liste der direkten Erben enthalten. Einer von ihnen war der Maler, von dem die Bilder im Wohnzimmer stammten. Keiner der vier stand in irgendeiner Beziehung zur Universität.

«Unvorstellbar», murmelte Stewart und schüttelte den Kopf. «Ich frage mich, wo er die Zeit dafür hergenommen hat, die Kraft. Er hatte eine volle Stelle, hat regelmäßig publiziert...»

«Dafür brauchte er nie mit seiner Frau einkaufen zu gehen und keine Windeln zu wechseln», bemerkte Pinsky. «Nicht mal den Mülleimer mußte er raustragen.»

«Sehen wir uns mal das Schlafzimmer an», schlug Stryker vor.

All die schönen Dinge in Adamsons Haus vermochten nicht die Stimmung zu heben, die sich ausbreitete, während Papiere und Fotografien ihnen seine geheimen Leidenschaften offenbarten. Stryker hatte am Anfang seiner Laufbahn eine Weile im Vice Department gearbeitet und hätte eigentlich abgehärtet sein müssen, aber ihm wurde fast schlecht. Er war selbst durch und durch heterosexuell, kannte jedoch einige Homosexuelle und zählte einen von ihnen zu seinen Freunden. Keiner hatte auch nur die geringste Ähnlichkeit mit Adamson. Er konnte sich nicht erinnern, je einem solchen Menschen begegnet zu sein. Hinter allem, was Adamson gewesen war, gesagt oder getan hatte, verbarg sich ein Gefühl von Unmut und starkem, bitteren, angsteinflößenden Haß. Er empfand fast Erleichterung darüber, daß der Mann tot war. Das ist sehr unsachlich, sagte er sich. Reiß dich zusammen.

Das Schlafzimmer setzte in gewisser Hinsicht allem die Krone auf. Es war ein Monument für Adamsons Ego. Man konnte sich kaum vorstellen, daß er hier so etwas Gewöhnliches getan hatte wie schlafen, mit Grippe im Bett liegen, rülpsen oder sich kratzen. Die Decke und Teile der Wände waren mit Spiegelglas, die restlichen Wandflächen mit Schiebetüren aus Mahagoni versehen, die sich geräuschlos öffnen ließen und kleine Gelasse, einen Unterhaltungsraum mit säuberlich etikettierten und in Regale sortierten Videos, eine Bar mit Kühlschrank und den Eingang zu einem luxuriösen Badezimmer enthüllten, das in ein kleineres, schlichter gehaltenes Gästezimmer führte.

Das Zimmer enthielt nur ein Möbelstück: ein riesiges, mit einer in Rot-Braun-Tönen gehaltenen Pelzdecke bedecktes Bett.

Während Neilson und Pinsky behutsam den Kleiderschrank und die Wäscheschübe durchsuchten, sah Stryker sich um und überlegte, was fehlte. Dann fiel es ihm auf: Fenster. Er trat an das Kopfteil des Bettes, untersuchte die Spiegel, fand eine Kerbe und zog eine Bahn zurück. Neben dem Bett kam ein verstaubtes Fenster ohne Gardine zum Vorschein. Ob die anderen Spiegel sich auch öffnen ließen?

Sie taten es. Hinter dem rechten fand er das Safe. Stewart sah es und richtete sich auf. «Aha», sagte er. «Ich habe mich schon gefragt, wo das sein mag.»

Stryker betrachtete die Stahltür. «Sie haben nicht zufällig die Kombination?»

«Doch, aber nicht zufällig. Aiken hat sie mir gesagt – für den Fall des Falles. Er bewahrt ein bißchen ‹Kleingeld› darin auf. Ich möchte Sie bitten, den Betrag zu bestätigen – für die Abrechnung.» Er seufzte, sah in ein kleines Notizbuch, das er hervorgezogen hatte, und drehte das Zahlenrad. «Mir ist das alles äußerst zuwider. Sie sind vermutlich daran gewöhnt...» Als er die Tür aufzog, drehte er sich um. «Das war natürlich nicht abfällig gemeint, sondern...»

«Ich weiß schon, was Sie meinen», sagte Stryker.

Stewart wurde ein wenig verlegen und öffnete das Safe. Es enthielt zwei kleine Stahlkassetten und einen Abreißblock mit grünem Deckel. Die Kassetten waren unverschlossen. In ihnen lagen verschiedene goldene Schmuckstücke (für Herren) und etwa zweitausend Dollar in bar. Während die anderen das Geld zählten und Bestandsaufnahme machten, griff Stryker nach dem Block. Er legte ihn sehr bald beiseite, verschwand im Badezimmer und wusch sich das Gesicht mit kaltem Wasser. Als er zurückkam, hatte Stewart den Block in der Hand und blätterte darin. Sein Gesicht war bleich.

«Das sollte sofort verbrannt werden», sagte er mit schwacher Stimme. «Es sollte sofort vernichtet werden.»

«Tut mir leid, das ist unmöglich», sagte Stryker. «Es könnte Beweismaterial enthalten.»

«Das tut es», sagte Stewart. «Beweismaterial dafür, daß Adamson ein niederträchtiges Scheusal war.» Er legte den Block aus der Hand.

Neilson starrte erst auf den Block und sah dann die beiden Männer an. «Was ist daran so schrecklich?»

«Sehen Sie selbst.»

Neilson begann zu blättern. Stryker beobachtete das Gesicht des jungen, aufgeweckten Kollegen, der erst seit kurzem Zivil trug, voller Ehrgeiz steckte und gern eine große Lippe riskierte. Stewart und er waren schon etwas älter, vielleicht sahen sie die Dinge falsch und reagierten überspitzt. Als er aufsah, wußte er, daß er recht hatte. Wenn man das Ganze Wort für Wort nüchtern betrachtete, war es nicht so schrecklich. Es handelte sich lediglich um bissige Bemerkungen eines alten Quatschweibes, um Notizen über die Schwächen von Adamsons Mitmenschen. Gelegentlich waren Fotos oder Briefe und – wenn Adamson seine Opfer über seine Kenntnisse informiert hatte – auch deren Antworten an die entsprechenden Blätter geheftet. Adamson hatte erpreßt. Allerdings war es ihm dabei nicht um Geld gegangen, er hatte nur seinen Spaß haben wollen.

Stryker erinnerte sich an Kate Trevornes Bemerkung, Aiken hätte die Leute immer aufs Korn genommen. In der kleinen, nach links geneigten Schrift hatte Adamson wiederholt mit ungeheurer Genugtuung die «bebenden Lippen» oder «bleichen Gesichter» seiner Opfer beschrieben und erläutert, wie raffiniert er die eine oder andere Bemerkung angebracht hatte, um den Betroffenen – nur ihn allein – spüren zu lassen, daß er sein Geheimnis kannte. Es ging nicht um große, dunkle Geheimnisse. Das wäre zu einfach gewesen, zu gewöhnlich für einen Genießer, und einem Verbrechen zu nahe gekommen.

Die Quelle von Adamsons Schadenfreude waren die unbedeutenden, jedoch schamhaft verborgenen Geheimnisse, die soviel über das Wesen des Opfers verrieten. Seite um Seite waren voller Stolz und Genugtuung damit gefüllt und auch verwendet worden. Stryker versuchte, sich Adamsons Stimme vorzustellen. Es mußte eine hohe, leise Stimme gewesen sein, dünn und scharf wie die Kanüle einer mit Säure gefüllten Spritze.

...Maud Fineman und ihre Gewächshausrosen. Das sind nicht die einzigen Dinge, mit denen der junge Gärtner sich im Gewächshaus abgibt, obwohl ich nicht weiß, wie er sich mit dieser zweibeinigen Pekinesin einlassen kann. Vielleicht ist er kurzsichtig oder sehr, sehr knapp bei Kasse...

...Dr. Kuchinskys kleine ‹Operationen› bei Mary Jeske. Hat er statt des Eides, Schmerzen zu lindern, einen hypokritischen Eid abgelegt? Ich habe gehört, die Mädchen schreien stundenlang, aber es bleiben keine Narben zurück. Wie geschickt...

...Ratsherr Gripp und seine Privat-Toilette. Muß sehr privat sein

mit dem Guckloch zur Damentoilette, durch das er ganz genau beobachten kann, was dort geschieht . . .

. . . Fragt sich denn niemand, warum Abernathy soviel Schokoladensauce kauft? Oder was er damit macht, ehe der Hund sie aufleckt . . .

Ich habe schon gehört, daß Leichen im Garten vergraben werden, aber Nancy hat kaum noch Platz, um ihre Rumflaschen zu verscharren – und das nur in Erinnerung an diesen Seemann . . .

Hab das Geld im letzten Moment gerettet. Kirchenfonds sind schließlich nicht für Pferde bestimmt, oder gehören die auch zu Gottes Kreaturen? Muß unbedingt nächste Woche nach dem Gottesdienst mit dem Pfarrer darüber sprechen . . .

«Die Namen müssen überprüft werden», sagte Stryker. Ihm war plötzlich elend zumute. «Wir werden so diskret wie möglich vorgehen, aber wir müssen wissen, ob diese Leute ein Alibi haben. Sie müssen ihn gehaßt haben wie die Pest.»

«Und wir müssen das jetzt ausbaden», sagte Neilson und legte das Buch aus der Hand.

Einen Augenblick lang herrschte Schweigen im Raum, dann sagte Stewart, der ihnen den Rücken zuwandte, nachdenklich: «Meine Frau hat eine Theorie über ihn entwickelt.»

«So?» Stryker erhoffte sich ein objektives Urteil.

«Nach ihrer Ansicht war er das geborene Opfer, ein scheußlicher Egoist und doch von Haß auf sich selbst erfüllt – immer auf der Suche nach einem, der ihn richtet.»

Stryker nickte. «Dann könnte man Adamson als erfolgreichen Mann bezeichnen», sagte er und begann widerstrebend, die Namen aus dem grünen Block abzuschreiben. «Jetzt haben wir etwa zweihundert Verdächtige», wandte er sich an seine Kollegen. «Schön, nicht?»

«Ausgezeichnet», erwiderten alle drei wie aus einem Munde.

15

Montag morgen war immer schlecht, dachte Kate, aber dieser Montag war das Letzte. Sie hatten alle das Wochenende über gegrübelt. Die lächelnden Blicke, die sie beim Hineingehen tauschten, waren kurz und nicht sehr überzeugend gewesen. Einer nach dem anderen trat an sein Fach und fand dort eine Anweisung von Dan vor: Fragen der Presse, von Studenten oder Angehörigen anderer Fakultäten nicht beantworten, nichts bestätigen und keinerlei Auskünfte über Aiken Adamson geben. Sonst alles wie üblich.

Wirklich toll, dachte Kate. Selbst in der vermeintlich sicheren Abgeschiedenheit des eigenen Sekretariats war die Spannung unangenehm spürbar. Keine ungezwungene Unterhaltung. Jemand öffnete einen Brief und stieß zischend vor Zorn oder Entsetzen die Luft aus. Einer fluchte verhalten wegen einer Rechnung, ein anderer knüllte einige Papierstückchen zu kleinen Bällen zusammen und warf sie im Vorbeigehen in den Papierkorb. Kate betrachtete ihre eigene magere Ausbeute: eine Mahnung der Universitätsbibliothek, ein Angebot für ein Nachschlagewerk mit einem Drittel Ermäßigung, eine längst fällige Arbeit von einem Studenten, die Bitte eines weiteren, ihn an den Montag-Mittwoch-Vorlesungen teilnehmen zu lassen, und die Einladung zu einer Konferenz in Kalifornien, für die es ihr sowohl an Zeit als auch an Geld mangelte. Sie sah auf und versuchte zu lächeln, doch niemand reagierte darauf.

Mark Heskell las Dans Mitteilung mit gerunzelter Stirn, Jane Coulter stopfte verschiedene Sachen in ihre Aktenmappe, Pete Rocheleau faltete ein blaues Blatt Papier zusammen, Arthur Fowler zerriß einen Bogen in kleine Fetzen. Als er im Vorbeigehen die Schnipsel in Kates Papierkorb warf, fiel ihr auf, daß er verschiedene Socken trug. Arthur? Er mußte sehr durcheinander sein.

Mark Heskell stieß im Hinausgehen mit dem erregten Chris Underhill zusammen, der sich nicht einmal zu einem Knurren herabließ.

Frank Heath und Lucy Grey-Jenner standen abseits in ihre

Post vertieft und wirkten – die Köpfe in der gleichen Art zur Seite geneigt und mit erstaunlich angeglichener Körperhaltung – wie ein schon lange verheiratetes Ehepaar. Edward Pinchman hielt in ärgerlichem Ton ein Selbstgespräch und ließ sich auf einen Stuhl fallen.

Für Kate waren sie plötzlich alle Fremde, sie fühlte sich isoliert und ausgeschlossen. Wahrscheinlich ging es den anderen mit ihr ebenso. Bedrückt über ihre veränderten Empfindungen für ihre Kollegen und Freunde verließ sie das Sekretariat, um in ihr Zimmer zu gehen. Richard schloß gerade seine Tür auf der anderen Seite des Korridors auf und sah sich um, als er ihre Schritte hörte. Mit einer Hand umklammerte er krampfhaft seine noch ungeöffnete Post und den Griff seiner Aktenmappe.

«Mein Gott, wo hast du gesteckt?» wollte Kate wissen. «Ich hab gestern dauernd versucht, dich anzurufen. Ist dir das nicht ausgerichtet worden?»

«Ich war weg.»

Sie starrte ihn an. Auch er schien plötzlich ein Fremder zu sein. Er stellte behutsam seine Aktenmappe auf den Boden und sah sie durchdringend an. Sein Blick verriet, daß er nicht nur ein Fremder, sondern ein Gegner war, und als er sprach, klang seine Stimme beängstigend ruhig. «Ich würde dich gern bitten, deiner geschwätzigen Busenfreundin etwas auszurichten, aber wahrscheinlich tust du das nicht. Ich danke ihr sehr für ihre Hilfe. Sagst du ihr das?»

«Richard, du verstehst das nicht...»

«O doch. Das ist es ja gerade. Sie hat nichts mit der Fakultät zu tun. Ein Alibi von ihr entlastet dich weit mehr als eins von mir. Sehr klug von dir, da umzuschalten. Aber Tatsache ist, daß ich dadurch völlig in der Luft hänge.»

«Es war nicht meine Idee», sagte Kate hitzig. «Ich hab versucht, sie davon abzuhalten...»

«Kann ich mir lebhaft vorstellen. Genauso, wie du versucht hast, deinen reizenden Bullen davon abzuhalten, mich in Gegenwart fast aller Jungen aus dem Studentenheim abholen und zur Polizei bringen zu lassen? Das Schwein hat mich ordentlich durch die Mangel gedreht.»

«Er hat nicht...»

«Doch, er hat.»

«Du hättest nicht lügen sollen, Richard. Kein Alibi ist manchmal besser als ein gutes. Die meisten haben für die fragliche Zeit überhaupt keins.»

«Abgesehen von dir, mein Schatz. Du kannst Liz wirklich dankbar sein. Man könnte fast denken, dir wäre klargeworden, daß du dringend eins brauchst. Und ich hab noch versucht, dich zu schützen.»

«Dich selber auch», brauste Kate auf.

Er wurde blaß. «Ich kapiere. Besten Dank, Kate. Es geht doch in der Not nichts über das Vertrauen und die Zuverlässigkeit von Freunden.» Er nahm die Aktenmappe in die Hand, ging in sein Zimmer und knallte die Tür hinter sich zu.

Ihr Zorn wich dem gewohnten Bedürfnis, ihm zu verzeihen und zu helfen. Sie zögerte, überlegte, ob sie das Hindernis überwinden sollte, das sie trennte, holte Luft und fuhr beim Klingeln der Glocke zusammen. Neun Uhr. Keine Zeit mehr. Sie hatte das Gefühl, ihn hintergangen zu haben. Sie hatte sein Alibi platzen lassen, während er anstandslos für sie gelogen hatte. Aber schließlich hatte sie ihn nicht darum gebeten, und er war wirklich vor Mitternacht gegangen.

Sie lauschte erschrocken den Anklagen ihrer inneren Stimme. So also erging es Menschen, in deren Umgebung ein Mord geschehen war. Aiken Adamson war tot, aber sein Gift wirkte noch weiter.

Zwei Stunden später holte sie die Liste der Pflichtlektüre ab, die sie zum Fotokopieren gegeben hatte. Als sie das Sekretariat betrat, sprangen vier Sekretärinnen wie ertappte Schulmädchen auseinander. Drei von ihnen kehrten eilig an ihre Schreibmaschinen zurück und schlugen eifrig in die Tasten.

Karen Lasterman kam an den Tresen. «Was kann ich für Sie tun, Kate?» Sie war schon während Kates Studium und der Assistentenzeit im Sekretariat beschäftigt gewesen und konnte sich nicht recht daran gewöhnen, sie mit dem Nachnamen anzureden. Karen war groß, schlank und blond, gleich nach Abschluß der Sekretärinnenschule in das Sekretariat gekommen und in jeder Beziehung äußerst zuverlässig.

«Ist die Literaturliste fertig?»

«Natürlich.» Karen holte sie vom Kopierer.

«Danke.» Kate zögerte. «Was Neues?»

Karen verzog ärgerlich den Mund. «Reporter haben zwei von den Mädchen aufgelauert, aber sie sind ihnen entwischt. Am meisten Scherereien machen die Sensationslüsternen. Hier waren mehr Leute mit dämlichen Fragen über Vorlesungen und Lehrpläne, als überhaupt immatrikuliert sind. Schließlich mußte ich den Wach- und Schließdienst anrufen, damit die jemanden an die Treppe und die Fahrstühle stellen und alle zurückweisen, die hier nichts zu suchen haben. Richtige Leichenschänder sind das.» Sie beugte sich ein wenig vor. «Sogar ein paar Dozenten anderer Fakultäten waren darunter.»

«So was ist wohl unvermeidlich», sagte Kate leise.

Karen zuckte mit den Schultern. «Ich hatte gedacht, Lieutenant Stryker würde den Fall übers Wochenende aufklären, aber das hat ja nicht geklappt. Er hat heute schon ganz früh angerufen und sich nach dem Vorlesungsplan erkundigt. Mit Dan hat er auch gesprochen.»

«Warum denn?»

«Wahrscheinlich will er noch mal mit allen reden.»

«O nein!»

Karen sah erstaunt auf. «Ich finde ihn ganz sympathisch.»

«Kann er auch sein, wenn er will. Ich wünsche ihn dahin, wo der Pfeffer wächst.»

«Auch wenn es bedeutete, Adamson wäre wieder da?»

«Auch dann.» Im Hinausgehen hörte sie wieder das Gezwitscher der Sekretärinnen. Wahrscheinlich waren sie in ihrem Element. Mord war doch viel aufregender als die Frage, wer mit wem ausging.

Von zunehmender Gereiztheit erfüllt, bog sie um die Ecke und sah eine junge Frau mit einem großen braunen Umschlag vor Aikens Tür stehen. Als sie Kates Schritte hörte, fuhr sie wie schuldbewußt zusammen.

Kate hielt sie für eine der Sensationslüsternen, die sich ertappt fühlte. «Was wollen Sie?» fragte sie, vielleicht etwas barscher als beabsichtigt, denn die Frau errötete.

«Ich hab gelesen ... daß er tot ist», stammelte sie und hielt den Umschlag so fest, daß ihre Knöchel weiß wurden. Sie hätte Studentin sein können, doch dazu war sie nicht selbstbewußt genug.

«Und?» fragte Kate bestimmt.

«Das hier ist für ihn, und ich weiß nicht, was ich damit machen soll.»

«Was ist es denn?»

«Ich habe es für ihn getippt. Es hat ziemlich lange gedauert, weil Jimmy wieder krank war. Ich habe das ganze Wochenende drangesessen und heute früh in der Zeitung gelesen, daß er ... Jetzt krieg ich es vielleicht nicht bezahlt, und ich brauche das Geld so dringend ...» Sie sprach immer schneller, als hätte sich irgendwo ein Pfropfen gelöst, der den Redefluß gehemmt hatte. Sie war den Tränen nahe.

«Tut mir leid, ich wollte Sie nicht anfauchen.» Kate kam sich gemein und häßlich vor. «Ist das da für Aiken?» Sie deutete auf den Umschlag.

Das Mädchen nickte. «Es hat Wochen bei mir gelegen, und als er Freitag nachmittag anrief, war er so ungehalten, daß ich das ganze Wochenende gearbeitet habe.»

«Schon gut. Kommen Sie mit in mein Zimmer. Ich werde dafür sorgen, daß Sie zu Ihrem Geld kommen.»

«Wirklich?» Hinter den Wolken ging die Sonne auf. «Bald?»

«Wenn möglich, ja. Warum sind Sie nicht damit ins Sekretariat gegangen?»

Das Mädchen wurde rot. «Weil er mir gesagt hat, er hätte es auch hier tippen lassen können, aber es sollte niemand von seinem Buch wissen, damit keiner sich seine Ideen zunutze macht.»

Vermutlich wollte er den üblichen Satz nicht zahlen, dachte Kate. Als sie sich nach dem Preis erkundigte, bestätigte sich der Verdacht. Typisch für Aiken, sich ein armes Wesen auszusuchen, das sein lächerliches Manuskript für einen Hungerlohn schrieb und obendrein noch zusammengestaucht wurde. «Brauchen Sie das Geld gleich?»

«Ja. Jimmy ist krankgeschrieben, und die Medizin ist so teuer...»

«Schon gut, keine Sorge. Ich gebe Ihnen einen Scheck und lasse mir das Geld aus dem Nachlaß erstatten. Einverstanden?»

«Das ist nett.» Die junge Frau strahlte vor Dankbarkeit. «Ich gebe Ihnen eine Quittung.»

«Gut.» Kate nahm das Stück Papier entgegen, warf einen Blick darauf und steckte es in ihr Portemonnaie.

«Ich weiß gar nicht, wie ich Ihnen danken soll, Miss Trevorne.»

«Keine Ursache. Gute Besserung für Ihren Jimmy!» Kate lächelte ihr zu und betrachtete den dicken braunen Umschlag auf der Ecke ihres Schreibtisches. Ein weiterer von Aikens cleveren Artikeln? Oder die Arbeit über die erotischen Aspekte in der Mythologie, die er schon seit fünfzehn Jahren angedroht hatte? Wohl kaum. Die junge Frau hatte keinen peinlich berührten, sondern eher einen erleichterten Eindruck gemacht, als sie das Werk aushändigte. Ganz impulsiv machte Kate den Umschlag auf und zog das Manuskript ein Stückchen heraus. Der Titel stand auf dem Kopf und war teilweise von der angehefteten Rechnung verdeckt. Kate glaubte irgendwas von Kavallerie zu lesen, aber die Glocke schlug elf Uhr und ließ ihr keine Zeit, sich näher damit zu befassen. Das konnte sie später tun. Sie schob Aikens Manuskript in die unterste Schreibtischschublade und lief rasch den Flur entlang. Bei einem ordentlichen Professor waren die Studenten darauf gefaßt, eine Viertelstunde warten zu müssen, bei Dozenten in ihrer Stellung nur fünf Minuten.

Sie konnte es ihnen von den Augen ablesen.

Was hatte es für einen Sinn, über Kriminalliteratur zu sprechen, wenn in unmittelbarer Nähe ein wirklicher Mord geschehen war? Der Raum, in dem Kates Vorlesungen stattfanden, lag im dritten Stock von Grantham Hall fast direkt unter Aiken Adamsons Zimmer. Sie sahen immer wieder nach oben, als erwarteten sie, Blut durch die Decke auf ihre neuen Kollleghefte tropfen zu sehen.

«Wahrscheinlich haben Sie sowohl *Crime and Punishment* als *Les Misérables* bereits in anderen Vorlesungen behandelt, deswegen habe ich diese beiden Bücher nicht in die Liste der Pflichtlektüre aufgenommen. Wir werden in den ersten Wochen, wenn wir uns mit der Entstehung der modernen Kriminalliteratur beschäftigen, darauf zurückkommen. Wer es noch nicht gelesen hat, sollte es schleunigst nachholen. *Crime and Punishment* ist eine klassische Untersuchung des psychologischen Schuldkomplexes, *Les Misérables* handelt von Verfolgung und Bestrafung des Mörders und davon, wie die Polizei sich dieser Effekte bedient. In beiden Büchern finden wir Musterbeispiele für den Charakter eines schonungslosen Kriminalbeamten. In früheren Werken wurde er als heroisch dargestellt, heute verkörpert er Fanatismus, Engstirnigkeit und Einschüchterung. Ich überlasse es Ihnen, sich ein Urteil darüber zu bilden, welche Version der Wahrheit näher kommt.»

Diese leichte Spitze rief sonst immer leises Gelächter hervor. Diesmal war es eher beklommen als amüsiert. Hatte mehr Bitterkeit in ihrer Stimme gelegen als sonst, oder hatte es in den Ohren der Studenten so geklungen, wie es plötzlich in ihren klang – nach einem primitiven, billigen Witz? Ihr Blick glitt über die Reihen von Studenten und fiel plötzlich auf Stryker, der in der hintersten Reihe saß. Sie hatte ihn bisher nicht bemerkt.

Er schien nicht amüsiert zu sein.

Verlegen konzentrierte sich Kate auf ihre Notizen und beschloß, sich weitere Bemerkungen über Kriminalbeamte zu verkneifen. Warum hatte sie diese primitiven Angriffe bisher so amüsant gefunden?

«Abgesehen von der Betrachtung des Kriminalromans als Literatur und Unterhaltung werden wir uns nicht nur mit dem Aufbau und einem Vergleich der Arbeitsweisen verschiedener Detektive, sondern auch mit den Autoren befassen. Wir werden die unterschiedlichen Mittel untersuchen, mit denen sie ihr Ziel erreichen – das heißt, den Leser bis unmittelbar vor Schluß des Buches im ungewissen zu lassen. Es besteht gewissermaßen ein

Abkommen zwischen Autor und Leser. Der eine liefert die Hinweise, der andere ist damit einverstanden, sich bei dem Versuch, des Rätsels Lösung zu finden, verwirren zu lassen. Der Leser will das Verbrechen nicht schon nach den ersten zehn Seiten aufklären, er will im ungewissen gehalten werden – schließlich hat er für Spannung bezahlt –, doch er möchte auch die Möglichkeit haben, die Lösung zu finden. Denken Sie an Ellery Queen, Dannay und Lee: sie bauen sogar eine Herausforderung an die Leser ein, indem sie kurz vor Aufklärung des Verbrechens erklären, nun seien alle Hinweise gegeben, und der Leser müsse selbst in der Lage sein, den Mörder zu nennen. Das heißt also: In einem gut aufgebauten Kriminalroman sind die nötigen Hinweise gegeben. Aber wir dürfen nicht vergessen, daß es sich um eine Art Spiel handelt – eine Schatzsuche, ein Kreuzworträtsel. Es ist nicht alles so, wie es zu sein scheint. Und wie beim Kochen gehören viele Zutaten zu einem Rezept...»

Schließlich kam sie zum Schluß. Die ganze Zeit hatte sie Strykers Blick auf sich gespürt. Daß er sie nicht aus den Augen ließ, machte sie ganz unsicher. Alles, was sie sagte, schien eine doppelte oder – noch schlimmer – gar keine Bedeutung zu haben.

Endlich ertönte die Glocke. Schlurfende Schritte, das Zuschlagen von Büchern, fröhliche Unterhaltung oder das Stöhnen über die unerwartet hohen Anforderungen des Kurses, von dem man geglaubt hatte, er sei mit links zu erledigen, erfüllten den Raum. Doch nach zwei Minuten war er leer – bis auf Kate und den Mann in der hinteren Reihe. «Sehr aufschlußreich», sagte er, ohne sich vom Fleck zu rühren.

«Freut mich, wenn Sie das meinen.» Sie sammelte ihre Unterlagen zusammen und stopfte sie in die Aktenmappe.

«Ich finde es gut, daß Sie Charlie Chan als Pflichtlektüre aufgenommen haben», sagte Stryker und deutete auf die Fotokopie vor sich auf dem Tisch. «Ich werde nie begreifen, wie die Leute es geschafft haben, aus sechs ausgezeichneten Büchern ein Dutzend miese Filme zu machen.»

«Ich bin sehr beeindruckt. Sind Sie nur zum Spotten oder auch zum Schnüffeln gekommen?»

«Ich habe gerade Pause.»

«Ich auch. Wollen Sie Ihre damit verbringen, mich durch die Mangel zu drehen – wie Richard Wayland?»

«Ich habe ihn nicht durch die Mangel gedreht», widersprach Stryker nachsichtig.

«Sie haben ihn in die Stadt geschleift.»

«Wir haben ihn gebeten, zu kommen...»

«Und Sie haben ihn verhört.»

«Das gehört zufällig zu meinem Beruf.»

«So ähnlich hat man in Nürnberg auch argumentiert.»

Er runzelte die Stirn. «Sie können von mir persönlich halten, was Sie wollen. Daran kann ich Sie nicht hindern. Aber da Sie bei dem Gespräch nicht dabei waren, sollten Sie sich vielleicht doch fragen, ob Ihre Vorstellung davon wirklich objektiv ist.»

Sie griff nach der Tasche und ging Richtung Tür. «Sie reden wie ein Rechtsanwalt.»

Er stand auf und dachte darüber nach. «Schuldig – was das Reden wie ein Rechtsanwalt betrifft. Aber nicht bezüglich Wayland. Wenn jemand aggressiv war, dann er – nicht ich.» Er machte eine kleine Pause. «Nur einmal habe ich meine Stimme erhoben, das ist alles. Wenn er Ihnen was anderes erzählt hat, muß er große Angst vor mir haben. Warum? Haben Sie eine Ahnung?»

Sie ging in den Korridor, er folgte ihr dicht auf den Fersen. «Er hat kein Alibi und hat Aiken nicht gemocht.»

«Das trifft auf die halbe Stadt zu», bemerkte er. «Nur Sie sind fein raus mit Ihrem Alibi. Ich habe für die fragliche Zeit auch keins. Nach allem, was ich über den Mann gehört habe, könnte ich mir vorstellen, daß ich – wenn ich ihn gekannt hätte – selbst in Versuchung geraten wäre, ihn umzubringen. Aber sogar ein Saukerl wie Adamson hat ein Recht darauf, daß die Gesellschaft seinen Mord rächt. Ich werde dafür bezahlt, Mordfälle zu untersuchen. Gott richtet die Toten, die Gerichte die Lebenden. Ich bin weder das eine noch das andere.» Als sie die Tür am Ende des Korridors erreichten, sah er sie düster an. «Wo wollen Sie eigentlich hin?»

«Ins *Union*, ein Sandwich essen.»

«Sie haben keinen Mantel an.»

«Ich laufe.» Sie war schon startbereit.

Er griff in seine Jackentasche und zog einen Fausthandschuh heraus. «Vielleicht hält der Sie warm. Gehört er Ihnen?»

«Ich habe so ein Paar», gab sie widerstrebend zu. Sie wußte, daß er ihr gehörte. Der Griff der Aktenmappe hatte am Daumen eine kleine Stelle abgerieben. «Wo haben Sie ihn her?»

«Ich habe ihn unter dem Vordersitz in Aikens Wagen gefunden.» Seine Stimme war leise, und die Stille, die seiner Erklärung folgte, wirkte wie eine Frage.

Sie stellte die Mappe ab und betrachtete den Handschuh. «Vielleicht habe ich ihn vergangenen Mittwoch verloren. Aiken hat ein paar von uns in die Stadt zu einer Ausstellung mitgenommen.»

«Nett von ihm.»

«Er hatte es eigentlich nicht vor, aber mein Wagen sprang nicht an, und er kam dazu, als wir auf dem Parkplatz beratschlagten, was wir machen sollten. Er hat sich mehr oder weniger gezwungen gesehen, es uns anzubieten.» Wirkte er tatsächlich erleichtert, oder bildete sie sich das nur ein? «Wollen Sie ihn als Beweisstück oder so was wiederhaben?»

«Nein, Sie können ihn behalten.» Er sah zu, wie sie den dunklen Fleck dicht am Daumen rieb. «Schokoladensauce», sagte er und bedauerte es, als ihre Blicke sich trafen.

«Schon untersucht?»

«Ja.» Er bedauerte, es zugeben zu müssen.

«Mein Gott! Nächstens werde ich nach dem Verzehr eines Eisbechers wegen Trunkenheit am Steuer vor Gericht gestellt.»

«Und wegen eines *hot-dogs* mit Senf. Etwa da, wo der Zeigefinger sich befindet, etwas nach unten.»

Sie fand einen winzigen Fleck und betrachtete ihn mit gequälter Miene. «Dann muß ich mich wohl in Zukunft beim Essen mehr in acht nehmen. Bekommt man Haftermäßigung, wenn man eine Serviette benutzt?»

«Nein, im Gegenteil.»

Ihre Blicke trafen sich wieder. Dann ergriff Stryker ihre Aktenmappe und bot ihr den Mantel an, den er über dem Arm trug. «Wenn wir ins *Union* gehen, sollten Sie ihn sich umhängen.»

«Nein, vielen Dank. Es geht schon so.»

Er sprach mit zusammengebissenen Zähnen. «Nehmen Sie den verdammten Mantel. Wegen einer Lungenentzündung gibt's auch keine Strafminderung. Ich habe Hunger, Sie haben Hunger – also gehen wir. Einverstanden?»

«Ist das ein offizielles Verhör?»

Er stieß die Tür auf. Als sie den Mantel um die Schultern legte, blies ein eisiger Luftzug ihn auf wie ein Cape. «Nein. Bei einem offiziellen Verhör habe ich den Mantel an, und Sie verstecken sich hinter der Aktenmappe. Gehen Sie schon, sonst erfriere ich noch.»

Die Cafeteria füllte sich bereits. Sie fanden einen kleinen Ecktisch und setzten sich. Er stellte mit Befriedigung fest, daß sie beide ein Thunfisch-Sandwich gewählt hatten. «Die machen sie hier wirklich gut. Ei, Zwiebeln – alles, was dazu gehört.» Er war ordentlicher gekleidet als am Samstag. In dem blauen Hemd und dem Jackett mit schwarz-weißem Fischgrätenmuster hätte man ihn für einen promovierten Hochschulabsolventen halten können. Er trug eine Krawatte, blankgeputzte Schuhe, war rasiert und wirkte durchaus akzeptabel.

«Was wollen Sie von mir, Lieutenant?»

Er hörte auf zu kauen, trank einen Schluck Kaffee und lehnte sich zurück. «Ich brauche einen Spion.»

«Einen Spion?» Sie starrte ihn vor Verwirrung unverwandt an.

«Genau. Ich muß wissen, was in den nächsten Tagen in der Universität vorgeht. Ich kann nicht ständig dort rumhängen, und wenn ich einen meiner Leute als Studenten einschleuse, würde er auffallen, denn Studenten hängen auch nicht ständig dort rum. Also brauche ich einen Spion.»

«Und da ich so unloyal, hinterhältig, verleumderisch und falsch bin, dachten Sie natürlich gleich an mich.»

«Da Sie ein Alibi haben, das ich für hieb- und stichfest halte, und da Sie ein Mensch sind, der sich möglicherweise für Gerechtigkeit einsetzt. Auf jeden Fall war ich ehrlich. Ich hätte es ja auch anders ausdrücken können.»

«Glauben Sie, mein Spionieren könnte der Gerechtigkeit dienen?»

«Es könnte dazu beitragen, einen Mörder zu finden.» Er beugte sich vor und stützte die Ellbogen auf den Tisch. «Was ist los mit Ihnen – schrecken altmodische Vorstellungen Sie ab? Oder meinen Sie, es geht Sie nichts an?»

«Das habe ich nicht gesagt.»

«Doch. Ihr Gesicht, Ihr Ton... alles verrät es. Sehen Sie, ich bin dafür ausgebildet worden, Mörder aufzuspüren, und das kann ich Ihnen sagen: in Ihrem allerheiligsten Elfenbeinturm steckt der Wurm. Deswegen schließe ich andere Möglichkeiten nicht aus, aber ich werde rein instinktive Gefühle nicht einfach verdrängen, weil diese Leute mit großen Worten um sich schmeißen. Damit ist die Sache nicht aus der Welt zu schaffen.»

«Warum wenden Sie sich nicht an Dan? Er hat doch auch ein Alibi.»

«Ihm liegt zu sehr daran, seine Leute zu schützen. Ältere tun das immer. Ich wende mich an Sie. Ich brauche Ihre Hilfe.»

«Aber warum?» Sie lehnte sich zurück, holte tief Luft und sprach es aus. «Hat es was mit dem Tag zu tun, an dem Sie mich nicht mit den anderen zusammen festgenommen haben?»

Sein Gesicht blieb ausdruckslos, nur in seinen Augen war ein leichtes Zucken zu bemerken. Sie beugte sich vor und zog die Kaffeetasse bedrohlich dicht an die Tischkante. «Das ist es doch, oder? Sie bilden sich ein, ich schulde Ihnen etwas, hab ich recht?» Er schwieg noch immer. «Sie fieses Schwein!» stieß sie hervor. Sie erschraken beide. Ihre Tasse drohte zu kippen, und seine Hand schoß hervor, um sie festzuhalten.

«Immer mit der Ruhe, Kate.»

«Kate? Was fällt Ihnen ein?»

«Alles in Ordnung, Miss Trevorne?» Jody Longman ragte besorgt neben dem Tisch auf, ein Tablett in der Hand. «Möchten Sie sich zu uns setzen?» Er deutete mit dem Kopf auf einen Tisch, an dem einige von Richards Schützlingen aus dem Studentenheim saßen. Sie alle sahen gespannt herüber. Kate wurde rot. Ihr wurde klar, daß schon die leiseste Bitte zu einer unangenehmen Szene führen konnte. Sie würden mit Freuden jede Gelegenheit ergreifen, Stryker oder irgendeinem anderen Polizeibeamten eins auszuwischen.

«Nein, danke, Jody. Alles in Ordnung. Wirklich.»

Er musterte Stryker. Er war groß, die anderen am Tisch ebenso. «Wir mögen Miss Trevorne, müssen Sie wissen.»

«Das kann ich verstehen», sagte Stryker gelassen. «Ich auch.»

«Aha, dann...»

«Es ist alles in Ordnung, Jody. Ich hab mich nur wegen einer dummen Geschichte aufgeregt. Essen Sie Ihr Lunch. Bis zur nächsten Vorlesung ist nicht mehr viel Zeit. Stimmt doch, oder?» fragte sie verzweifelt, weil sie seinen Vorlesungsplan nicht kannte. Nach einem weiteren Blickgefecht mit Stryker, der sich zu amüsieren schien, zog Jody ab.

Eine kleine Weile später sagte Stryker: «Es war dumm von mir. Ich dachte, Sie hätten es vergessen.»

«Das möchten Sie wohl», sagte sie mit leiser, gepreßter Stimme. «Sie sind mit all den anderen Bullen in die alte Fakultät gestürmt, als hätten wir eine Atombombe da drin, haben geschrien und mit Stöcken um sich geschlagen. Es war grauenvoll, einfach grauenvoll.»

«Sind Sie deswegen weggerannt?»

Sie sah zur Seite. Sie spürte noch heute, wie ihr Herz damals gepocht hatte. Genau wie jetzt. Das Geräusch seiner Stiefel, die hinter ihr auf die Stufen knallten, ihr durch den Korridor folgten, bis er ihr in diesem leeren Raum den Weg versperrte und sie in totale Panik versetzte. Sie wußte, daß er nicht groß war, aber er war ihr riesig vorgekommen, und obwohl sie merkte, daß er jung war, hatten der Helm und die dunkle Brille den Eindruck erweckt, ihr stünde ein düsterer, böser, drohender Ritter gegenüber. Hätte sie damals seine Augen sehen können, so wie heute...

«Das war ich nicht», sagte er sanft, «sondern ein Junge, der drei Monate zuvor von der Polizeischule gekommen war. Es war meine erste Demo, und ich hatte auch Angst. Sie glaubten, für eine gute Sache einzutreten, fühlten sich edel und wunderbar. Ich zitterte vor Angst, daß ich ausflippen würde. Dieser

Lärm, dieser Haß, die uns entgegenkamen. Ich hatte Angst vor jedem einzelnen, Angst, jemanden zu verletzen, aber – um ehrlich zu sein – am meisten Angst davor, daß meine Kollegen bemerkten, wie es um mich stand. Es war eine richtige Erleichterung, Sie davonlaufen zu sehen. Als wir in diesen Raum kamen, dachte ich, wir könnten vielleicht darüber reden, ich könnte meine sozialen Weisheiten und den ganzen Kram anbringen, und dann haben Sie mich angespuckt.»

«Das ist nicht wahr!» protestierte sie entsetzt.

«Allerdings. Mich und meine Dienstmarke. Ich hatte zwei höllische Jahre hinter mir und hart für diese Uniform gearbeitet. Sie bedeutete mir sehr viel. Ich hatte volles Verständnis für das, wofür Sie und Ihre Genossen demonstrierten, aber als Sie das taten, rastete irgendwas bei mir aus. Na gut, es tut mir leid, aber ich war so wütend... ich hätte Sie umbringen können. Statt dessen...» Er hielt inne.

Die gemeinsame Erinnerung flackerte auf und entflammte plötzlich. Sie erinnerten sich beide an seine Hand auf ihrem Fleisch, an die Erregung und den Zorn. Sie sahen irgendwo hin, damit ihre Blicke sich nicht begegneten. Sie hätten natürlich lachen können. Unter anderen Umständen hätten sie es wohl auch getan, denn es lag schon so lange zurück, war aufregend und stürmisch gewesen, und inzwischen waren sie erwachsen geworden.

Oder nicht?

Die Unterhaltung und das Gelächter der Studenten ringsum verschwamm im Nichts und umgab sie mit einer Art Kokon, der sie von allem abkapselte. «Sie hätten mich anzeigen können, dann wäre ich in hohem Bogen geflogen. Wissen Sie das?» fragte er leise. «Nach dem Buchstaben des Gesetzes habe ich Sie tätlich angegriffen.»

«Ja, das weiß ich.» Auch sie sprach nun leise. Sie erinnerte sich nun wieder daran, daß sie ihn angespuckt hatte, erinnerte sich, daß er wie versteinert gewesen war und das leichte Lächeln verflog, als er die Spucke von der Uniform wischte und sich ihr zuwandte.

«Haben Sie es damals gewußt?»

«Ja.» Aber ihr war auch klar gewesen, daß sie eine Tracht Prügel verdient hatte.

«Na gut. Dann bin ich Ihnen wohl etwas schuldig.»

Nachdem das Thema zur Sprache gekommen war, verspürte sie eine merkwürdige Leere, als hätte sie einem völlig Fremden etwas gegeben, das sie seit ihrer Kindheit gehütet hatte. Was immer es gewesen sein mochte – sie hatte es für immer verloren. «Wir sind quitt», sagte sie.

«Dann helfen Sie mir.» Er beugte sich vor, und sie spürte seine Wärme an ihrem Gesicht. Ihre Hände lagen dicht beieinander auf dem Tisch. «Das, wofür Sie damals demonstriert haben, muß Ihnen sehr wichtig gewesen sein. Fairness und Gerechtigkeit haben Ihnen offenbar etwas bedeutet.»

«Richard hat mir etwas bedeutet, sonst nichts. Meine Ansichten waren mehr oder weniger übernommen. Als ich älter wurde, habe ich dann gelernt, mir ein eigenes Urteil zu bilden – aus reinem Selbsterhaltungstrieb.»

«Ich weiß, was Sie damit sagen wollen. Von meinen Idealen sind auch nicht allzu viele übriggeblieben. Sie haben mich allmählich zu sehr belastet. Daher die chronischen Rückenschmerzen. Eins der wenigen, das ich noch habe, ist der Wunsch, anständige Arbeit zu leisten. Klingt schmalzig, aber so ist es nun mal. Es ist mein Beruf, Mörder dingfest zu machen, damit Leute ohne Ideale ruhig schlafen können. Vielleicht nicht jede Nacht, aber meistens.»

«Das ist es ja gerade. Mein Beruf ist es nicht. Alles, was ich davon weiß, stammt aus Büchern – Romanen. Angenommen, ich erzähle Ihnen etwas Unwichtiges, und Sie ziehen die falschen Schlüsse daraus? Das möchte ich nicht auf meine Kappe nehmen.»

«Sollen Sie ja gar nicht. Ich neige nicht dazu, voreilige Schlüsse zu ziehen.»

«Und warum werden Sie dann *Jumping Jack* genannt?» fragte sie mit leisem Lächeln. «Sie scheinen doch zu glauben, Aiken wäre von jemandem aus der Fakultät ermordet worden. Ist das kein voreiliger Schluß?»

«Das stimmt nicht.» Auch er lächelte. «Ich habe es in Betracht gezogen und die Möglichkeit erwähnt, mehr nicht. Sehen Sie es doch nicht als Unkollegialität an, sondern als den Versuch, Unschuldige vom Verdacht reinzuwaschen. Möchten Sie nicht auch, daß die Sache ad acta gelegt werden kann? Ich schon.»

Sie kniff die Augen zusammen und blinzelte ihn an. Er meinte es wohl ehrlich, also wollte sie auch ehrlich sein. «Ich spiele da nicht mit.»

Die Maske fiel. Einen Augenblick lang sah sie das Gesicht, das sie in Erinnerung gehabt hatte: kalt und wütend. Der Ausdruck wechselte ganz unvermittelt. Bei ihm ging alles so schnell. «Verstehe», sagte er in ausdruckslosem Ton. «All die Leute, die in nichts reingezogen werden wollen, kotzen mich an. Einbezogen sein heißt auch, sich für etwas einzusetzen. Sind Sie so eiskalt, daß es Ihnen nichts ausmacht, wenn Menschen früher sterben als nötig, wenn ihr Leben ausgelöscht wird, als seien es Tiere, die ihr Futter nicht wert sind? Genau das tut ein Mörder. Er entscheidet, wer geopfert wird, damit er überleben kann. Erfüllt Sie das nicht mit Abscheu? Finden Sie das richtig?»

Sein Zorn hatte sich auf den Mörder verlagert. Er sagte ihr, warum er weiter machte, was ihn trieb, was ihn innerlich aufzehrte, warum er so erschöpft aussah. Sie konnte nicht glauben, daß alle Kriminalbeamten so empfanden, aber wenn nur ein paar es taten, waren all ihre alten Proteste und Beschimpfungen an die falsche Adresse gerichtet gewesen. Der Haken war nur der, daß zur Zeit alles, was sie tat, in die falsche Richtung ging. Nichts war klar, nichts in Ordnung. Bedeutete «Erwachsensein», das zu akzeptieren?

«Ich habe nicht soviel Kraft», sagte sie.

«Kraft? Herrgott, kapieren Sie nicht, daß ich noch immer Angst habe?» fragte er. «Mit Kraft hat das nichts zu tun. Es kommt eher darauf an, immer schneller und schneller zu laufen, damit man nicht stürzt. Ich brauche Ihre Hilfe. Ich bitte Sie darum.»

«Ich... ich kann Ihnen nicht helfen.»

Er sah sie lange an, dann blickte er auf das Revers seines Jacketts und bürstete etwas Unsichtbares davon ab. «Das ist das zweite Mal», sagte er und ging hinaus.

16

Von Wut und Groll getrieben, bahnte sich Stryker einen Weg durch das Gedränge der Studenten bis hinauf zum englischen Seminar. Du blöder, hirnrissiger Hund, sagte er zu sich selbst, jetzt kriegst du's heimgezahlt! Er wußte nicht, warum ihre Reaktion ihn so überraschte. Er konnte doch nicht als selbstverständlich voraussetzen, daß andere sich kompromittierten und/oder einem abstrakten Begriff wie zum Beispiel Gerechtigkeit zuliebe ihre Freunde verrieten. Vielleicht war er deswegen zynisch geworden – weil er es stets erwartete und immer wieder enttäuscht wurde. Außerdem wünschte er so sehr, daß sie eine Ausnahme bildete.

Diese Einstellung hätte vielleicht vor fünfzehn Jahren zu dem Anfänger gepaßt, paßte aber nicht mehr zu dem alten, bissigen Bullen, der er inzwischen geworden war. Anfänger träumen von blonden Mädchen, alte Bullen haben Hühneraugen.

Oh, zum Teufel, kümmere dich um deine Arbeit, befahl er sich selbst. Er drückte die Glastür zum Sekretariat auf und wandte sich an alle Sekretärinnen zugleich. «Weiß jemand von Ihnen, wo Professor Pinchman ist? Ich war mit ihm verabredet, aber er ist nicht da.»

Karen Lasterman kam auf ihn zu. «Entschuldigung ... Ich sollte einen Zettel an seine Tür hängen und habe es vergessen. Er fühlte sich nicht wohl und ist vor etwa zwei Stunden nach Hause gegangen.»

«Oh, hoffentlich nichts Ernstes?»

«Ich glaube nicht. Bei ihm geht es immer auf und ab. Er hat starke Schmerzen in den Beinen, will sich aber nicht unterkriegen lassen und ist wütend, wenn er klein beigeben muß.» Als sie den beharrlichen Kampf des alten Mannes beschrieb, war ihrer Stimme deutlich anzuhören, daß sie ihn gern hatte. «Meistens müssen wir ihn richtig zwingen, nach Hause zu gehen.»

«Heute vormittag auch?»

Sie runzelte die Stirn. «Eigentlich nicht. Er sah ziemlich schlecht aus. Ich wollte ihm ein Taxi rufen, aber irgend jemand hat ihm angeboten, ihn im Wagen nach Hause zu bringen.»

«In das Madison Hotel, Hamilton?»

«Ganz recht.»

«Na schön.» Er überlegte einen Moment. «Ist sonst gerade jemand frei?»

Sie beugte sich zurück und betrachtete den Vorlesungsplan, der neben dem Tisch an der Wand hing. «Frank Heath hat eine Freistunde um drei, Mr. Underhill ebenfalls. Bei allen andern geht's von...» Die Glocke schrillte. «Montag ist bei uns am schlimmsten. Morgen sieht es besser aus.»

«Morgen, morgen, nur nicht heute», sagte Stryker.

«Wie bitte?»

«Nichts. Danke.» Er ging hinaus, kam sich so vor, als habe er sich in Schale geworfen und wisse nicht, wohin er gehen sollte. Natürlich hätte er den großen Mann markieren und sie aus ihren Vorlesungen holen können, aber das führte zu nichts. Er warf einen Blick auf die Uhr. Um drei wurde er in der Leichenhalle zur Obduktion erwartet, das Madison Hotel lag auf dem Weg. Vielleicht sollte er Pinchman einen kurzen Besuch abstatten. Einen Krüppel in Angst und Schrecken versetzen – das war nach Kate Trevornes Ansicht vermutlich die Lieblingsbeschäftigung der Polizei. Was konnte jemand wie er dazu schon sagen?

Er fand einen Parkplatz und mußte ein Stück zum Hotel zurückgehen. Was ihn an Pinchmans Geschichte beunruhigte, war die Bemerkung, daß ihm um neun herum kalt geworden sei. Lag das an seiner Behinderung? Die Heizung wurde erst um elf abgestellt. Vielleicht hatte er hinsichtlich der Zeit gelogen, oder seine Uhr war stehengeblieben. Wenn er aber später gegangen war, hatte er vielleicht etwas oder jemanden gesehen. Auf jeden Fall war es einen Versuch wert.

Das Madison war ein altes Hotel, außen schäbig, innen erstaunlich modern. Es gab noch eine Rezeption, aber sie war nicht mehr besetzt. Stryker drückte auf die Klingel mit dem Schild «Bedienung», und kurz darauf erschien ein Mann mit Serviette in der Hand und einem Duft von Gemüsesuppe, von der noch etwas am Kinn glänzte. «Sie wünschen?»

«Pinchman.»

«2 D – hinten raus.»

«Ist er da?»

«Vor zwei Stunden gekommen.»

«Allein?»

Der Mann kniff die Augen zusammen. «Mit einem jungen Kerl.»

«Wie sah der junge Kerl aus?»

Der Mann zuckte mit den Schultern. Das alles interessierte ihn nicht. «Wie ein junger Kerl halt. Groß, Bart und so weiter. Wer sind Sie eigentlich? Polizei?»

«Polizei», bestätigte Stryker und ging zum Fahrstuhl. Als die Tür sich schloß, drehte er sich um und begegnete dem neugierigen Blick des Verwalters, der sich mit der Serviette den Mund abwischte.

Pinchman konnte von Wayland, Underhill oder einem Studenten begleitet worden sein, dachte Stryker. Die Fahrstuhltür ging auf, und er sah weitere Beweise dafür, daß nicht an Geld für die Renovierung gespart worden war. Das schäbige Äußere diente vielleicht nur der Tarnung und paßte sich der ziemlich heruntergekommenen Umgebung an, die langsam von der Universität geschluckt wurde. Er fragte sich, ob dieses Gebäude eines Tages wie all die anderen Parkplätzen und kahlen, charakterlosen Bauten wie Grantham Hall weichen mußten. Er hoffte nicht. Der Stuck an den Decken war ein wahres Kunstwerk, die alten Lampenfassungen waren wieder hergerichtet worden, der Teppich war dick und dämpfte seine Schritte. Irgend jemand hatte sich mit dem Haus viel Mühe gemacht, und er hoffte, er würde sich ebenso dafür einsetzen, daß es nicht abgerissen wurde.

Er war so in seine Betrachtungen vertieft, daß er fast vor der Tür 2 D stand, ehe er das Gas roch.

Es war eine alte, dicke Tür mit einem neuen, stabilen Schloß. Nach fünf oder zehn Schritten lief Stryker zurück und schlug an die Tür 2 A. Er schrie dem fragenden und mißtrauischen Gesicht, das schließlich durch einen Spalt sichtbar wurde, den Auftrag zu, einen Krankenwagen und die Polizei – in dieser Reihenfolge – anzufordern. Ehe es zu einer Einigung kam, mußte er seinen Dienstausweis zeigen. Die Zeitverschwendung von drei Minuten frustrierte ihn.

Er ging zur Tür zurück. Beim vierten Tritt gab sie nach.

Ein unsichtbarer Gasstrom kam ihm entgegen und umfing ihn. Als er sich umwandte, sah er den Verwalter, dem seine Ungehaltenheit durch den ganzen Flur anzumerken war.

«Halten Sie Ausschau nach dem Krankenwagen», rief Stryker ihm zu. «Ich gehe rein.» Er zog den Schal hoch und lief hinein, traute sich aber nicht, das Licht anzuknipsen. Ein kleiner Funke eines schadhaften Schalters würde genügen, das halbe Haus in die Luft zu jagen. Er tastete sich in dem dämmrigen Licht durch den Hinderniskurs aus fremdem Mobiliar zu den Fenstern und riß eines nach dem anderen auf. Ein kalter Wind fegte hinein, und als er zur Tür an seiner Linken ging, fiel Schnee auf den Teppich. Schlafzimmer. Leer. Tür gegenüber? Küche? Ja.

Der Gestank drang in Hals und Nase, in seinem Kopf drehte sich alles, und er spürte einen bitteren Geschmack aus dem Magen aufsteigen. Da ... ein dunkler Schatten vor der offenen Tür des alten Gasherdes, aus dem ein ständiges Zischen drang. Fluchend und hustend drehte Stryker an allen Hähnen, bis das Zischen aufhörte. Dann versuchte er, das Fenster zu öffnen. Fest.

Er griff nach einer Kasserolle auf dem Herd. Glas, Kasserolle, Wasser und geschälte Kartoffeln flogen hinaus und landeten in dem kleinen Garten darunter. Der Wind wehte mehr Schnee hinein. Ein guter Handel, dachte Stryker verwirrt – Schnee für Kartoffeln –, und er wußte, daß er nahe am Umkippen war.

Er packte die zusammengesunkene Gestalt unter den Armen, um sie durch das Wohnzimmer in den Flur zu schleifen. Der alte Mann war erstaunlich leicht, und trotzdem stürzte er zweimal mit seiner Last. Als der erste uniformierte Beamte erschien, hatte er fast die Tür erreicht.

Ein paar Lungenzüge Sauerstoff verhalfen Stryker zu einem klaren Kopf, aber es dauerte eine Weile, bis sein Herz sich beruhigte und der Schmerz in der Lunge nachließ. Der Sanitäter, der mit der Ambulanz gekommen war, behandelte Pinchman mit dem Sauerstoffgerät, und sein Gesicht verlor allmählich den rosigen Schimmer eines vom Erstickungstode Bedrohten.

«Wird er durchkommen?» fragte Stryker, der an der Wand lehnte.

«Schon möglich», sagte der Sanitäter. «Wir können ziemlich hartnäckig sein, wenn wir wollen. Selbstmordversuch?»

«Kopf im Herd.»

«Die alten Methoden sind immer noch die besten», sagte der Sanitäter zynisch. Fünf Minuten später wurde Pinchman abtransportiert, und Stryker ging in die Wohnung zurück. In der Schreibmaschine auf dem Tisch am Fenster steckte eine Nachricht:

> «Ich kann das Leben nicht mehr ertragen.
> Ich habe Aiken Adamson umgebracht. Hoffentlich treffen wir uns nicht in der Hölle.
> Edward Pinchman»

Armer Kerl, dachte Stryker.

Er sah sich im Zimmer um. Der Gasgeruch hatte sich fast verflüchtigt, und es sah aus, als sei nichts geschehen. Er knipste den Schalter an der Wand an, die Lampen leuchteten auf und warfen ein weiches gelbes Licht auf das abgenutzte Holz der Möbel und die Bezüge der alten großen Sessel. An einem von ihnen lehnten Pinchmans Krücken. Den Büchern an den Wänden war anzusehen, daß sie oft gelesen worden waren. Auf dem Tisch lag neben einer leeren Kaffeetasse seine Pfeife. Ein Stoß leerer Blätter auf dem Schreibtisch schien darauf zu warten, beschrieben zu werden. Nur der Mann fehlte, war unter Sirenengeheul durch die weißen Straßen der Außenwelt auf dem Weg in die weiße Welt des Krankenhauses. Es hatte sie viel Mühe gekostet, ihn ins Leben zurückzuholen. Vielleicht wäre es richtiger gewesen, ihn gehen zu lassen. Vielleicht gehörte er zu denen, die wirklich nicht mehr wollten.

Er ging seufzend in den Flur. Vor der eingetretenen Tür stand ein uniformierter Beamter und wartete auf Anweisungen.

«Schließen Sie die Fenster, bringen Sie die Tür in Ordnung und versiegeln Sie sie», sagte Stryker kurz angebunden.

«Sie meinen verschließen?»

«Ich meine versiegeln. Ich komme zurück und will alles genau so vorfinden, wie ich es verlasse.» Stryker stürmte den Flur entlang.

Der Beamte sah ihm mit düsterer Miene nach. Was sollte das bedeuten? Verschließen war eine Sache, offiziell versiegeln eine andere. Er warf einen Blick in die Wohnung. Der alte Mann hatte versucht, sich das Leben zu nehmen. Na und? Er hatte eine Nachricht hinterlassen, den Kopf in den Backofen gesteckt und das Gas angestellt. Es war so klar wie Kloßbrühe.

Oder etwa nicht?

17

Die anderen erwarteten ihn an der Leichenhalle.

«Sieht so aus, als wären Sie hier genau an der richtigen Adresse», sagte Neilson, als er Strykers durcheinandergeratene Kleidung und das weiße Gesicht sah. «Wir haben schon einen Tisch für Sie reserviert.»

«Was ist denn passiert?» fragte Tos besorgt.

Neilson und Pinsky sahen sich an. «Was soll schon passiert sein?» sagte Neilson verständnisvoll. «Er fühlt sich nicht gut.»

«Scheint so», stimmte Pinsky zu.

«Beruhigt euch», sagte Stryker halb lachend. «Ich habe eine Portion Gas abgekriegt, weiter nichts. Mir geht's gut.»

«Du siehst aber nicht gut aus», sagte Tos ernst.

Pinsky blies in das gleiche Horn. «Zum Gotterbarmen. Wirklich.»

«Sie sehen auch nicht gerade rosig aus», sagte Stryker.

Pinsky wurde unruhig. «Ich fühle mich gut», sagte er abwehrend. «Was soll das heißen, ich sehe nicht gut aus?»

«Nicht gerade rosig, hab ich gesagt. Aber bei der Kälte hier drin ist das kein Wunder.»

«Gas? Was soll das heißen?» erkundigte sich Neilson plötzlich.

Stryker warf ihm einen anerkennenden Blick zu. «Kaum zu glauben, aber wenigstens einer hat hier Ohren.» Er berichtete kurz, was geschehen war. «Hat Bannerman schon angefangen?»

«Ja», sagte Neilson. «Er sagt, er hätte eine Warteliste, und die Leute drängelten sich darum, endlich dranzukommen.»

«O Gott», sagte Pinsky. «Das hat mir gerade noch gefehlt.»

Sie betraten den langen Raum hintereinander. Der Formalingeruch vermochte den im Hals kratzenden Geruch von Blut und Tod nicht ganz zu unterdrücken. Neilson wurde ein wenig blaß.

Bannerman, halb verborgen unter einem weißen Chirurgenkittel, roter Gummischürze, Kappe, Handschuhen und Gummischuhen, war am anderen Ende des Raumes und wandte sich um, als er ihre Schritte auf dem gefliesten Fußboden hörte. «Wird allmählich Zeit.» Dann wandte er sich wieder der Gestalt auf dem mit Rinnen versehenen Metalltisch zu. Neben ihm stand ein Wagen mit Messern und Skalpellen, Knochensägen, chirurgischen Bohrern, Behältern für Gewebeproben und sonstigen Gerätschaften.

Das Heulen der elektrischen Knochensäge begann von neuem, und sie sahen, daß er bis zum Kopf vorgedrungen war. Sein Assistent legte behutsam das Saugröhrchen ein, um Blut und andere Flüssigkeiten zu entfernen.

Adamsons Leiche lag nackt und verstümmelt unter der grellen Lampe. Nach einem kurzen, entsetzten Blick konzentrierte sich Neilson auf das Gesicht des Assistenten. Es verwunderte ihn, ein recht attraktives Mädchen von gut zwanzig Jahren zu erkennen. Sie war ganz versunken in ihre gräßliche Arbeit, ihr Gesicht war ausdruckslos, aber voller Konzentration. Nur die rötlichen Locken, die unter der Kappe hervorlugten, und die langen, geschwungenen Wimpern verrieten, daß es sich um eine Frau handelte. Neilson fand es abstoßend und faszinierend zugleich, in einer solchen Atmosphäre Schönheit zu finden. Das brutale Öffnen der Leiche eines älteren Mannes vom Hals bis hinunter in die Leistengegend schien sie überhaupt nicht zu berühren. Adamsons innere Organe waren bereits entfernt und lagen in Gefäßen neben dem Wagen, für spätere Untersuchungen säuberlich mit Etiketts versehen.

«Verflucht», sagte Bannerman und legte die Knochensäge hin, um einen eingerissenen Gummihandschuh auszuziehen. «Ein Knochensplitter.» Er wusch sich die Hände, puderte sie und zog neue Handschuhe über. Als er auf dem Rückweg unten am Tisch vorbeikam, streckte er die Hand aus und zwickte den Toten in die Zehen.

«Warum machen Sie das?» fragte Stryker.

«Was?» sagte Bannerman geistesabwesend und griff nach der Knochensäge, die er neben Adamsons Schulter gelegt hatte.

«Ihn in die Zehen zwicken. Ich habe das schon bei anderen Obduktionen beobachtet. Prüfen Sie dabei den Tonus...?»

Bannerman schien gekränkt. «Wovon reden Sie eigentlich?»

«Er hat recht. Sie machen das jedesmal.»

Bannerman starrte sie an und warf einen Blick auf seine Assistentin, die mit ernster Miene nickte, doch ihre Augen funkelten. «Ich weiß das gar nicht», sagte er langsam. Nach kurzem Schweigen räusperte er sich und fügte verlegen hinzu: «Wahrscheinlich ist es so eine Art... freundschaftliche Geste.»

Wieder Schweigen.

«Was?» fragte Stryker.

«Eine freundschaftliche Geste», erklärte Pinsky hilfsbereit.

Bannerman sah sie mißtrauisch an und wartete auf die Attacke. Stryker und Neilson öffneten den Mund, um etwas zu sagen, begegneten dem Blick der Assistentin und überlegten es sich anders.

«Sie finden das wahrscheinlich komisch», sagte Bannerman aggressiv. «Ist Ihnen jemals der Gedanke gekommen, daß...»

«Haben Sie schon die Delle an seinem Kopf untersucht?» warf Stryker rasch ein. Er mochte Bannerman und wollte ihn nicht reizen.

«Das wollte ich Ihnen gerade sagen.» Bannerman schaltete die Knochensäge wieder an, um seine Arbeit fortzusetzen. «Sie war länglich und im Querschnitt rund, vielleicht von einem Bleirohr.»

«Ich vermute, Miss Scarlet hat ihm in der Bibliothek einen

Schlag mit einem Rohr versetzt», sagte Neilson zur Assistentin. Sie wollte lachen, verkniff es sich aber. Neilson war angenehm berührt, ihre Aufmerksamkeit erregt zu haben.

«Muß es unbedingt ein schweres Rohr gewesen sein – unbedingt Blei?»

«Nein. Wir haben ein paar Hautproben untersucht...» Bannerman legte die Säge beiseite und schob die Finger in die Schädelöffnung. Er betrachtete das Gehirn, eine grauweiße, in Hirnhäute eingebettete Masse. «Aha, hab ich mir doch gedacht, als der Knochen absplitterte. Sehen Sie sich das an.»

Stryker beugte sich gespannt vor. «Dieses Blutgerinnsel?»

Bannerman nickte. «Der Mörder hätte sich mit dem Schlag auf den Kopf begnügen sollen. Das ist ein großes subdurales Hämatom. Daran wäre er im Laufe der Nacht von ganz allein gestorben. Die Stiche waren völlig überflüssig. Aber das konnte der Mörder natürlich nicht wissen. Sonst hätte er sich vermutlich aus dem Staub gemacht, damit man es für einen Unfall hält. Die Tischkante war abgerundet und aus Metall... Angenommen, Adamson wäre ausgerutscht und mit dem Kopf...»

«Vielleicht ist das ja passiert», meinte Neilson.

«Nach den Berichten handelt es sich um einen Stahltisch mit Kunststoffbelag», sagte die Assistentin leise. «Die Gewebeproben vom Schädel zeigten Spuren von...»

«Aluminium», unterbrach Stryker sie.

Sie sah ihn überrascht an. «Stimmt.»

«Ich komme gerade aus der Wohnung eines Mannes, der doppelseitig beinamputiert ist und mit Aluminiumkrücken läuft.» Er wandte sich an Bannerman. «Könnte die Verletzung von einem Schlag mit einer solchen Krücke herrühren?»

Bannerman zuckte mit den Schultern. «Reichen die Krücken über das Handgelenk und den Unterarm?»

«Ja.»

Bannerman überlegte. «Wie lange amputiert? Wie alt ist der Mann?»

«Etwa fünfundsechzig, aber...»

«Seit zwanzig Jahren amputiert», sagte Pinsky. «Ich hab mich erkundigt.»

«Dann hat sich die Armmuskulatur stark entwickelt. Ja... Was die Kraft betrifft, ist es möglich. Der Schlag braucht nicht allzu hart gewesen zu sein, Adamsons Schädeldecke ist ziemlich dünn... Darum auch dieses Trauma...»

«Aber wenn Pinchman mit einer Krücke zugeschlagen hätte, wäre er gestürzt», gab Neilson zu bedenken.

«Möglich», sagte Bannerman. «Es sei denn, er hat sich irgendwo angelehnt.»

«Zum Beispiel am Schreibtisch», sagte Pinsky.

«Warum fragen Sie ihn nicht selbst?» fragte Bannerman.

«Weil er im Krankenhaus liegt», sagte Stryker. «Er hat einen Selbstmordversuch gemacht – Gas.»

«Hat er eine Nachricht hinterlassen?»

«O ja. Ein Geständnis.»

«Dann ist doch alles klar.» Bannerman wandte sich wieder der Leiche zu. «Er hat ihn niedergeschlagen, und da er nicht wußte, daß er sowieso sterben würde, hat er ihm mit seinem Brieföffner den Rest gegeben. Hat er einen Grund genannt?»

«Adamson war ein boshafter Mensch mit einer boshaften Zunge.»

«Und Behinderungen können sich zu einer schrecklichen Frustration aufstauen», sagte Bannerman. «Ein Wort zuviel, und... schon ist es passiert. Es würde die Heftigkeit der Attacke erklären und warum er solche Schwierigkeiten hatte, das Messer aus dem Brustbein zu ziehen. Er muß neben der Leiche auf dem Boden gehockt oder gesessen haben.»

«Ich verstehe», sagte Stryker. «Es reimt sich zusammen.»

«Und?»

Stryker zuckte mit den Schultern. «Können Sie mir sonst noch was über ihn sagen?»

«Nicht viel. Sein Herz war in guter Verfassung – er hätte noch zwanzig Jahre leben können.» Es klang bedauernd, als sei es seine Schuld, daß er sich so früh davongemacht hatte.

«Na gut, danke.» Stryker ging auf die Tür zu.

Bannermanns Stimme übertönte das Klirren der Instrumente. «Und was ist mit dem Insulin?»

Stryker hielt mitten im Schritt inne. Pinsky lief in ihn hinein,

Neilson wurde an die Ecke eines Stahltisches gestoßen. Er fluchte und rieb sich die Hüfte.

Stryker wandte sich langsam um. «Insulin?»

«Insulin», wiederholte Bannerman mit kaum verhohlener Schadenfreude. «Adamson war Diabetiker. In seinem Schreibtisch wurden ein Spritzbesteck und eine Schachtel mit Insulinampullen gefunden, vermutlich eine Reserve für den Fall, daß er abends länger bleiben mußte – so wie am Freitag. An den Ampullen muß irgend jemanden irgendwas stutzig gemacht haben, denn ...»

«Mich», sagte Pinsky.

Bannerman nickte. «Sie sind analysiert worden.»

«Mein Vater ist Diabetiker», erklärte Pinsky. «Er spritzt auch. Das Insulin kam mir komisch vor ... so dünnflüssig.»

«Davon haben Sie mir gar nichts erzählt», sagte Stryker.

«Ich war mir nicht sicher, deshalb wollte ich sie erst untersuchen lassen», verteidigte sich Pinsky. «Ich hatte nur so ein Gefühl.»

Toscarelli stöhnte.

«Vier Ampullen enthielten Leitungswasser», erläuterte Bannerman, indem er nach einem Behälter griff, um ein weiteres Stück von Adamsons entstelltem Körper hineinzulegen. «Wir haben vorhin einen Bluttest gemacht. Das Ergebnis war erschreckend hyperglykämisch. Wenn der arme Teufel nicht einen Schlag auf den Kopf gekriegt hätte und erstochen worden wäre, hätte er ebenso gut im Koma sterben können. Was meinen Sie – ist das Insulin von dem ausgetauscht worden, der ihn geschlagen und erstochen hat, oder von einem anderen?»

«Sie Lump», sagte Stryker. «Warum haben Sie das nicht schon früher erwähnt?»

Bannermans Gelächter hallte von den gekachelten Wänden wider. «Sie haben mich ja nicht gefragt.»

Als sie zum Polizeihaus kamen, rief Stryker im Krankenhaus an. Pinchman lebte noch, aber nur deswegen, weil jemand einen Belag auf seiner Zunge bemerkt hatte. Gas allein war offenbar nicht genug gewesen, er hatte auch noch eine Überdosis Barbiturate geschluckt und lag im Koma. Sie gaben ihm keine große Chance, meinten aber, er sei zäh. Vielleicht... Vielleicht...

Stryker legte den Hörer auf. «Morgen früh werde ich Pinchmans Wohnung unter die Lupe nehmen, und zwar gründlich.»

«Wozu?» fragte Neilson mit hoher Stimme von seinem Schreibtisch.

«Ich weiß nicht», sagte Stryker erschöpft. «Und ehe mir jemand mit guten Ratschlägen zuvorkommt: ich fahre jetzt nach Hause und geh ins Bett.»

«Wird auch Zeit. Soll ich dich bringen?» fragte Tos.

«Du fällst mir ohnehin schon auf den Geist. Treib's nicht auf die Spitze! Trotzdem vielen Dank. Ich komme allein zurecht.»

Sie sahen ihm nach. Als er gegangen war, fragte Neilson: «Was sucht er denn in Pinchmans Wohnung? Was hofft er da zu finden?»

«Er haßt es, etwas abzuhaken, ehe er genau im Bilde ist», sagte Tos ärgerlich. «Er stürzt sich auf alles wie eine dicke Frau auf den letzten Krapfen. Da bleibt kein Krümel übrig.»

«Hört mal!» sagte Pinsky plötzlich. «Er pfeift.»

«Scheiße!» stöhnte Toscarelli.

«Und was hat das zu bedeuten?» wollte Neilson wissen.

«Unannehmlichkeiten», erklärte Tos. «Vermutlich für uns.»

Es schneite noch immer, aber nur leicht. Die Stille verlieh der Stadt einen gewissen Reiz. Stryker fuhr langsam durch Nebenstraßen, hinterließ in einigen die ersten Spuren und hörte das Knirschen des Schnees, den die Reifen unter sich zusammenpreßten. Der Schnee war ein bißchen verweht, verwischte die Konturen, wo Kante auf Kante stieß, an jedem Laternenpfahl, jedem Briefkasten, jedem Rinnstein, gab allem weiche, fließende Linien.

So liebte er die Stadt, still und – wenn auch nur vorübergehend – auf dem ungestümen Weg in die Zerstörung gestoppt, eingehüllt in flüchtige Schönheit, die den Schmutz verbarg und den Haß dämpfte. Auf einer Strecke von zwei Meilen begegnete er nur vier Wagen, und wenn sie einander in den winkligen, von Spuren durchzogenen Straßen auswichen, hatten die Fahrer ein Lächeln füreinander übrig. Der Schnee machte sie zu Partnern im Unglück, zu Zeugen des flüchtigen Augenblicks, in dem niemand etwas zerstört hatte. Noch nicht.

Er versuchte, an nichts anderes zu denken als das, was er sah oder fühlte. Die Reinheit und die Schatten, die kühle Berührung einer Schneeflocke, die sich hin und wieder durch das offene Fenster an seine Wange verirrte, ein eisiger Kuß in der Nacht. Wie in einer Glaskugel fuhr er von Punkt zu Punkt, brauchte eine Stunde für die Fahrt, die sonst zehn Minuten dauerte, kreuzte – mitunter mehrfach – seine eigenen Spuren, atmete langsam, war ganz ruhig. Bemühte sich zumindest, es zu sein.

Zu Hause stellte er den Wagen ab, ging in die Wohnung, öffnete den Kühlschrank und spielte mit dem Gedanken, etwas zu essen. Dann überlegte er es sich anders und ging ins Bett. In der warmen, behaglichen Dunkelheit entspannte sich der Körper allmählich und wartete auf den Schlaf.

Er kam nicht.

18

Pinchmans Selbstmordversuch war das Hauptgesprächsthema im Büro der Schließgesellschaft, als der Wächter sich vor seinem Dienstantritt in der Bibliothek dort meldete. Er hörte zu, gab die richtigen Geräusche von sich – Überraschung, Bestürzung, Bedauern, Entsetzen, Mitleid – und verfluchte seine eigene Ungeduld. Er hätte wissen müssen, daß der Alte ein Schwächling war und der Krüppel sich eher auf diese Art aus der Affäre ziehen als zahlen würde.

Der Wächter gestand sich auch ein, daß es feige gewesen war, es zuerst beim leichtesten Opfer zu versuchen. Wenn schon, wer würde das nicht tun? fragte er den Wind, als er die dunkle Mall überquerte. Würde das nicht jeder tun?

Jetzt blieb ihm nur noch eine Chance.

Kein Krüppel. Kein leichtes Spiel.

Hart. Gefährlich. Gerissen.

Vielleicht auch verrückt.

Er mußte vorsichtig sein, alles genau planen.

Er trat in die Stille der Bibliothek, schloß die Tür hinter sich ab und begann langsam seine erste Runde. Wann immer er zu einem Fenster mit Blick auf die Mall und Grantham Hall kam, sah er zu den Fenstern des englischen Seminars hinauf, von denen viele noch erleuchtet waren.

Es mußte einen Weg geben.

Er würde sich später etwas einfallen lassen, wenn er die Fenster beobachtete. Vielleicht kam ihm dabei ein guter Gedanke.

19

«O Gott, hoffentlich wird es heute besser als gestern», murmelte Frank Heath, als er seine Post durchsah. «Sie haben mich dauernd angestiert, als fragten sie sich, ob ich der Mörder bin.»

«Ich weiß, wie dir zumute ist», sagte Pete Rocheleau.

«Starr doch einfach zurück», schlug Underhill vor.

«Leicht gesagt», bemerkte Heath. «Ihr habt nur höhere Semester, aber ich habe drei Anfängerkurse. Allmählich bin ich bereit, eine Demonstration zugunsten der Tiere im Zoo zu organisieren. Wir gehören jetzt zur Gattung der Verdächtigen, Spezies Mörder. Plötzlich sind wir faszinierend – aber aus falschen Gründen.»

«Ich bin nicht gewillt, ihnen unvorbereitet gegenüberzutreten», sagte Heskell, zog eine kleine Flasche aus der Tasche und schüttelte zwei grün-schwarze Kapseln heraus. «Ohne die springe ich auf meinen Tisch und fange an zu schreien.» Er warf die Kapseln in den Mund, legte den Kopf zurück und schluckte sie.

«Die ändern gar nichts», sagte Jane Coulter mißbilligend. «Die Situation bleibt die gleiche.»

«Sie ändern mich», sagte Heskell dramatisch. «Die Situation kann von mir aus machen, was sie will.»

Dan Stark erschien in der Tür. Er sah verstört aus. «Gut, es sind fast alle hier», sagte er, als Lucy Grey-Jenner und Arthur Fowler hereinkamen. «Ich muß euch mitteilen, daß Edward Pinchman gestern nachmittag versucht hat, sich das Leben zu nehmen. Wenn er stirbt, wird die Presse mobil werden.»

Sie starrten ihn mit offenem Mund an, die Briefe und Zeitungen noch in den Händen, die Mäntel halb an- oder ausgezogen, standen wie angewurzelt vor ihren Postfächern.

«Lebt er noch?» fragte Jane Coulter in fassungslosem Flüsterton. «Können sie ihn retten?»

«Er lebt, ja – aber die Ärzte sollen nicht viel Hoffnung haben», sagte Stark. «Sein Gesundheitszustand war in letzter Zeit ohnehin nicht besonders gut...» Seine Stimme schwankte ein wenig.

«Er hat Aiken umgebracht», sagte Heskell plötzlich. «Stimmt doch, oder? Er war es.»

«Ich weiß nicht», sagte Dan schwach.

«Er hat einen Abschiedsbrief hinterlassen», sagte Heskell. «Er muß einen hinterlassen haben.»

«Ich glaube, es wurde einer gefunden...»

«Dann ist die Sache doch klar», triumphierte Heskell. «Er hat Aiken umgebracht, wurde von Gewissensbissen geplagt und hat sich das Leben genommen. Ende der Geschichte.»

«Sie wollten ihn festnehmen, aber er war ihren Händen bereits entronnen», verkündete Underhill.

«Wenn ich Näheres erfahre, lasse ich's euch natürlich wissen», sagte Stark, warf ihnen einen leeren, verlorenen Blick zu und ging hinaus.

«Ich kann es nicht fassen.» Jane Coulter sah elend aus. «Ich begreife das nicht. Edward? Warum sollte er Aiken umbringen?»

«Warum jemand anders?» sagte Lucy Grey-Jenner. «Weil Aiken Aiken war. Braucht man noch mehr Gründe?»

«Edward war ein guter Freund», sagte Fowler. Die Nachricht hatte ihn offenbar tief getroffen. «Ein guter Mensch. Ich kann das nicht glauben.»

«Ich auch nicht», warf Kate ärgerlich ein, «und ich glaube es auch nicht.»

«Ach, diese Verschwendung von Beruhigungstabletten», sagte Heskell munter. «Ende gut, alles gut. Und jetzt zurück in den alten Trott!»

Diese fröhliche Aufforderung brachte ihm einige entsetzte und vorwurfsvolle Blicke ein, die er mit forscher Unbefangenheit erwiderte. «Es hat doch keinen Sinn, sich zu verstellen. Es ist ein Jammer um Pinchman, natürlich... Aber woher wollen wir wissen, was zwischen den beiden vorgefallen ist? Alter Haß, immer wieder aufgeheizt...»

«Mach dich nicht lächerlich», sagte Kate.

«Wir alle wollten Aiken hin und wieder umbringen, gebt es doch zu!» sagte Heskell herausfordernd. «Er und seine Spitzelei, seine Angeberei und die ständigen Drohungen, uns mit einer weiteren fesselnden Enthüllung die Sprache zu verschlagen...»

«Oh», sagte Kate plötzlich. Alle Blicke richteten sich auf sie. Sie ging zur Tür. «Dan? Kann ich dich einen Moment sprechen?»

Stark, der fast die Tür seines Zimmers erreicht hatte, kam zurück und folgte ihr ins Sekretariat. «Gestern war eine junge Frau hier mit einem Manuskript, das sie für Aiken getippt hat. Sie schien sehr knapp bei Kasse zu sein, deshalb habe ich ihr das Geld gegeben. Ich habe eine Quittung. Meinst du, es kann aus dem Nachlaß erstattet werden?»

«Das dürfte keine Schwierigkeiten bereiten. Aber du hättest sie zu mir schicken sollen.»

«Sie war ziemlich durcheinander, und ich mußte zur Vorlesung. Ich hab einfach getan, was am einfachsten war, und dann nicht mehr daran gedacht. Tut mir leid.»

Stark lächelte ihr zu. «Du hast ein weiches Herz, Kate. Dir braucht man nur eine traurige Geschichte aufzutischen, schon schmilzst du dahin. Was für ein Manuskript ist es denn?»

«Ich weiß nicht. Ich habe zwar ganz schnell...» Sie hielt inne, weil er grinste. «Na ja», fuhr sie verteidigend fort, «hättest du vielleicht nicht reingeguckt?»

«Natürlich», gab er zu.

«Ist dir bekannt, daß er sich mit einer Arbeit über Militär befaßt hat?»

«Militär? Aiken?» Dan war erstaunt. «Garantiert nicht.»

«Ich hab den Titel verkehrt herum gelesen, und er war halb verdeckt. Es sah aus wie ‹Kavallerie›, aber ich kann mich täuschen.» Die Neun-Uhr-Glocke ertönte, und sie erhob die Stimme, um sie zu übertönen. «Ich bring's dir nachher, in Ordnung?»

«Alles klar. Jederzeit.» Als die Glocke verklang, schien Dans Stimme sehr laut. Er machte sich auf den Weg zu seinem Zimmer und hielt plötzlich inne. «Ist Wayland krank?»

«Richard? Nicht, daß ich wüßte. Wieso?»

Stark zuckte mit den Schultern. «Ich habe gehört, er hätte gestern nachmittag keine einzige Vorlesung gehalten. Ich dachte, du wüßtest etwas.»

«Keine Ahnung. Hast du im Studentenheim angerufen?»

«Ja. Gestern abend und heute morgen. Keine Spur von ihm.»

«Ist das wörtlich zu verstehen?»

«Er ist dort seit gestern morgen nicht mehr gesehen worden, und sie haben auch nichts von ihm gehört – wurde mir jedenfalls gesagt. Vielleicht vertuschen sie auch was.»

«Was sollten sie vertuschen?»

Stark bemerkte ein bißchen Farbe in ihrem Gesicht. «Du weißt doch ...»

Kate kam ein paar Schritte zurück. «Nein, Dan, ich weiß nichts. Was vertuschen sie?»

Er zog die Augenbrauen zusammen und schien mit sich zu kämpfen. Als die Glocke wieder ertönte, sah er erleichtert auf. «Beeil dich, sonst sind deine Studenten verschwunden.»

«Mein Gott!» Sie lief zur Tür. «Ich rufe nachher gleich im Studentenheim an. Die müssen doch wissen, wo er steckt.»

Kates erste Freistunde begann um elf. Als sie feststellte, daß Richards Post noch immer in seinem Fach lag und er in der Zwischenzeit nicht aufgetaucht war, rief sie im Studentenheim an.

«Wer ist am Apparat?» fragte sie, als eine Stimme ihr erklärte, Richard sei nicht da. «Jody Longman?»

«J... ja.» Die Antwort kam zögernd.

«Hier ist Kate Trevorne.»

«Oh, hallo...» Seine Stimme klang nun wesentlich freundlicher. «Ich hab Sie gar nicht erkannt. Wissen Sie nicht, wo er ist?»

«Würde ich mich dann nach ihm erkundigen?»

«Nein, wohl kaum. Entschuldigung.» Dann flüsterte er nur noch. «Die Polizei war gestern abend hier und hat ihn gesucht.»

«Ehrlich?»

«Ja. Wir hatten gerade eine Fete. Alle sind zum Klo gerannt, um ihre Joints runterzuspülen. Wir dachten, sie wollten eine Durchsuchung machen, und dann haben sie nur nach ihm gefragt. Der ganze Abend war versaut.» Es schien ihn hart getroffen zu haben. «Es war derselbe, der Sie neulich in der Cafeteria belästigt hat.»

«Lieutenant Stryker?»

«Genau. Der scheint sich für ein großes Tier zu halten.»

«Ist er wohl auch, aber wir wollen lieber nicht sagen, was für eins», stieß Kate hervor.

«Miss Trevorne, ist das wirklich wahr? Ich meine, hat Pinchman Professor Adamson umgebracht?»

«Wie kommen Sie denn darauf?»

«Irgend jemand hat es erzählt», sagte er ausweichend. «Ich glaube das nicht. Sie etwa?»

«Nein, Jody, ich auch nicht. Bis bald mal.» Sie legte den Hörer auf, starrte ihn an und hob wieder ab.

Dieser verfluchte Bulle.

In der kalten Wohnung hing noch immer ein leichter Gasgeruch. Feuchte Stellen unter den Fenstern ließen erkennen, wo Schnee hereingeweht und geschmolzen war. Die Pappe, mit der das kaputte Fenster überklebt worden war, vermochte die eisige Luft nicht am Eindringen zu hindern. Der Tag war hell und klar, das Sonnenlicht fiel unbarmherzig auf die abgenutzten Stellen des

Plüschsofas und die verblichenen Farben des alten Perserteppichs. Die Aluminiumkrücken lehnten verlassen an dem Sessel in der Ecke, der anscheinend Pinchmans Lieblingssessel war, wenn er las.

«Sollen wir die als mutmaßliche Mordwaffe markieren?» fragte Neilson, indem er auf die Krücken zuging.

«Immer langsam», sagte Stryker und trat in die Mitte des Zimmers.

«Erst mal stellt man sich hin und starrt», belehrte Pinsky den jungen Kollegen.

«Was macht man?» Neilson dachte, bei Pinsky müßten sich seit dem vergangenen Abend ein paar Schrauben gelockert haben.

«Stehen und starren», erklärte Tos geduldig, als Stryker sich in der Mitte des Raumes langsam um die eigene Achse drehte. «Nichts berühren, nichts aufheben, bewegen oder verändern. Vor allem keine Schlüsse ziehen.»

«Ich bin auf der Polizeischule gewesen und habe meine Bücher gelesen», sagte Neilson sarkastisch.

«Benutzen Sie Ihre Augen auch hier», schlug Stryker vor.

Neilson, dem das alles kindisch vorkam, seufzte betont und sah sich um. «Auf jeden Fall hat er Kaktusse gemocht», sagte er schließlich. «Sehen Sie sich diese häßlichen mickrigen Zwerge an!»

«Kakteen», verbesserte Stryker pedantisch. «Was noch?»

Neilson zuckte mit den Schultern. «Meinetwegen. Also, Wohnzimmer: zwei Fenster mit Blick auf den Hof, normal eingerichtet, alter Teppich.»

«Alter Perser, um die zweitausend Dollar wert», korrigierte Stryker. «Weiter.»

«Im Ernst?» Pinsky trat zurück und starrte hinab. «Danach sieht er gar nicht aus.»

«Was noch?» bohrte Stryker.

Neilson zuckte wieder mit den Schultern. «Ein Haufen Bücher, Schreibtisch, Schreibmaschine. Gestern hat er eine Pfeife geraucht. Machen Sie mit der Asche so was ähnliches wie Sherlock Holmes?»

«Der Teufel soll die Asche holen», sagte Stryker. «Aber wenn Sie sagen, daß er gestern geraucht hat, stimme ich Ihnen zu.»

«Gut. In Ordnung.» Neilson trat an den Tisch, um sich die Pfeife und die Kaffeetasse daneben genauer anzusehen. «Außerdem hat er gestern Kaffee getrunken.»

«Ich möchte, daß der restliche Inhalt umgehend analysiert und die Tasse auf Fingerabdrücke untersucht wird», sagte Stryker. «Behandelt sie vorsichtig.»

Pinsky hatte sich ebenfalls umgesehen und warf nun einen mißtrauischen Blick auf Stryker. «Weil die Nachricht getippt war? Und die Unterschrift auch? Deswegen?» – «Vielleicht.»

Pinsky grinste befriedigt. Er setzte sich auf eine Sessellehne und stieß beinahe Pinchmans Krücken um. Als er danach griff, fiel er selbst fast hin.

Neilson schnaubte. Er hatte sich noch immer nicht an Pinskys Angewohnheit gewöhnt, in etwas hineinzulaufen oder über Dinge zu stolpern und sich mindestens neunmal am Tag hart auf der Grenze zwischen der Vertikalen und der Horizontalen zu bewegen. «Ist das ein Spiel?» fragte er schließlich, weil alle anderen sich noch immer ansahen.

Niemand antwortete.

Neilson gab nicht auf. «Also... der Typ hat eine Nachricht hinterlassen und den Kopf in diesen verdammten Herd gesteckt. Stimmt doch, oder?»

«Es hat den Anschein», gab Stryker sachlich zu.

Neilson verzog das Gesicht zu einer Grimasse. Toscarelli warf einen Blick in die Küche, Stryker stand am Fenster, und Pinsky, der noch immer die Krücken in der Hand hielt, pfiff geistesabwesend durch die Zähne.

«He!» rief Neilson.

Pinsky zuckte zusammen. «Was... Was ist?»

Neilson deutete auf die Krücken, und Pinsky ließ sie fallen wie heiße Kartoffeln. «Ich hab doch Handschuhe an. Ich habe keine...» verteidigte er sich.

Stryker und Tos wandten sich um. Neilson konnte vor Aufregung kaum sprechen. Sein Mund fühlte sich ganz starr an. «Der Typ hat zwei Prothesen, oder?»

Stryker nickte und begann zu lächeln.

«Auch Flügel?» fragte Neilson verschmitzt.

«Von dem Sessel bis zum Herd in der Küche sind es fast zwanzig Schritte», stellte Stryker fest.

«Aha!» sagte Pinsky.

Sie sahen sich noch immer im Raum um, als eine schrille, ärgerliche Stimme von der offenen Tür her rief: «Ich möchte den Abschiedsbrief sehen, den er angeblich hinterlassen hat.»

Auf der Schwelle stand Kate Trevorne. Ihr Gesicht war gerötet – sie war vom Campus zu Fuß durch die eisige Luft gegangen –, ihr lockiges Haar erinnerte an bronzefarbene Chrysanthemen. Der braune Dufflecoat war offen, darunter trug sie einen roten Pullover. Stryker stellte eine gewisse Ähnlichkeit mit einem Rotkehlchen fest, das vorsichtig mit seinen Perlenaugen in einen fremden Garten späht.

«Was zum Teufel wollen Sie hier?» erkundigte er sich.

«Ich habe in Ihrem Büro angerufen und gehört, daß Sie hier sind. Ich möchte den Abschiedsbrief sehen, den Edward geschrieben hat. Ist er das?»

«Nicht anrühren!» schrie Stryker, als sie durch das Zimmer zur Schreibmaschine marschierte, in der das Blatt Papier noch immer steckte.

«Ich bin kein Vollidiot», sagte sie über die Schulter und beugte sich, die Hände in den Taschen vergraben, über die Schreibmaschine. Dann richtete sie sich auf. «Das hat Edward nicht geschrieben.»

«So?» fragte er in skeptischem Ton.

«Das ist eine manuelle Maschine. Edward und ich haben eine geheime Schwäche: Wir beherrschen beide das Zehnfingersystem. Geschicklichkeit mit den Händen wird bei Intellektuellen für sehr dilettantisch gehalten, deswegen haben wir es niemandem verraten. Wer mit zehn Fingern schreibt, entwickelt schlechte Angewohnheiten und hat außerdem starke und schwache Finger. Wer immer das getippt hat – er hat nur einen Finger benutzt, denn der Druck ist bei allen Buchstaben gleich.» Sie war jetzt völlig gelassen, wandte sich um und ging in die Küche. Stryker folgte ihr und blieb im Durchgang stehen. Sie sah sich alles genau an, das kaputte Fenster, den Herd, die Spüle, die verschiedenen Dinge auf dem Ablaufbrett – Löffel, Schälchen, Pfanne, Fleischspritze, Kartoffelschälmesser, Teller, Gläser und Tassen. Dann griff sie nach der Fleischspritze und drückte ein paarmal auf das Gummibällchen. Der Luftzug ließ ihr Haar flattern. Schließlich benutzte sie es, um damit auf die Wand über dem Herd zu zeigen. «Da fehlt eine Kasserolle», stellte sie fest.

«Die habe ich durchs Fenster geworfen, damit das Gas abziehen konnte», sagte Stryker. «Mit den Kartoffeln, die darin waren. Es müßte alles noch unten liegen.»

Sie legte die Fleischspritze auf das Ablaufbrett zurück, ging zum Fenster und blinzelte durch den Schlitz zwischen Pappe und Rahmen hinunter. «Stimmt», sagte sie. «Und eine Menge Kartoffeln.» Sie wandte sich um und sah ihn an. «Wozu hat er Kartoffeln geschält, wenn er die Absicht hatte, sich das Leben zu nehmen?» Plötzlich wurde ihr bewußt, was er gesagt hatte. «*Sie* haben das Fenster eingeschlagen? *Sie* haben ihn gefunden?»

«Er hätte dabei umkommen können», rief Toscarelli aus dem Wohnzimmer. «Er hat gerade eine Lungenentzündung überstanden und hätte warten sollen, bis...»

«Halt die Klappe!» schrie Stryker.

«Die Lunge ist wieder ganz in Ordnung», bemerkte Neilson.

«Woher wissen Sie, daß eine Kasserolle fehlt?» fragte Stryker in normalem Ton.

«Sie haben ihm das Leben gerettet?»

«Bis jetzt. Was ist mit dem Topf? Woher wissen Sie...»

«Ich bin oft hier gewesen, habe oft für ihn gekocht, vor allem am Anfang, als ich gerade zurückgekommen war und an der Uni angefangen habe. Ich war ziemlich raus aus allem, und Edward hat mir sehr geholfen, damit ich mich nicht blamierte. Er ist ein ganz besonderer Mensch, und er würde sich nie umbringen, nie...»

«Auch nicht, wenn er einen Mord auf dem Gewissen hätte?»

«Auch dann nicht.»

«Sie bezweifeln, daß er Selbstmord begehen könnte, aber einen Mord trauen Sie ihm zu?»

«Ich weiß nicht, ob er ein Mörder ist, aber ich weiß, daß er im Laufe der Jahre viele Gründe und viele Gelegenheiten gehabt hätte, sich das Leben zu nehmen, und er hat es nicht getan. Er litt fast ständig unter Schmerzen – die Tabletten lagen immer da...» Sie sah auf den Gasherd. «Außerdem hat er Gasgeruch gehaßt. Ich glaube einfach nicht, daß es ein Selbstmordversuch war.» Ihre Stimme erstarb.

Toscarelli trat heran und warf Stryker einen verächtlichen Blick zu. «Und er auch nicht. Lassen Sie sich doch von diesem Schlitzohr nicht ins Bockshorn jagen.»

Kate sah Stryker an.

«Ich glaube, er hat Adamson einen Schlag versetzt. Ich glaube nicht, daß er ihn umbringen wollte, und ich glaube auch nicht, daß er sich das Leben nehmen wollte.» Er deutete auf die Krücken. «Die haben wir da am Sessel gefunden, und ihn in der Küche mit dem Kopf im Backofen – zwanzig Schritte entfernt.»

«Meinen Sie, es war jemand hier? Jemand hat versucht, ihn umzubringen, und einen Selbstmord vortäuschen wollen?»

«Sind Sie nicht extra hergekommen, um uns genau das zu erzählen? Sie haben doch gleich gesagt, er hätte nicht versucht, sich umzubringen. Woran haben Sie denn gedacht? An ein Gottesurteil? Oder an Marsmenschen?»

«Sie meinen, es war derselbe, der Adamson umgebracht hat?»

Er musterte sie mit düsterem Blick. «Ich hoffe es. Der Gedanke, daß mehr als ein Mörder frei herumläuft und nach und nach das gesamte englische Seminar von Grantham Hall unter die Erde bringt, gefällt mir überhaupt nicht.»

«Sie glauben noch immer, es war einer von uns?»

«Ich weiß es nicht. Ich nehme an, daß Pinchman aus einem mir unbekannten Grund Adamson niedergeschlagen hat und weggegangen ist, ohne zu wissen, wie schwer er ihn verletzt hatte. Dann kam ein anderer, fand Adamson bewußtlos, packte die Gelegenheit beim Schopf und gab ihm mit dem Brieföffner den Rest. Wenn Sie an Sonnabend morgen zurückdenken, werden Sie sich erinnern, daß Pinchman sehr erstaunt war, als ich sagte, Adamson sei erstochen worden.»

«Ob Edward wußte, wer es getan hat?»

«Vielleicht hat er es vermutet. Deshalb auch der Versuch, ihn umzubringen.»

Sie holte tief Luft. «Ich werde Ihnen helfen, wenn Sie noch Wert darauf legen. Um Adamson hat es mir nicht leid getan – ich habe ihn gehaßt. Aber um Pinchman würde es mir verdammt leid tun.»

Er sah die anderen warnend an. «Also gut», sagte er munter. «Was halten Sie davon, mich jetzt gleich ins Krankenhaus zu begleiten? Vielleicht können Sie bei Pinchman etwas erreichen. Auf andere hat er bisher nicht reagiert. Wollen Sie es versuchen?»

«Ja, bitte...»

«Na gut. Holen Sie schon mal den Fahrstuhl rauf. Ich will nur schnell ein paar Anweisungen geben, um meine Leute auf Trab zu halten.» Sie ging, und er trat zu den anderen. «Ich gehe davon aus, daß Wayland ihn umgebracht hat, und sie anscheinend auch.»

«Aber sie will helfen», begehrte Pinsky auf.

«Wem?» fragte Stryker zynisch. «Versucht's noch mal im Studentenheim. Wenn er nicht da ist, muß eine Suchmeldung raus. Außerdem möchte ich, daß seine Alibis noch einmal überprüft werden – sowohl die für gestern nachmittag als auch die für Freitag abend. Das mag einige Schlupfwinkel schließen und neue öffnen, aber wir werden sie alle im Auge behalten, falls Wayland doch noch eine einleuchtende Erklärung abgeben kann.»

«Halten Sie das für möglich?» fragte Neilson.

«Nein», sagte Stryker kalt.

Im Raum war es dämmrig. Edward Pinchman lag auf dem hohen Krankenhausbett, seine für gewöhnlich rosigen Wangen waren bleich und eingefallen. Von der Tür aus konnte Kate nur die

Kontur seiner Adlernase und das graue Haar sehen, das über das Kissen fiel. Die Decke war bis zum Kinn gezogen. Der Anblick erinnerte sie an ein Grabmal – einen in Stein gemeißelten Heiligen aus dem Mittelalter, reglos, tot.

Dann bemerkte sie das leichte Auf und Ab seiner Brust. Sie schluckte den dicken Kloß in ihrem Hals und ging langsam auf das Bett zu. An der gegenüberliegenden Seite saß ein junger Polizeibeamter mit Block und Bleistift in der Hand. Wartete er darauf, daß Edward etwas sagte, um es niederzuschreiben? Damit man es als Beweis verwenden konnte? Sie sah auf das Gesicht des Schlafenden. Konnte Edward der Mörder sein und den Abschiedsbrief getippt haben, konnte er Schlaftabletten genommen und zwanzig Schritte ohne Krücken gelaufen sein? Sie mußte sich darauf gefaßt machen, daß Edward oder jemand anders, den sie kannte – vielleicht sogar liebte – ein Mörder war. Diese Erkenntnis traf sie ganz unvermittelt. Einen Augenblick lang stand sie völlig gefaßt da, im nächsten schossen ihr heiße Tränen in die Augen. Verzweifelt sah sie sich im Zimmer um. Überall standen Vasen mit Blumen. «Er haßt Schnittblumen», stieß sie hervor. «Bitte lassen Sie die rausbringen. Deswegen hat er ja Kakteen gezüchtet. Die seien hart im Nehmen – genau wie er, hat er gesagt.»

«Wird gemacht», sagte Stryker sanft.

«Blumen sterben», fuhr Kate fort. «Alles Schöne stirbt, hat er gesagt. Sie welken und vergehen...»

«Beruhigen Sie sich.» Strykers Stimme war stark und besänftigend, etwas, woran man sich aufrichten konnte.

Als Kate in ihrer Handtasche nach einem Taschentuch suchte, sah sie, daß die Decke von Edwards Knien rutschte, und nahm an, seine Krücken müßten wie Reisegepäck irgendwo in einem Schrank sein. Im Koma waren die Spuren des Alters von seinem Gesicht gewichen, nur das schlaff herabhängende Fleisch verriet die Jahre. «O Gott», schluchzte sie, «wie grausam, ihm noch mehr Leid aufzubürden.»

«Hat er irgendwas gesagt, Calder?» fragte Stryker.

«Nein, Sir. Nichts», erwiderte der junge Beamte müde. Er hatte offensichtlich eine ganze Nacht damit verbracht, zu warten und den Atemzügen eines Bewußtlosen zu lauschen. Kate warf über das Taschentuch hinweg einen Blick auf Stryker. Der junge Beamte hatte ihn mit «Sir» angeredet. Ihr wurde klar, daß der Mann, den sie ablehnte und fürchtete, sich Autorität in einer Welt verschafft hatte, in der man bekanntlich nicht leicht Ansehen gewann.

Sein Blick war kühl und unpersönlich. «Wollen Sie versuchen, ihn zu wecken?» fragte er. «Eine vertraute Stimme wirkt oft Wunder.»

Sie holte tief Luft und sprach so beherrscht wie möglich. Ihre «Dozentenstimme». «Edward?... Edward?... Ich bin's. Kate... Bitte wach auf und sag uns, was passiert ist.»

Alles blieb still. Kein Flackern, keine Bewegung. Er lag genauso da wie zuvor.

«Edward... Ich bin's, Kate. Bitte wach auf!»

Noch immer keine Reaktion. Sie sah Stryker an. «Es klappt nicht.»

«Sie geben zu schnell auf», sagte er eindringlich. «So was braucht Zeit. Versuchen Sie's weiter.»

Zehn Minuten später kam die Schwester herein und griff demonstrativ nach Pinchmans Arm, um den Puls zu zählen.

«Das war's wohl», sagte Kate, drehte sich um, ging einen Schritt auf die Tür zu und blieb unvermittelt stehen, als ein gespenstisches Geräusch den Raum erfüllte. Es kam von Edward, der tief und keuchend atmete. Ein Hurrikan könnte kaum lauter sein, dachte Kate, aber als er gleich darauf in völlig normalem Tonfall sprach, klang es ohrenbetäubend.

«Wiege», sagte er klar und deutlich. Und noch einmal: «Wiege.»

«Er hat gesprochen», stieß Kate atemlos hervor. «Das war er doch, oder?»

Stryker ignorierte sie. «Calder?»

«Ich habe ‹Wiege› verstanden, Sir.»

«Ich auch.» Er wandte sich an Kate, die krampfhaft die Decke an Pinchmans Schulter umklammerte und das reglose Gesicht beobachtete. «Versuchen Sie's noch mal», sagte er bestimmt.

«Edward... Wach auf. Bitte, Edward!»

«Versuchen Sie's mal mit ‹Wiege›!»

«Wiege... Was meinst du damit, Edward? Welche Wiege?»

«Er schläft», flüsterte die Schwester. «Sein Puls hat sich verändert. Sie werden jetzt nichts aus ihm rauskriegen.»

«Homöostase», murmelte Kate.

Die Schwester sah sie scharf an. «Genau.»

«Was zum Teufel ist ‹Homöostase›?» explodierte Stryker.

In der Stille des Raumes klang seine Stimme noch schärfer.

«Der Körper heilt sich selbst», erklärte Kate und deutete auf die Fieberkurve am Bett. «Edward ist Dr. Wilkies Patient. Gute Ärzte – und er ist einer – lassen den Körper soviel wie möglich zur Heilung beitragen. Stimmt doch, oder?» fragte sie die Schwester.

Sie nickte und deutete ein Lächeln an.

«Betätigen Sie sich nebenberuflich als Arzt?» schnappte Stryker. «Genügt es Ihnen nicht, Kriminalität zu lehren?»

«Ich weiß genauso wenig wie Sie, was ‹Wiege› bedeutet», schnappte Kate zurück. «Zufällig kenne ich Dr. Wilkie und auch die Meinung anderer Ärzte über ihn. Mein Onkel ist Arzt, zwei Vettern von mir und...»

«Schon gut, schon gut», stotterte Stryker. «Haben Sie auch Polizisten in Ihrer Familie?»

«Keinen einzigen.» Nach ihrem Ton zu urteilen, war das eine Leistung.

«Gott sei Dank!» Dann wandte er sich an Calder. «Das ist zwar nicht die interessanteste Aufgabe, die man sich denken kann, aber halten Sie durch, Calder. Es ist wichtig.»

Kate sah den jungen Mann verständnisvoll an. Er konnte sich bestimmt eine Million besserer Beschäftigungen vorstellen, als Stunde um Stunde mit einem schlafenden Patienten und einer Krankenschwester mit Krampfadern in einem abgedunkelten Raum zu verbringen. Er hatte nicht einmal etwas zu lesen. Wahrscheinlich betete er zum Himmel, draußen im Gang möge es eine Schlägerei geben. «Versuchen Sie mal, ‹Das Walroß und der Zimmermann› zusammenzukriegen», riet sie ihm. «Das tue ich immer, wenn ich irgendwo rumsitzen muß.»

«Das sieht Ihnen ähnlich», knurrte Stryker, indem er ihr die Tür öffnete. «Kommen Sie, ich bringe Sie zur Uni zurück.»

«Nicht nötig. Ich kann mir ein Taxi nehmen.»

«Ich weiß, daß es nicht nötig ist. Aber ich fahre zufällig in diese Richtung. Klar?»

Aus irgendeinem Grund schien der Wagen geschrumpft zu sein, während er auf dem Parkplatz stand. Kate fühlte sich auf dem Beifahrersitz eingezwängt. Ihr Herz schlug und pochte wie ein Gefangener an die Wand seiner Zelle, und ihr Hals war wie zugeschnürt. Der Wagen fuhr mit leicht zischendem Geräusch durch die matschigen Straßen, die Wischer befreiten die Scheibe mit ihrem Klick-Klack von den Spritzern voranfahrender Fahrzeuge. Stryker fuhr vorsichtig und korrekt, wie man es von einem Polizeibeamten erwartet. Er hatte die Brille aufgesetzt, blinkte beim Überholen und zwängte sich selbst auf dem Motorway kein einziges Mal in eine Lücke. Sie wartete darauf, daß er schrie oder fluchte, aber er war völlig ruhig, sagte keinen Ton.

Na gut, dachte sie, er sollte seinen Willen haben. «Können Sie sich vorstellen, was ‹Wiege› bedeutet?»

«Nein.»

«Vielleicht so was wie *Rosebud* in *Citizen Cane.*»

«Hoffentlich nicht.»

Abgesehen von den Scheibenwischern wieder Stille. «Und nun?»

«Nun? Was?»

«Was soll ich tun? Ich denke, ich soll Ihnen helfen.»

«Erzählen Sie mir etwas über Pinchman. Kam er mit Adamson zurecht?»

«Nicht mehr und nicht weniger als alle anderen.»

«Hat Adamson ihn auch aus dem Hinterhalt attackiert?»

«Nicht ganz so schlimm wie die anderen – wahrscheinlich wegen seiner Behinderung. Aber er mochte Edward nicht. Ich glaube, er war eifersüchtig.»

«Eifersüchtig? Adamson war eifersüchtig auf Pinchman?»

«Allerdings. Edward sind die Studenten zwar nicht so nachgelaufen wie Aiken, aber in der Fakultät war er allgemein beliebt. Er hatte immer für andere Zeit. Ich habe die Stunden mit ihm genossen. Man konnte über alles mit ihm sprechen, und er hat mich oft zum Lachen gebracht. Trotz seiner Leiden war das Leben für ihn ein Spiel. ‹Wir sind alle nur Figuren in einer großen Schieberei, und der Sinn der Sache besteht darin, den nächsten Zug vorauszusehen›, pflegte er zu sagen.»

«Das hört sich nach Betrügerjargon an», sagte Stryker überrascht. «Hat er immer solche Sprüche von sich gegeben?»

«Natürlich nicht. Aber wir haben beide eine Vorliebe für Slang – jede Sorte. Eine weitere gemeinsame Schwäche. Ich habe gedacht, er sei meine ganz private Entdeckung, und dann merkte ich, daß alle in der Fakultät so über ihn dachten. Er hat es raus, einem das Gefühl zu geben, man sei der einzige Mensch, der ihn wirklich versteht. Ich glaube nicht, daß er es bewußt tut – es liegt ganz einfach an seiner charmanten Art...» Sie hielt inne und kämpfte mit den Tränen. «Er scheint förmlich zu strahlen, wenn er einen trifft. Als hätte er es nicht erwarten können, einen zu sehen.»

«Das hört sich fast so an, als ob Sie ihn liebten.»

«Den Eindruck würden Sie bei allen anderen auch haben.»

«Abgesehen von Adamson.»

«Ja. Wenn ich zurückdenke, kommt Aiken mir vor wie ein ungezogenes Kind. Da er keine Liebe fand, verschaffte er sich Aufmerksamkeit, und dabei war ihm jedes Mittel recht.»

«Damit hatte er zweifellos Erfolg. Haben Sie eine Ahnung, was Pinchman dazu getrieben haben könnte, Adamson mit seiner Krücke zu schlagen?»

«Nein.»

Die Sonne verwandelte seine Brillengläser in eine Maske, verbarg ihn, ließ ihn fremd und drohend erscheinen. Auch der Wagen war Kate nicht geheuer. Er roch nach Männern, Zigaretten, verkipptem Kaffee und irgend etwas, das sie nicht identifizieren konnte, bis er den Arm hob, um die Sonnenblende herunterzuklappen. Dabei ging seine Jacke auf.

«Sie tragen eine Waffe?» entfuhr es ihr.

«Ich bin im Dienst», sagte er. «Ich trage auch eine Dienstmarke.»

Die Hände am Lenkrad wirkten ruhig und sicher, aber für sie waren es fremde Hände, und sie wußte nicht, was sie schon alles getan hatten. «Haben Sie je einen Menschen getötet?»

Er seufzte. «Ja, zwei.»

«Entschuldigung. Werden Sie oft danach gefragt?»

«Ziemlich oft. Wie ist es mit Geheimnissen... Könnte Pinchman welche gehabt haben – abgesehen vom Zehnfingersystem und Slang?»

Sie konnte den Blick nicht von der Waffe, von seinen Händen und seinem Mund wenden. Vor allem nicht von seinem Mund. Er mußte die Frage wiederholen und sie aus der dunklen Höhle reißen, in die sie sich mit ihrer neuen Entdeckung verkrochen hatte, weil sie fürchtete, er könnte sich zu ihr umdrehen und sehen, was mit ihr los war. Sie sah nach vorn und klammerte sich mit den Händen an die Handtasche. «Soviel ich weiß, hatte Edward nur ein Geheimnis, und das könnte ihn sicher nicht dazu verleiten, Adamson zu schlagen.»

«Und das wäre?» fragte Stryker ungeduldig, da sie schwieg. «Rücken Sie schon raus mit der Sprache! Was ist es? Sie haben doch gesagt, Sie wollen helfen.»

«Ich...» Sie kämpfte mit sich. «Sie müssen mir versprechen, es niemandem zu sagen. Ich habe ihm versprochen, zu schweigen, und mich bisher immer daran gehalten.»

«Ich leite die Untersuchungen in einem Mordfall, Miss Trevorne. Wenn es von Bedeutung ist...»

«Das ist es nicht. Kann es gar nicht sein. Aber es ist das einzige, weswegen er sich wirklich schämt. Sie dürfen ihm nicht sagen, daß ich es Ihnen erzählt habe.»

«Nun rücken Sie schon raus mit der Sprache!»

«Er schreibt Bücher.»

Zum Glück hielten sie gerade an einer roten Ampel, sonst hätte er leicht ins Schleudern kommen können. Er sah sie mit offenem Mund an. «Ich hätte gedacht, das wäre ein Grund, stolz zu sein. Für jemanden, der Literatur...» Er machte eine Pause. «Pornos?»

«Nein.» Ihr Ton ließ auf Schlimmeres schließen.

«Was dann?» Warum, zum Teufel, saß sie da mit bebenden Lippen, den Blick starr nach vorn gerichtet? Sie wirkte verängstigt, verletzbar, um Jahre jünger. Die Art, wie sie...

Schließlich kam es ihr über die Lippen. «Er schreibt Westernromane. Edward Pinchman ist Jake Laredo, der Schöpfer von *Silver Whip, Jack Murray* und *Rainbow Kid.*»

Als sie das Campus erreichten, war sein Lachanfall endlich abgeklungen. Kate hingegen war immer wütender geworden. Er fuhr an die Bordsteinkante und stellte den Motor ab. «Also gut, ich verspreche es. Ich werde keiner Menschenseele etwas davon sagen, es sei denn, es ergibt sich irgendein Zusammenhang mit der Sache.»

«Danke.»

«In einem Punkt sehe ich jetzt immerhin klarer.» Er erzählte ihr von Adamsons Legat für die *Cattleman's Association.* «Offenbar war Adamson darüber im Bilde.»

«Von mir hat er es nicht erfahren.»

«Schon gut, seien Sie doch nicht so empfindlich. Ich finde das großartig. Mein Sohn ist ein glühender Bewunderer von *Rainbow Kid.*»

Sie wandte den Kopf zur Seite. «Sie haben einen Sohn?»

«Er ist bei meiner Ex-Frau. In Kalifornien. Ich darf ihm Geschenke schicken und an hohen Feiertagen kurz mit ihm telefonieren.»

Die überraschende, unerwartete Bitterkeit in seiner Stimme traf sie tief. «Sehen Sie ihn nicht?»

Jetzt war er an der Reihe, geradeaus zu starren. «Es ist wohl besser, wenn ich's nicht tue. Angeblich würde es ihm einen Schock versetzen und den guten Einfluß seines Stiefvaters stören, der recht wohlhabend, angesehen und ein durch und durch guter Mensch ist. Nicht so was Ordinäres wie ein Bulle.»

«Das ist ja grausam.»

Er zuckte mit den Schultern. «Die Welt ist voller Grausamkeit. Mord ist auch grausam.»

«Aber das ist auch Töten – eine Art Mord.»

«Vergießen Sie Ihr Herzblut nicht auf die Bezüge», sagte er kurz angebunden. «Es könnte Flecke machen.» Durch die geschlossenen Fenster hörte man die Turmuhr von Oldfield Hall. «Haben Sie nicht noch eine Vorlesung? Sie sollten sich beeilen.»

«Ja, vielen Dank...» Sie öffnete die Tür. «Wenn sich Edwards Zustand ändert...»

«Dann gebe ich Ihnen Bescheid.» Er wartete, bis sie ausgestiegen war, die Tür zuschlug und vor dem Wagen auf die Straße trat. Der Wind blies den Dufflecoat auf und preßte den roten Pullover eng an ihre Brust. Sie hielt den Mantel zu. Er kurbelte die Scheibe herunter. «Vergessen Sie nicht: Sie haben versprochen, mich zu benachrichtigen, wenn sich merkwürdige Dinge ereignen. Ich verlasse mich auf Sie.»

Er ließ den Motor an und fuhr davon. Sie war drei Schritte gegangen, als es ihr einfiel. «Warten Sie...»

Doch er war weg, hatte sich in den Verkehr eingefädelt und verschwand gerade um eine Ecke.

Sie hatte ihm von der jungen Frau und Aikens Manuskript erzählen wollen. Aber vielleicht war das nicht wichtig, nur eines der vielen Dinge, die Dan abwickeln mußte. Immerhin gab es ihr einen Vorwand, ihn später anzurufen.

Sie hielt einen Augenblick inne, einen Fuß in der Luft, um über einen Matschhaufen zu steigen. Durch das Zögern verlor sie das Gleichgewicht und fiel mitten hinein. Eisstückchen glitten in ihre Stiefel. Sie stand auf und starrte zu Boden. Einen «Vorwand», ihn anzurufen?

O Kate, dachte sie, du blödes Stück!

20

«Mrs. Underhill?»

«Ja.»

«Mein Name ist Stryker.» Er zeigte ihr seine Dienstmarke und den Ausweis. «Ich leite die Untersuchungen im Fall Adamson. Darf ich einen Moment reinkommen?»

Sie war eine lebhafte, temperamentvolle Frau mit blasser Haut, riesigen blauen Augen und einem glänzenden schwarzen Pagenkopf. Sie war hell und farbenfroh gekleidet, und ihre Bewegungen glichen denen eines nervösen Füllens. Ihre Finger waren von Nikotin verfärbt, und sie hielt eine gerade angezündete Zigarette in der Hand. Er hatte den Eindruck, sie rauchte ununterbrochen.

«Bitte, nehmen Sie Platz», sagte sie, als sie das Wohnzimmer betreten hatten. Es war ebenfalls farbenfroh mit seiner Mischung aus modernen und antiken Möbeln, deren Farbe offenbar erst kürzlich wieder aufpoliert worden war. «Kann ich Ihnen etwas anbieten? Kaffee? Einen Drink? Oder stimmt es, daß Sie im Dienst nichts trinken dürfen?» Ihre Stimme klang scharf, dünn, zu grell. Genau wie ihre Kleidung. Genau wie das Zimmer. Er dachte, wenn er einen silbernen Hammer bei sich hätte und damit die richtige Stelle träfe, würde sie in eine Million winziger Kristalle zerspringen.

Er fragte sich, ob sie immer so war. Wenn ja, bildeten sie und ihr poetischer Mann ein merkwürdiges Gespann. Zu Underhill hätte besser eine ruhige, zärtliche, liebevolle Frau gepaßt, die ihm Bewegungsfreiheit ließ. Diese Frau strahlte nur Nervosität und Spannung aus. War sie so veranlagt, oder lag es an der momentanen Situation?

«Nichts, vielen Dank. Ich möchte Ihnen ein paar Fragen bezüglich Freitag abend stellen.» Er sprach langsam, freundlich, versuchte, sie ein bißchen zu beruhigen. Sie sah ständig auf die Uhr an der Wand, ihre Armbanduhr, seine Armbanduhr, wo sie die Zahlen verkehrt sah, kontrollierte und verglich die Zeit. «Freitag? Ich dachte, das wäre alles erledigt. Professor Pinchman hat doch ein Geständnis abgelegt.»

«Das wissen Sie?» Es hatte noch nicht in den Zeitungen gestanden.

«Chris hat mich vorhin angerufen.»

«Ach so. Aber ehe wir uns mit Professor Pinchman beschäftigen können, müssen wir die Ermittlungen fortsetzen. Reine Routine.»

Sie lachte schallend. «Reine Routine, Madam – reine Routine.

Hört sich an wie im Fernsehen. Diese Fernsehdetektive müssen Ihnen das Leben ganz schön schwer machen. Sie stehlen Ihnen die besten Sprüche.»

«Am schwersten ist, zu sehen, daß sie einen Fall in einer Stunde aufklären, während wir Wochen und Monate, manchmal sogar Jahre brauchen.»

«Aber die Aufklärungsquote liegt doch bei hundert Prozent...»

«Das ist etwas übertrieben», schränkte er ein und lächelte in der Hoffnung, daß sich lösen würde, was sie im Innersten mit stahlhartem Griff umklammerte. Er zog sein Notizbuch hervor und sah, daß sie befriedigt nickte. Er hörte förmlich, wie sie zu sich sagte: ‹Genau wie im Fernsehen.› Wie dem auch sei... «Ihr Mann ist Freitag abend um halb acht herum nach Hause gekommen und auch hier geblieben. Ist das richtig?»

«Ja, das ist richtig.» Sie hatte die Zigarette ausgemacht und zündete sich die nächste an. «Den ganzen Abend.»

«Und die ganze Nacht?»

Sie runzelte die Stirn und fächelte mit einer ausholenden Geste den Rauch weg, so daß die Armreifen an ihren dünnen Handgelenken klirrten. «Ich weiß nicht, worauf Sie hinaus wollen.»

«Ich frage, weil uns berichtet wurde, daß Ihr Wagen etwa um Mitternacht weggefahren und irgendwann in den frühen Morgenstunden zurückgekommen ist.»

«Unsinn.»

«Ihr Mann ist also nicht mehr weggefahren?»

«Natürlich nicht.»

«Und Sie?»

«Wie bitte?» Sie zündete sich eine weitere Zigarette an, ohne zu merken, daß der Rauch der vorigen spiralenförmig aus dem Aschenbecher stieg.

«Sind Sie in dieser Nacht weg gewesen?»

«Warum sollte ich?»

«Vielleicht um jemanden zu besuchen.» Er beobachtete sie. «Einen Freund? Oder einen Liebhaber?»

«Was fällt Ihnen ein? Ich bin glücklich verheiratet.»

«Gibt's so was auch?» Stryker lehnte sich zurück und klappte sein Notizbuch zu. «Die Jahre vergehen, es ist immer wieder dasselbe, vor allem im Bett. Die gleichen Witze, das gleiche Schnarchen, der gleiche Rücken, der einem zugewandt wird. Eines Tages ist das Maß voll. Ich habe es selbst erlebt und würde niemandem einen Vorwurf machen, wenn er mal eine Abwechslung haben wollte.»

«Ich schon.» Sie stand plötzlich auf und ging zu einem Schränkchen in der Ecke. «Ich gebe zu, daß Chris sich im letzten Jahr ziemlich verändert hat, aber das ist nur eine Phase. Er hat einen religiösen Tick, weiter nichts. Er war immer sehr aufgeschlossen und amüsant, und jetzt ist er ziemlich puritanisch. Auf die Poesie wirkt sich das nicht gerade vorteilhaft aus.» Sie goß etwas Whisky in ein Kristallglas. Ihre Hand zitterte, die Zigarette ragte in die Luft und ließ kleine Rauchwölkchen aufsteigen, die ihr ins Auge kamen und sie blinzeln ließen. «Obwohl ich glaube, daß Donne und Hopkins in einigen Punkten durchaus positiv zu sehen sind. Chris versucht es wenigstens.»

«Hat die Poesie nicht etwas Mystisches?»

«Etwas Mystisches schon. Aber das Thema Wiedergeburt ist wirklich ein wenig heikel, und das hämmern sie einem unaufhörlich ein. Selbst den Kindern...» Sie zögerte und hob rasch den Whisky an den Mund.

«Ich habe gehört, Ihr Mann hängt sehr an den Kindern...»

«O ja, er vergöttert sie geradezu.» Sie lief durch das Zimmer und suchte hier und da nach Staub.

«Und das gefällt Ihnen nicht?»

Sie wirbelte zu ihm herum. «Sie müssen schon entschuldigen – ich weiß wirklich nicht, was all das mit dem Mord zu tun hat. Chris und mir geht's gut, den Kindern ebenfalls. Dem Hund geht's gut, der Katze sogar noch besser. Dem Goldfisch... *Comme çi, comme ça...*»

«Haben Sie ein gutes Verhältnis zu Ihren Nachbarn, Mrs. Underhill?»

«Zu meinen Nachbarn?» Es schien so, als habe er eine weitere Spezies niederer Lebensformen ins Gespräch gebracht.

«Ich weiß nicht einmal, wie sie heißen. Ich lege keinen Wert auf gutnachbarliche Beziehungen. Ich habe zuviel zu tun.»

«Vor allem zwischen Mitternacht und drei Uhr morgens?»

«Ich habe Ihnen bereits gesagt...»

«Sie haben mir gesagt, Ihr Mann sei Freitag zwischen Mitternacht und drei Uhr morgens nicht weg gewesen, aber Ihr Wagen war weg. Haben Sie ihn jemandem geliehen, Mrs. Underhill? Ist er gestohlen worden? Wenn ja, warum haben Sie es nicht...»

«Wenn Sie sich das alles aus irgendwas zusammenreimen, was die Nachbarn erzählt haben, müssen Sie ein schlechter Menschenkenner sein, Lieutenant. Hier wohnen lauter kleine Geister mit Spitzengardinen und Genickstarre...» Sie hob wieder das Glas.

«Kennen Sie Mr. Heskell, Mrs. Underhill? Mr. Mark Heskell?»

Das Glas fiel und zersplitterte.

Er fand schließlich einen Parkplatz sechs Häuserblocks entfernt und mußte entgegen dem Studentenstrom zurücklaufen. Er ging durch die Schwingtür und begab sich auf die Suche nach Underhill. Es schien, als hätte das halbe englische Seminar beschlossen, sich zu verbünden und in die Bibliothek zurückzuziehen. Stark war in der Abteilung für Medizin, Fowler in der für Geschichte der Neuzeit, Heath hockte vor den Regalen der Philosophie, und Coulter stand auf Zehenspitzen, um ein Buch über Geographie des Nahen Ostens zu erreichen. Stryker hielt inne, um es herunterzuholen.

Sie lächelte ihm dankbar zu. «Da soll noch mal einer sagen, wenn man die Polizei braucht, sei sie nicht da. Suchen Sie mich, Lieutenant?»

«Nein, Sie nicht, Mrs. Coulter – Underhill. Nach dem Vorlesungsplan hat er in ein paar Minuten hier ein Seminar.»

Sie nickte. «Oben gleich rechts in einem der Eckräume. Wegen des Raummangels werden einige Zimmer der Bibliothek genutzt, meist von uns. Sie sind sehr beliebt für Seminare – die Atmosphäre ist etwas persönlicher. Er wird wohl schon oben sein.»

«Danke. Soll ich Ihnen noch ein paar Bücher runterholen, wenn ich schon da bin?»

«Nein, vielen Dank.» Sie drückte den Wälzer an die Brust und stapfte damit zu einem kleinen Arbeitstisch, der bereits mit Büchern und Zeitschriften beladen war.

Er ging die Treppe hinauf, durch eine zweite Schwingtür und an weiteren Regalen vorbei. Hier wirkte alles wesentlich bescheidener als unten. Die Regale standen dicht aneinander, brachen fast zusammen unter der Last, die Arbeitstische waren kleiner und jeweils zu viert zusammengeschoben, nicht nur zu zweit.

Er fand Underhill in einem Eckraum. Er schrieb einige Aufgaben an die Tafel und sprach über die Schulter, als Stryker die Tür öffnete. «Legen Sie auf den Tisch, was Sie mitgebracht haben, und schreiben Sie das ab.»

«Tut mir leid, ich bin mit leeren Händen gekommen», sagte Stryker.

Underhill schoß erschrocken herum. «Entschuldigung, ich dachte, meine Studenten kämen.»

«Ich möchte mit Ihnen über Freitag abend sprechen.»

«So?» Er wandte sich wieder der Tafel zu und schrieb weiter. Die Kreide quietschte, und er brummte leise vor sich hin.

«Und gestern nachmittag. Haben Sie Professor Pinchman zufällig gestern vormittag nach Hause gebracht?»

Die Kreide zerbrach und fiel vor Underhills Füße. Er bückte sich, um die Stücke aufzuheben. Als er sich aufrichtete, war sein Gesicht rot. «Edward? Nein. Ich hatte fast den ganzen Vormittag Vorlesungen.»

«Und Freitag? Sie haben angegeben, Sie seien nach Hause gefahren und dort geblieben. Zusammen mit Ihrer Frau und den Kindern. Ist das korrekt?»

«Das ist korrekt.»

«Die ganze Nacht?»

«Natürlich die ganze Nacht.»

Stryker zog einen Stuhl hervor und setzte sich. «Worüber haben Sie sich gestritten, Mr. Underhill? Geld? Sex? Die Kinder? Oder vielleicht über religiöse Neigungen?»

«Gestritten? Wovon reden Sie eigentlich?»

«Über den Streit, der Ihre Frau aus dem Haus direkt in die Arme ihres Liebhabers getrieben hat.» Underhill starrte ihn mit offenem Mund an. «Hat Adamson Ihnen während der Fete erzählt, was alle anderen schon wußten – daß Ihre Frau ein Verhältnis mit Mark Heskell hat? Sind Sie wutentbrannt nach Hause gefahren, um sie zur Rede zu stellen und ihr Vorwürfe zu machen, Mr. Underhill?»

Underhill trat zurück, stieß gegen den Tisch, setzte sich auf die Kante und legte die Hand vor die Augen. «Alle Sündhaftigkeit auf Erden ist nichts gegen die Sündhaftigkeit einer Frau», sagte er.

«Ihre Frau ist nicht sündhaft, Mr. Underhill. Sie vermißt nur den Mann, den sie geheiratet hat. Das ist alles.»

«Wer nicht für mich ist, ist gegen mich.»

«Hören Sie doch auf!» sagte Stryker ungeduldig. «Ehrlich gesagt, wenn Sie den ganzen Tag solche Sprüche klopfen, kann ich Ihre Frau verstehen.»

«Das tue ich nicht», sagte Underhill und ließ die Hand fallen. «Wenigstens nicht absichtlich. Aber es stehen so viele treffende Beobachtungen im Buch der Bücher, daß man mitunter...»

«Ihre Frau hat das Haus um Mitternacht verlassen, hat Ihren Wagen genommen. Sind Sie ihr gefolgt? Vielleicht hat der zweite Wagen die Nachbarn geweckt, nicht schon der erste.»

«Nein, ich bin ihr nicht gefolgt.»

«Warum nicht?»

«Ich wußte doch, wohin sie fährt. Warum sollte ich ihr da folgen? Ich wollte nichts mehr mit ihr zu tun haben. Wenn sie nicht gegangen wäre, hätte ich sie vielleicht umgebracht. Das wußte sie.»

«Tatsächlich? Und wie ist das mit ‹Mein ist die Rache, spricht der Herr?›»

Underhills Gesicht verzog sich zu einem wolfartigen Grinsen. «Der Herr hat nie eine treulose Frau gehabt.»

«Da ist ihm etwas entgangen.»

«Mein Gott», stöhnte Underhill, indem er sich abwandte. «Warum ausgerechnet Heskell, dieses herzlose Lästermaul? Das konnte ich nicht begreifen. Als Aiken es mir erzählte, dachte ich, er hätte es sich aus den Fingern gesogen. Es klang einfach unglaublich. Aber sie hat es zugegeben. Ich habe nie einen solchen Schmerz empfunden, richtigen körperlichen Schmerz, glauben Sie mir. Ich konnte nicht sprechen, nicht atmen. Ich habe sie nur angestarrt.»

«Er bringt sie zum Lachen», sagte Stryker.

«Lachen?» Er schien das Wort nie gehört zu haben.

Stryker warf einen Blick in sein Notizbuch. «Sie hat das Haus kurz nach elf Uhr verlassen, sagt sie, ist aber erst kurz vor halb eins bei Heskell angekommen. Anderthalb Stunden sind also offen. Sie sagt, sie sei herumgefahren.»

«Dann stimmt es auch. Carole ist keine gute Lügnerin. Wenn es hart auf hart geht, gerät sie in Panik, und man merkt es ihr an.»

«Eben. Und da Sie gerade von Panik sprechen: Was halten Sie von der Möglichkeit, daß Adamsons Indiskretion sie so in Wut versetzt hat, daß sie an der Universität vorbeifuhr, Licht in seinem Zimmer sah, raufging und ihn ermordete, ehe sie zu Heskell fuhr?»

Underhills Gesicht war leichenblaß. «Das ist ausgeschlossen, ganz und gar unmöglich.»

«Heskell sagt, sie sei völlig aufgelöst bei ihm angekommen.»

«Natürlich war sie aufgelöst. Aber nicht, weil sie jemanden umgebracht hat, sondern weil wir Streit miteinander hatten und ich ihr angedroht habe, ich würde mich scheiden lassen und die Kinder behalten. Sie liebt sie – genau wie ich. Sie wollte mit Heskell Schluß machen. Das hat sie mir versprochen, und ich habe mich darauf verlassen.»

«Oder war es vielleicht genau umgekehrt?» bohrte Stryker weiter. «Hat sie mit der Scheidung gedroht und Ihnen die Kinder wegnehmen wollen? Nach den Worten Ihrer Frau sind Ihre Töchter Ihr ein und alles. Sie hat Sie allein gelassen, eine ganze Nacht. Jetzt können Sie sich nicht mehr gegenseitig dekken – Sie haben kein Alibi mehr. Sind Sie noch einmal in die Stadt gefahren, um Adamson zu ermorden? Sind Sie mit dem Wagen Ihrer Frau an der Universität vorbeigefahren, haben

Licht bei ihm gesehen, sind raufgelaufen und haben ihn getötet?»

«Warum sollte ich? Dann doch besser Heskell, oder?» Underhill zitterte nun, doch seine Stimme klang beherrscht. «Was hätte es genutzt, Adamson zu töten?»

«Mord ist nicht immer logisch. Er ist von jemandem umgebracht worden, der sich in einem Zustand höchster Erregung befand, über etwas empört war oder sich vor etwas gefürchtet hat – der so empört war, daß es ihm eine gewisse Genugtuung verschaffte, ihm die Zunge abzuschneiden. Waren Sie es, Underhill?»

«Nein.»

«War es Ihre Frau?»

«Nein.»

Stryker hörte ein Geräusch hinter sich, wandte sich um und sah einige Studenten in der offenen Tür stehen. Er verwünschte die Störung und stand auf. «Wir sprechen noch mal miteinander», sagte er zu Underhill. «Bleiben Sie in der Stadt.» Als er sich umdrehte, sprach Underhill. Jetzt bebte seine Stimme. «Ich würde sie nie allein lassen.»

«Wie bitte?»

«Meine kleinen Töchter. Ich würde sie nie allein lassen, unter gar keinen Umständen.»

«Sind sie Ihr Alibi? Zwei schlafende kleine Mädchen?»

«Nein.» Seine Stimme wurde gefaßter. «Sie sind meine ganze Freude. Alibis sind Ihr Problem, Lieutenant.»

Stryker ging zur Tür. Die Studenten starrten ihn feindselig an und machten dann Platz. Als er an ihnen vorbei kam, rempelten sie ihn an, und einer sagte leise: «Faschistenschwein!»

«Zu Ihren Diensten», sagte Stryker und verschwand.

21

«Underhill hat also doch kein Alibi für Freitag abend?» fragte Toscarelli. Er saß mit einer Hüfte auf Strykers Schreibtisch und schlürfte Kaffee aus einem Pappbecher.

«Nein, und für gestern nachmittag eigentlich auch nicht. Er hatte bis elf Uhr zwei Vorlesungen, anschließend eine Besprechung mit Studenten, und dann nichts bis eins.» Stryker schnitt eine Grimasse. «Und er hat einen Bart. Möglich, daß er Pinchman nach Hause gebracht hat. Vielleicht kam ihm dabei der Gedanke, Pinchman den Mord in die Schuhe zu schieben, indem er ein falsches Geständnis aufsetzte und Selbstmord vortäuschte...»

«Um sich selbst zu retten?»

«Oder seine Frau», sagte Stryker. «Armes Schwein.»

«Du bedauerst ihn?»

«Ich bedaure jeden, der erfährt, daß seine Frau was mit Heskell hat», sagte Stryker scharf. «Mein Gott – Heskell!»

«Ist das der mit den Grübchen?» fragte Pinsky von seinem Schreibtisch. Er putzte sich die Schuhe, versuchte die Salzflecken zu beseitigen, die sie bei der Überprüfung von Alibis auf dem Weg zu etwa hundert Haustüren davongetragen hatten. «Der Typ, der am Samstag den Reportern gegenüber so gesprächig war?»

«Genau der.» Stryker nickte. «Carole Underhill ist eine attraktive Frau. Wie kann sie nur so scharf auf diesen Barockengel sein?» Seine Stimme war voller Abscheu.

«Und nicht auf einen Kerl wie Sie?» fragte Neilson.

«Oder auf irgendeinen anderen. Sie zum Beispiel», erwiderte Stryker.

«Das ist einfach zu erklären. Sie hat mich noch nicht gesehen.» Neilson griente. «Kein Wunder, daß sie sich für Heskell entschieden hat. Das lange Warten auf mich – den Mann ihrer Träume – hat sie zur Verzweiflung getrieben.»

«Haha», sagte Pinsky zu seinen Schuhen. «Ich hab doch gleich gewußt, daß Heskells Braut lügt. Jetzt hat er auch kein Alibi für Freitag abend.»

«O doch», sagte Neilson. «Mrs. Underhill.»

Pinsky überlegte. «Stimmt.»

«Aber nicht vor halb eins», betonte Stryker. «Seine Braut gibt jetzt zu, daß sie um elf von ihm weggegangen ist. Von Underhills Haus zu Heskells Wohnung braucht man höchstens zwanzig Minuten, nachts vielleicht nur eine Viertelstunde – ich bin die Strecke abgefahren. Carole Underhill sagt, sie sei eine Weile herumgeirrt, aber vielleicht hat sie Heskell abgeholt, und sie waren zusammen bei Adamson, um ihn aus dem Wege zu räumen.»

«Woher sollten sie wissen, daß er da war?» knurrte Pinsky, der sich einen Schuh an- und den anderen auszog.

«Vielleicht hat sie im Vorbeifahren Licht gesehen. Die Uni liegt doch am Weg.»

«Aber sie konnte nicht sicher sein, daß er noch da sein würde, wenn sie wiederkam. Könnten nicht auch die Putzfrauen Licht angemacht haben?» fragte Neilson.

«Nicht um halb zwölf.»

«Sie könnte raufgegangen sein und ihn umgebracht haben, ehe sie zu Heskell fuhr», sagte Pinsky mit Nachdruck. Nach kurzem Überlegen räumte er allerdings ein: «Oder Heskell hat's getan und sie lügt, wenn sie sagt, daß sie ihn zu Hause angetroffen hat. Er könnte erst später gekommen sein, und sie decken sich gegenseitig.»

«Was für ein Motiv sollte Heskell gehabt haben?» fragte Tos.

«Das gleiche wie alle andern», sagte Pinsky munter. «Er gehört zu den Leuten, die mit dem Strom schwimmen.»

«Was hat Heskell genau gesagt?» wollte Toscarelli von Stryker wissen.

Stryker rief sich die Begegnung ins Gedächtnis zurück. Die sorgfältig in die Stirn gezogene Locke, die breite Krawatte und der lange Hemdkragen zeugten von Heskells Bestreben, wie Lord Byron auszusehen. Der Fettwulst im Nacken, der Soßenfleck auf dem Revers. «Er hat den Kopf geschüttelt», sagte er schließlich. «Er hat abgestritten, zugegeben, geprahlt und Underhill schlechtgemacht, weil er sich nicht genug um seine Frau kümmert.»

«Reizender Zeitgenosse», murmelte Neilson.

«Und was bringt uns das?» fragte Pinsky mit gepreßter Stimme. Er bückte sich gerade, um seinen Schuh anzuziehen.

«Zum Feierabend. Nach Hause», sagte Tos müde. «Wenn wir morgen früh ausgeschlafen haben, fangen wir von vorne an.»

Stryker nahm keine Notiz davon. «Heskell ist ehrgeizig. Sagt man. Er engagiert sich politisch und ist sehr aktiv in allem, was die Universität betrifft. Manche Leute sehen ihn schon als zukünftigen Präsidenten. Wenn jemand wie Adamson irgend etwas in Erfahrung gebracht hat, was sich zu einem Skandal entwickeln könnte, wären Heskells Pläne zum Scheitern verurteilt. Vor allem, wenn er damit an die breite Öffentlichkeit gegangen wäre. Auf Carole konnte er sich wohl verlassen, sie würde den Mund halten – Underhill selbst vielleicht sogar auch –, auf Adamson jedoch nicht.»

«Aber Heskell hat ein Alibi für gestern, als das mit Pinchman passierte. Er hatte Vorlesungen und hat sie auch gehalten. Ich habe das überprüft. Und er hat keinen Bart», sagte Neilson.

«Ich sagte bereits, Underhill könnte es getan haben, um seine Frau zu schützen», erinnerte ihn Stryker.

«Für seine Frau hätte er das vielleicht getan, aber nicht für Heskell», warf Pinsky ein. «Mit Sicherheit können wir keinen von ihnen abhaken, oder?»

«Und was ist mit Wayland?» fragte Stryker plötzlich.

«Hat sich in Luft aufgelöst», sagte Toscarelli. «Aber sie werden ihn schon aufstöbern. Wir haben sein Foto an alle Nachtstreifen ausgegeben. Überlaß das denen. Komm jetzt, ich setz dich zu Hause ab.»

«Ihm geht's gut, er kann alleine fahren», erklärte Pinsky pflichtgemäß.

«Sie haben ihm noch nicht von dem Anruf erzählt», sagte Neilson.

Toscarelli warf ihm einen vorwurfsvollen Blick zu und schüttelte den Kopf, aber Stryker hatte es gehört. «Was für ein Anruf?»

«Der Teufel soll Sie holen, Neilson», knurrte Toscarelli.

«Deine Freundin hat angerufen. Wie heißt sie doch gleich...? Kate Trevorne», fügte er beiläufig hinzu, indem er seinen leeren Kaffeebecher zusammenknüllte und in den Papierkorb warf. «Nichts von Bedeutung.»

«Was hat sie gesagt?»

«Sie ruft morgen früh wieder an. Nichts von Bedeutung.» Toscarelli zog sich den Mantel an.

«Hat sie nicht gesagt, worum es geht?» beharrte Stryker.

«Nee.» Toscarelli kämpfte mit den Knöpfen. «Nur irgendwas von einem Manuskript von Adamson. Sie meinte, es wäre nicht wichtig. Wörtlich! ‹Es ist nicht wichtig. Ich rufe morgen früh wieder an.›»

Stryker schaukelte nachdenklich von den Zehen zum Absatz und zurück. Ein Manuskript? Dann wandte er sich an Toscarelli. «Wie kommst du eigentlich dazu, sie als meine Freundin zu bezeichnen?» beschwerte er sich.

«Sie ist genau dein Typ. Nettes Mädchen, ausgeglichen, intelligent, noch ein bißchen scheu, aber...»

«So scheu wie eine Klapperschlange», sagte Stryker.

«Ich finde, sie macht einen netten Eindruck», stellte Pinsky nachdenklich fest.

«Und ich dachte, Sie hätten es auf Rothaarige abgesehen – große Rothaarige», fügte Neilson hinzu.

Stryker musterte ihn. «Wer hat Ihnen das erzählt?»

Neilson zuckte mit den Schultern. «Das hab ich irgendwo aufgeschnappt. Große Rothaarige.»

«Große Rothaarige haben ihn kleingekriegt. Früher war er ein Stück größer. Was er auf seine alten Tage braucht, ist eine kleine Brünette, ein ruhiges Leben und Hausmannskost.»

«Das reicht», sagte Stryker. «Ich bringe dieses Lästerschwein noch um.»

«Wirklich?» Toscarelli stellte sich in voller Größe vor ihn.

Stryker sah zu ihm auf und räusperte sich. «Du hast ja einen neuen Mantel!» Er befühlte den Aufschlag. «Anständiger Stoff.»

Gegen halb sieben begann es wieder zu schneien. Dicke Flocken wirbelten durcheinander, häuften sich auf, blieben überall hängen. Sie lagen auch auf Richard Waylands vorgezogenen Schultern, als er mit anderen Fußgängern unsicher die belebte Kreuzung dicht bei der Universität überquerte.

Er lief vielleicht ein bißchen unsicherer als die anderen. Er rutschte und taumelte, streckte eine Hand aus, um das Gleichgewicht zu bewahren, und hinterließ einen einwandfreien Abdruck auf der Motorhaube des Polizeiwagens, der an der Ampel hielt. Der zusammengepreßte Schnee schmolz ein wenig in der Wärme des langsam laufenden Motors, doch als Wayland die andere Straßenseite erreichte, füllte sich der Abdruck bereits mit frischem Schnee.

Die beiden Beamten im Wagen überlegten, in welchem Lokal sie ihre Pause verbringen sollten. In einem gab es gute Pies, im anderen gutes Chilli. In der Mitte des Armaturenbrettes vor ihnen war ein Foto von Richard Wayland befestigt. Sein Haar war gekämmt, sein Tweedanzug ordentlich, sein Lächeln freundlich und aufrichtig, sein ansprechendes Gesicht wirkte intelligent und sensibel.

Kein Wunder, daß sie ihn nicht erkannten.

Kate lief die Treppe zum englischen Seminar hinauf. Sie hatte schon während des Abendseminars bemerkt, daß es wieder schneite. Sie wollte rasch ihre Sachen zusammensuchen. Mit ein bißchen Glück kam sie vom Parkplatz weg auf die Schnellstraße, ehe es mit dem Schnee allzu schlimm wurde. Während der Diskussion über Chandlers Vorstellungen von einem Helden hatte sie durch die Scheibe beobachtet, wie die Schneeschicht draußen auf dem Fenstersims immer dicker wurde. Als es völlig zugeschneit war, entließ sie ihre Studenten zehn Minuten vor Schluß der Stunde und wünschte ihnen eine gute Heimfahrt.

Sie hoffte sie auch zu haben.

In der verlassenen Halle und im Korridor hallten ihre Schritte von den geschlossenen Türen wider. Als sie sah, daß ihre eigene offenstand und im Zimmer Licht brannte, zögerte sie ein wenig. Sie war sicher, beim Weggehen abgeschlossen zu haben. Es konnte nur Richard sein. Er hatte einen Schlüssel zu ihrem und sie einen zu seinem Zimmer.

«Richard? Wo bist du ge...?» Sie ging hinein und blieb wie versteinert stehen. Alle Schreibtischschübe waren herausgezogen, der Inhalt auf dem Fußboden verstreut. Ihr Aktenschrank stand offen, von den durcheinanderliegenden Papieren ragten einzelne Blätter heraus oder hingen herab. «Großer Gott», stöhnte sie und ging ein paar Schritte weiter.

Auf der anderen Seite des Schreibtisches lag Dan, ein Bein angezogen, den Kopf im Schatten. Aber der Kopf lag nicht nur im Schatten, sondern auch im Blut.

Hinter ihr war ein Rascheln zu vernehmen, eine verstohlene, aber flinke Bewegung. Im Fensterglas hob sich eine verzerrte Gestalt vor dem dunklen Hintergrund ab. Die Gestalt hob einen Arm hoch, höher. In der Hand glitzerte etwas.

Aus Kates Kehle löste sich ein Schrei, noch ehe sie sich umwandte.

Sie wandte sich zu spät um.

22

Gleißendes Licht.

Sie kniff die Augen zusammen.

Krach: das Klirren von Instrumenten, das schwere, mechanische Atemgeräusch eines Sauerstoffgerätes, Menschenstimmen.

Gerüche: Alkohol. Desinfektionsmittel, Seife, Erbrochenes, Schweiß.

Ein Krankenhaus.

Ich bin im Krankenhaus, dachte Kate, und fühlte sich gleich etwas besser. Ich bin nicht tot. Wenn ich tot wäre, könnte mein Kopf nicht so weh tun. Sie hob eine Hand, versuchte es zumindest, und spürte, daß sie eingezwängt war. Unter einem Laken oder einer Decke? Als sie den Kopf hob, um zu sehen, was es war, wurde ihr übel. Sie übergab sich, ehe sie den Brechreiz unterdrücken konnte. Instinktiv wandte sie den Kopf, so daß der größte Teil auf den Fußboden ging. Irgendwo aus dem Nebel, den ihre Augen nicht zu durchdringen vermochten, tauchte eine Schwester auf.

«Entschuldigung», flüsterte Kate.

Die Schwester lächelte. «Das macht nichts, Kindchen. Immerhin haben Sie auf den Boden gezielt. Mehr erwarten wir gar nicht.»

«Was ist passiert?» fragte Kate. «Habe ich einen Unfall gehabt?»

Die Schwester musterte sie kritisch. «Erinnern Sie sich nicht?»

«Nein. Ich weiß nur, daß ich früher Schluß gemacht habe und raufgehen wollte.» Sie runzelte die Stirn. «Bin ich gestürzt?»

«Nein.»

Kate drehte den Kopf auf die neue Stimme zu und bereute es sofort, einmal wegen der Bewegung, zum anderen deswegen, was sie sah. Stryker stand da, die Tweedkappe fast bis auf die Nasenwurzel gezogen. In ihrem Schatten funkelten seine Augen wie die eines wütenden Tieres.

«Sie sind in Ihr Zimmer gegangen und haben ein kleines Schlachtfest unterbrochen. Das hat den Mörder so geärgert, daß er von Stark abgelassen und sich statt dessen auf Sie gestürzt hat.»

«Schlachtfest?» Kate krächzte nur.

«Die Glocke hat Sie gerettet», fuhr Stryker fort, als hätte sie nichts gesagt. «Die Glocke und Dr. Coulter. Sie kam vorbei, hat Zeter und Mordio geschrien und wäre selbst fast umgebracht worden.»

«Schlachtfest?» wiederholte Kate. Das Wort klang grauenvoll.

«Wenn das so weitergeht, wird es in Ihrem Elfenbeinturm bald nur noch Leute vom Wach- und Schließdienst und Putzfrauen geben. Vielleicht machen die das besser. *Was zum Teufel hatten Sie um diese Zeit da oben allein zu suchen*?» schrie er plötzlich.

«Lieutenant, beherrschen Sie sich!» sagte die Schwester von unten. Sie machte den Fußboden sauber. «Sie sind hier in einem Krankenhaus.»

«Kommt mir eher wie ein Schlachtfeld vor», knurrte er.

«Das ist es auch.» Die Schwester richtete sich auf. «Aber wir brauchen keine Artillerieverstärkung von Leuten, die sich die Kehle aus dem Hals schreien. Was wollen Sie denn? Die leben doch alle.»

«Das ist immerhin eine Abwechslung», murmelte Stryker.

«Ich glaube, mir wird wieder schlecht», flüsterte Kate. Sie brach in eine Stahlschale, die Stryker ihr hinhielt. Ihre Qual schien ihm eine gewisse Genugtuung zu verschaffen.

«Gut. Das ist das Frühstück», sagte er ermunternd. «Wenn Sie sich ranhalten, sind wir bald beim gestrigen Abendessen.» Er stellte die Schale weg und wischte ihr behutsam mit einem feuchten Papiertaschentuch, das er irgendwo hinter ihr hervorgeholt hatte, das Gesicht ab. Ihr fiel auf, daß er unter dem Mantel Anzug und Krawatte trug. So sah sie ihn zum erstenmal. «Erst spuckt sie mich an, dann kotzt sie mich an. Eine schöne Geschichte ist das. Also – können Sie mir jetzt sagen, was da oben passiert ist?»

«Ich weiß es nicht. Ich kann mich nicht erinnern. Ich weiß nicht, wie ich hier hergekommen bin – nicht mal, wie Sie hier herkommen. Nur meinetwegen hätten Sie sich nicht in Schale zu werfen brauchen.»

«Ich habe ‹La Bohème› dirigiert. Wir mußten die Vorstellung abbrechen, weil es hieß, dieses Frauenzimmer im Krankenhaus schrie nach mir, also bin ich gekommen. So bin ich nun mal. Kavalier.» Sie sah ihn an, aber er wich ihrem Blick aus. Er hatte die Schultern angezogen, holte eine Zigarre hervor und rollte sie in Brusthöhe zwischen Daumen und Zeigefinger. Seine Haltung erinnerte sie an einen Boxer – auch er hatte die Angewohnheit, sich bei jedem Schritt auf den Ballen aufzurichten. Er ging ein Stück zurück, redete in die Luft und rollte immer weiter seine Zigarre. An einem Ende begann sie bereits abzublättern, doch er bemerkte es nicht. «Wissen Sie, was Stark in Ihrem Zimmer wollte?»

«Nein.»

«Großartig. Während er da drin war, hat ihm jemand auf den Schädel geschlagen und ihm ein Ohr abgeschnitten.»

«Ein Ohr?»

«Richtig. Sie versuchen gerade, es wieder anzunähen. Anscheinend hat der Mörder Sie gehört, sich hinter der Tür versteckt und Sie überfallen, als Sie reinkamen. Rührt sich da was in Ihrem Kopf?»

Sie schloß die Augen. Dunst und Nebel, sich bewegende Schatten, ein Spiegel, etwas Grauenvolles – Dan? –, etwas Glitzerndes. Ein Schrei. «Nein, nichts.»

Er wirbelte herum und starrte sie an. «Warum haben Sie früher aufgehört?»

«Hab ich das?» Sie bemerkte winzige kleine Tropfen auf den Schultern seines Mantels. «Es hat geschneit... Schneit es noch immer?» Allmählich kam die Erinnerung zurück. «Ich wollte nach Hause, ehe es allzu schlimm wurde. Ich bin raufgegangen... meine Tür stand offen... ich dachte, Richard wäre da, aber...»

«Wieso dachten Sie an ihn? Haben Sie ihn gesehen?»

Sie schüttelte den Kopf. Die Schmerzen wurden stärker. Sie legte ihre Hand darauf und fühlte etwas Klebriges. «Was ist das?»

«Haben Sie jemanden gesehen?» bohrte Stryker weiter.

«Nein.»

«Scheiße!» Die Zigarre löste sich plötzlich auf und fiel in Krümeln zu Boden. «Verflucht – diese Dinger werden heutzutage aus Papier gemacht. Papier!» Er stieß die Tabakkrümel voller Abscheu mit dem Fuß unter einen Wagen, sah auf, begegnete dem vorwurfsvollen Blick der Schwester, zuckte mit den Schultern und hockte sich auf den Boden, um die Reste aufzusammeln. Er sprach dabei, aber Kate konnte sein Gesicht unter dem Mützenschirm nicht sehen. Es war, als lauschte sie einem Pilz.

«Ich glaube, Dr. Coulter hat ihn gesehen. Er ist an ihr vorbeigerast, hat sie niedergeschlagen und ist dann die Treppe runtergelaufen. Jody – der Junge von der Vermittlung – hörte den Lärm und sah sie blutend durch die Halle taumeln.» Er stand auf, die Hand voller Tabakkrümel. Die Schwester deutete mit dem Kopf auf einen Abfalleimer, und er ging hin, um seinen Beitrag zur *Keep America Clean*-Kampagne zu leisten. «Die Frau hat Nerven, das muß man ihr lassen. Ehe sie ohnmächtig wurde, hat sie Jody noch den Auftrag gegeben, uns anzurufen.»

«Wie geht's ihr? Und Dan?»

«Denen geht's gut», sagte die Schwester in einem Ton, mit dem man Kinder und kleine Haustiere beruhigt. «Alles in Ordnung.»

Stryker warf ihr einen gequälten Blick zu, ehe er sich wieder an Kate wandte. «Sie hat ein paar blaue Flecke und eine aufgeplatzte Lippe. Stark ist auch glimpflich davongekommen. Er ist im OP. Aber ich schätze, die kriegen das hin.»

«Es ist Wahnsinn», murmelte Kate. «Aikens Zunge, Dans Ohr – das gibt doch alles keinen Sinn.»

«Affen», sagte Stryker und holte eine weitere Zigarre hervor. «Sie wissen doch: Nichts Böses sagen, nichts Böses hören... Die Idee stammt von Dr. Coulter.»

«Oh...» Sie blinzelte ihn an. «Jane hält Vorlesungen über Volkskunde. Volkskunde, die Bibel und Shakespeare. Mit Kriminalliteratur hat sie nichts zu tun.» Es schien ihr sehr wichtig, daß er es verstand, doch er zog sich zurück, ging auf den Horizont irgendwo zwischen ihr und der weißgekachelten Wand zu. Vielleicht auch noch weiter. «Es liegt nahe, daß sie an Affen denkt...» Sie unterbrach sich selbst. «Was ist mit ‹Nichts Böses sehen›?» Sie wollte schreien, weil er so weit weg war, und es machte sie wütend, daß sie es nicht schaffte, zu protestieren. Vielleicht würde er sie diesmal festnehmen. Zornig genug sah er aus. Sie durfte nicht spucken. Auf keinen Fall. «Was ist mit den Augen?» Sie wollte es wissen, weil sie plötzlich nichts mehr sehen konnte, und...

Stryker trat an den Untersuchungstisch. Kate war wieder bewußtlos geworden. Er hob die Hand und berührte zögernd den Schnitt unter ihrem linken Auge. «Bedank dich bei Dr. Coulter dafür, daß du deine Augen noch hast, mein Kind», flüsterte er und ging rasch einen Schritt zurück, weil der Arzt mit den Röntgenaufnahmen hereinkam. «Was ist?» bellte er, stieß die Hände in die Taschen und zerbrach versehentlich eine Zigarre.

Der Arzt lächelte. «Kein Bruch, nur eine Gehirnerschütterung. Wir behalten sie über Nacht zur Beobachtung hier. Sie wird ein paar Tage Kopfschmerzen haben, das ist alles.»

«Sie hat einen Schnitt unter dem Auge», sagte Stryker.

Der Arzt beugte sich über die bewußtlose Gestalt. «Ach ja, aber das ist nicht weiter schlimm.»

«Denken Sie», knurrte Stryker und ging hinaus. Eine Sekunde später war er wieder da. «Sie sollten was drauf tun. Es könnte sich entzünden. So dicht am Auge...»

«Wir werden die Wunde versorgen. Machen Sie sich deswegen keine Gedanken», sagte der Arzt, ein wenig gekränkt darüber, Anweisungen von jemandem zu bekommen, der keinen blassen Schimmer hatte.

«Wenn ich mir Gedanken machen will, mache ich mir welche!» schrie Stryker. «Tun Sie ein bißchen Jod drauf! Oder ist das zu teuer?» Er ging hinaus. Während er zum Fahrstuhl lief, hörte man seine leiser werdende Stimme. «Mein Gott, man sollte doch annehmen, daß sich ein Krankenhaus ein bißchen Jod leisten kann. Für diese blöden Gummibäume und die hübschen Zeitschriftenständer ist Geld da, und Kaffeemaschinen haben sie auch. Aber Jod? Mein Gott...»

Kurz darauf schlug die Fahrstuhltür zu.

Ein paar Stockwerke über der Notaufnahme, wo Kate lag, haderte Jane Coulter mit ihrem Schicksal. Die Ärzte hatten darauf bestanden, sie wegen eines Schocks über Nacht stationär aufzunehmen.

«Ich habe gar keinen Schock», informierte sie Stryker. «Ich will nach Hause. Milly wird ganz durcheinander sein. Wahrscheinlich muß ich jetzt eine Woche Hühnerbrühe und Pudding essen. Sie behandelt mich wie ein Kind und behauptet, ich sei zart. Finden Sie, daß ich zart bin, Lieutenant?»

«Sie sehen bärenstark aus. Kein Wunder, daß er die Flucht ergriffen hat.»

Ihr graues Haar stand in widerspenstigen Borsten um den ganzen Kopf, ihre Augen sprühten Funken, und an den Backenknochen hatte sie an jeder Seite einen runden, hellroten Fleck. «Ich habe eine kräftige Stimme», gab sie mit einer Spur von Selbstgefälligkeit zu. «Die hat sich im Laufe der Jahre entwikkelt, als ich in riesigen, zugigen Sälen Vorlesungen vor gelangweilten Studenten halten mußte, die sich einen feuchten Staub für die Leiden des Hiob oder das druidische Glaubensbekenntnis interessierten. Man mußte sie richtig damit vollstopfen – wie einen Puter.»

Diese häusliche Anspielung wäre noch eindrucksvoller gewesen, wenn sie nicht Strykers letzte Zigarre geraucht hätte. Er zog einen Stuhl heran und setzte sich. «Erzählen Sie mir, was Sie gesehen haben.»

Sie wirkte zum erstenmal beklommen. «Ich habe kaum etwas gesehen. Die Halle war völlig leer, dann stürzte plötzlich diese Gestalt aus Kates Zimmer und schlug mich nieder. Der Kerl ist über die Feuerleiter verschwunden.» Sie musterte ihn mit einem großen Auge. «Ich könnte die Schuhe beschreiben, mit denen er mir auf die Hand getreten ist. Würde Ihnen das etwas nützen?»

«Nicht viel, es sei denn, er hatte seinen Namen draufgeschrieben.»

«Hat er nicht. Falls doch, war er vom Schmutz verdeckt, der überall dran klebte. Sie waren sehr schmutzig. Genau wie Ihre.»

«Meine?» Stryker sah überrascht auf seine blanken Halbschuhe.

Jane Coulter lehnte sich ein wenig aus dem Bett. «Nein, die nicht. Ich meine das Paar, das Sie am Samstag getragen haben.»

«Soll das heißen, er hatte Segeltuchschuhe an?»

«Lederschuhe.»

Er sah sie prüfend an. Er war überzeugt, daß sie über Schuhe sprach, weil sie nicht über Gesichter sprechen wollte. «Kate dachte, Richard Wayland wäre in ihrem Zimmer.»

Die Röte auf Jane Coulters Wangen vertiefte sich. «Hat sie ihn gesehen? Deutlich gesehen?»

«Nein, aber sie hat angenommen, daß er es war, weil er einen Schlüssel besitzt.»

«Wenn schon. Die Schlösser sind ein Witz. Da passen viele Schlüssel. Richard war es jedenfalls nicht. Es war niemand, den ich kenne. Der Mann war klein, dunkel, untersetzt und glatt rasiert.» Jetzt kam die Beschreibung klar und sicher. «Er hatte eine platte Nase und volle Lippen – könnte ein hellhäutiger Neger gewesen sein.» Er glich Richard Wayland mit jedem Wort weniger.

«Ich dachte, Sie hätten ihn nicht deutlich gesehen.»

«Ich habe nicht gesehen, welche Farbe seine Augen haben, und hatte auch keine Gelegenheit, seine Zähne zu zählen.» Sie seufzte tief. «Ihretwegen habe ich versucht, mir sein Bild einzuprägen, Lieutenant. Ich hab mir vorgestellt, daß eine Kamera klickte, als er auf mich zukam. Daran erinnere ich mich. Und er hat gestunken. Daran erinnere ich mich auch. Ungewaschen. Dreckig.»

Er notierte die Beschreibung und fügte eine lange Reihe von Fragezeichen hinzu. «Können Sie sich erinnern, was er anhatte?»

«Irgendwas Auffälliges – ich glaube, die Dinger heißen Lumberjacks. Rotes Schottenkaro. Und eine Art Basketballmütze.»

«Hatte er etwas in den Händen?»

«Nicht daß ich wüßte.»

«Ein Messer zum Beispiel? Bücher? Papier?»

«Ist mir nicht aufgefallen.» Die Farbe wich aus ihrem Gesicht. Er merkte, daß sie erschöpft war, und stand auf. «Vielen Dank, Dr. Coulter. Ich glaube, Sie sollten sich etwas ausruhen.»

«Was ist mit Dan?» fragte sie besorgt.

«Er ist vor ein paar Minuten aus dem OP gekommen.»

«Und die gute Kate?»

«Eine Gehirnerschütterung. Sonst nichts.»

«Der Schnitt im Gesicht ... so dicht am Auge ...»

«Ihre Theorie von den drei Affen?» sagte Stryker. «Ich glaube, die Wunde hat sie sich bei dem Sturz zugezogen. Zerbrechen Sie sich nicht den Kopf darüber.»

«Aber Sie müssen es tun, Lieutenant. Da läuft ein Verrückter herum und versucht, uns der Reihe nach unter die Erde zu bringen.»

«Ganz recht – ich muß mir den Kopf darüber zerbrechen. Sie müssen jetzt abschalten, sonst kommen Sie nie hier raus.»

«Schrecklicher Gedanke! Ich werde brav sein.»

«Versuchen Sie es», sagte er mit gespieltem Ernst. «Und... danke, Dr. Coulter.»

«Bin ich eine Heldin?»

«Zweifellos.»

Sie seufzte befriedigt. «Ich habe mir immer gewünscht, eine große Tat zu vollbringen, aber irgendwie hatte ich nie Zeit dazu.»

Stryker lächelte und ließ sie mit der Zigarre allein.

Toscarelli erwartete ihn an dem Tisch neben dem Fahrstuhl.

«Wie geht es Stark?»

Tos zuckte mit den Schultern. «Nicht rosig. Er hat anscheinend eine Menge Blut verloren und war schon vorher nicht in der besten Verfassung. Sie sagen, es wird ihm ein paar Tage ziemlich dreckig gehen.»

«Aber er wird durchkommen?»

«Ja, vorausgesetzt, daß keine Komplikationen eintreten.»

«Wann können wir ihm ein paar Fragen stellen?»

«In den nächsten zwei Tagen sicher nicht. Er liegt auf der Intensivstation – wegen des Herzens. Es hat irgendwann ausgesetzt, und da gehen sie kein Risiko ein.»

«Verflucht! Damit sind zwei für uns unerreichbar.»

«Pinchman ist ja wohl nun über jeden Verdacht erhaben, es sei denn, er ist Calder entwischt und auf seinen Stümpfen zum Campus gehumpelt», sagte er sarkastisch. «Was hältst du denn jetzt von dem Ganzen? Hat die Dame dir eine Beschreibung gegeben?»

«O ja, das hat sie! Klein, dunkel, dick, trug einen rotkarierten Lumberjack, eine Basketballkappe und dreckige Schuhe. Könnte auch ein Schwarzer gewesen sein.»

«Großartig.»

«Blödsinn. Sie lügt. Sie hat mir einen Kerl beschrieben, der so wenig Ähnlichkeit mit Richard Wayland hat wie nur möglich. Er ist ihr Assistent, und sie ist vernarrt in ihn. Sie will nicht, daß er geschnappt wird.»

«Aber wenn er frei rumläuft und Leute umbringt...»

«Das glaubt sie ja eben nicht. Er ist ihr Schützling, wird mißverstanden, obwohl ich nicht glaube, daß sie ihn gesehen hat, weil sie von hinten überfallen wurde.» Er schüttelte den Kopf. «Ich möchte zu gerne wissen, warum sie einen solchen Narren an diesem Schwein gefressen hat. Sind die Berichte vom Pentagon schon da?»

«Kommen morgen früh.»

«Warum dauert das so lange?»

«Sind angeblich überall verstreut.» Er sah mit gerunzelter Stirn auf Stryker hinunter. «Ich habe eine weitere Suchmeldung nach Wayland rausgegeben. Sie werden ihn finden. Laß dir deswegen keine grauen Haare wachsen.»

«Wo kann der bloß stecken?» fragte Stryker, als sie in den Fahrstuhl stiegen. «Was zum Teufel macht er?»

Richard Wayland hockte in einem Hauseingang neben einer anderen zusammengesunkenen Gestalt und beobachtete, wie der Schnee auf der gegenüberliegenden Straßenseite in den Fluß fiel. «Es verschwindet», sagte er.

Die Gestalt grunzte und preßte die Papiertüte noch fester an sich. In der Flasche darin gluckerte es vielversprechend.

«Gutes und Schlechtes, alles verschwindet mit der Zeit», sagte Wayland. «Vor allem dann, wenn man einen Moment nicht aufpaßt. Gemein ist das, verdammt gemein.» Er wandte sich an seinen Nebenmann. «Jetzt bin ich dran», sagte er und griff nach der Tüte. Als sie energisch verteidigt wurde, fügte er hinzu: «He – jetzt bin ich dran, hab ich gesagt. Sonst...» Er zog ein Messer aus der Innentasche, ein Messer mit schmutziger Klinge. «Du willst mich doch wohl nicht auf die Palme bringen? Solche Leute kann ich nicht ausstehen. Ich räche mich an ihnen.» Die Gestalt winselte und trennte sich von der Tüte.

«Schon besser», sagte Wayland. «Viel besser.»

Stryker lief durch das Campus. Toscarelli folgte ihm so weit wie möglich im Wagen und hielt ein leises Selbstgespräch, während er die untersetzte Gestalt durch den Schnee stapfen und gelegentlich über Eiskrusten stolpern sah, deren Beseitigung den Schneeschippern zu mühselig gewesen war. Die mehrfachen Schichten von Schnee und Matsch hatten die Stadt während der vergangenen Tage zu einem gefährlichen Pflaster werden lassen. Tagsüber bedeckten Matsch und Pfützen die Bürgersteige, abends fiel Neuschnee darauf. Die schmutzigen Schneeberge an den Straßenrändern wurden von Tag zu Tag höher, verwandelten die Bürgersteige in schmale Schluchten. Auf dem Rasen und in den Parks war der Schnee auf freien Flächen teilweise zusammengesackt und zu einer Eisschicht gefroren, die unter der frischen Schneedecke tückisch war.

Nach der Wettervorhersage mußte mit weiteren Schneefällen gerechnet werden. Noch unmerklich, aber unerbittlich näherte sich aus dem nördlich gelegenen Kanada ein starker Sturm.

Stryker wechselte plötzlich die Richtung, sprang über einen Schneehügel und betrat die Mall. Toscarelli fuhr an die Bordsteinkante, stellte den Motor ab und beobachtete die einsame Gestalt, die zur Straßenmitte marschierte und abwechselnd zur Bibliothek und zu den Fenstern von Grantham Hall hinauf sah.

Stryker wußte, daß Mord die höchste Steigerung der Eigensucht war. Ein Mörder schlug entweder ganz impulsiv oder vorsätzlich zu, wenn die Existenz des Opfers für ihn unerträglich wurde. Handlungen im Affekt bedeuteten: «Ich stehe über dir, über der Moral und dem Gesetz. Du mußt sterben, damit ich leben kann.»

In welcher Hinsicht hatten Adamson und Stark die Existenz des Mörders gefährdet? War seine Ansicht über Jane Coulters Täterbeschreibung falsch? Sagte sie vielleicht doch die Wahrheit? War es ein Student, jemand, den er nicht in Betracht gezogen hatte, weil er überzeugt war, daß Wayland oder jemand aus der Fakultät schuldig war? Hatte er sich auf den Falschen eingeschossen oder Wayland wegen seiner Beziehung zu Kate für den Mörder gehalten? Er dachte daran, wie er Tos gegenüber darauf beharrt hatte, daß Jane Coulter log. Dabei war ihm zum erstenmal bewußt geworden, welch baufälliges Gerüst er in den letzten Tagen errichtet hatte. Der Tod lauerte überall. Seine Annahme, er sei nur da, wo er ihn vermutete, war verkehrt.

«Komm endlich!» Tos packte Stryker am Arm und zog ihn zum Wagen. «Wir kriegen ihn schon.»

«Natürlich kriegen wir ihn.» Strykers Stimme war voller Wut und Rachsucht. Ihm geht es um das Mädchen, dachte Tos. Das Mädchen war verletzt worden. Damit betraf es ihn persönlich. Nun würde er sich festbeißen.

«Heute nicht mehr, aber morgen kriegen wir ihn.» Er machte die Tür auf. Stryker wandte sich noch einmal um und warf einen letzten Blick auf die Mall.

«Sie hätte fast ein Auge verloren, Tos.»

«Ich weiß. Steig ein!»

«Dieses gemeine Schwein hätte ihr fast die Augen ausgestochen und sie umgebracht.»

«Ja. So was passiert...»

«Nicht mir. Nicht meinem Mädchen.»

Aber der Tod war überall.

23

Als Kate die Augen wieder öffnete, war es Morgen. Auf einem Stuhl am Fußende des Bettes saß Liz und sah mit finsterer Miene durch den Metallrahmen. «Guten Morgen.»

Kate krächzte etwas, das als Gruß gedacht sein mochte.

Liz stand auf und starrte auf ihre bandagierte Freundin, die so weiß wie der Winter war. Ohne die Augen und den roten Schnitt unter einem von ihnen wäre sie auf den weißen Kissen kaum zu sehen gewesen. «Das kommt davon, wenn man Detektiv spielt», sagte sie mit einiger Mühe. Kate wirkte so klein und verwundbar. Wie nahe war sie dem Tod am vergangenen Abend gewesen? Die Sorge ließ ihre Augen funkeln.

Kate sah darin irrtümlich einen Vorwurf. «Hab nicht Detektiv gespielt», sagte sie mühsam. Ihre Lippen waren trocken.

Liz nahm ein Glas vom Nachttisch und flößte ihr etwas Wasser ein. «Was denn?» Wenn sie je diesem Irren begegnete, würde sie ihm zeigen, was sie von dem Überfall auf ihre Freundin hielt.

Jetzt konnte sie ihrem Herzen nur der idiotischen Freundin gegenüber Luft machen. «So spät alleine rumzulaufen...»

«Du weißt doch, daß ich ein Seminar hatte. Ich hab zehn Minuten früher Schluß gemacht und wollte nur meinen Mantel holen. Sonst nichts. So, wie alle mich anbrüllen, könnte man meinen, ich hätte versucht...» Sie hielt inne, erinnerte sich. «Wie geht es Dan?»

Liz wandte sich ab. «Nicht besonders. Hast du gewußt, daß er herzkrank ist? Er hat auf dem Operationstisch einen Anfall bekommen, vielleicht durch den Schock. Er liegt auf der Intensivstation, aber sie glauben, er hat das Schlimmste überstanden.»

«Hoffentlich. Und Jane?»

«Quicklebendig. Will sofort nach Hause. Sie soll natürlich bleiben und sich erst etwas erholen, aber sie hat dem Arzt gesagt, wo er sich seine Diagnose hinstecken kann.»

Kate lächelte und schloß die Augen.

Liz beugte sich mit gerunzelter Stirn über sie. «Alles in Ordnung? Soll ich die Schwester rufen oder irgendwas tun?»

«Nein, alles in Ordnung.»

Liz stieß ein leises Grunzen aus. «Stryker sagt, du bist ein Glückspilz. Er hatte es auf deine Augen abgesehen.»

«Wer? Stryker?»

«Nein, du Idiot.» Ihr wurde klar, daß Kate es noch nicht wußte, denn sie berührte das Gesicht und kam mit den Fingerspitzen an die Wunde unter dem Auge. «Es ist nicht weiter schlimm. Da bleibt nicht mal eine Narbe zurück.»

«Gib mir einen Spiegel!»

«Ich hab dir doch gesagt, es ist nicht weiter schlimm.»

«Verdammt noch mal, ich will es sehen!» Kate warf die Decke zurück, schwang die Beine aus dem Bett und präsentierte Stryker, der gerade hereinkam, die nackten Schenkel.

«Marsch ins Bett!» befahl er.

«Ich schätze, das sagen Sie zu allen Frauen», schnappte Kate und setzte eine Zehe auf den Boden. «Ich will mein Gesicht sehen.»

«Decken Sie sich endlich zu», knurrte Stryker, stieß sie zurück und schlug die Decke über sie. Dann wandte er sich an Liz. «Haben Sie einen Spiegel in Ihrer Handtasche?» Liz nickte. «Dann geben Sie ihn ihr. Je länger Sie es hinziehen, desto mehr regt sie sich auf.»

«Schon gut, schon gut», sagte Liz. «Kommandieren Sie die Leute immer so herum?»

«Ja, das tut er», sagte Kate. Als sie in den Spiegel sah, schien sie enttäuscht. «Das ist wirklich nicht weiter schlimm.»

«Tut mir leid», sagte Stryker sarkastisch. «Soll ich mal sehen, ob es hier was zum Einreiben gibt, damit es schlimmer wird?» Er sah sie finster an. «Ist Ihnen inzwischen eingefallen, was Stark in Ihrem Zimmer gemacht haben könnte?»

«Nein. Oh... Vielleicht hat er das Manuskript gesucht. Ich hatte versprochen, es ihm zu bringen, und hab es vergessen, weil...»

«Manuskript? Das, weswegen Sie angerufen haben?»

«Genau. Ein Buch von Aiken.» Sie erzählte ihm von der jungen Frau, daß sie das Geld ausgelegt und Dan gebeten hatte, es ihr aus dem Nachlaß zu erstatten.

«Erinnern Sie sich an den Namen der Frau?»

«Bei meinem Fach kann ich ihn kaum vergessen. Christie...»

«Agatha?» fragte Liz belustigt.

«Nein, leider nicht. Mary Louise. Ihre Adresse steht auf dem Umschlag. Ich habe das Manuskript in meinen Schreibtisch gelegt. Wahrscheinlich ist Dan deswegen in mein Zimmer gegangen. Einen anderen Grund kann ich mir nicht vorstellen.»

«War es noch da, als Sie raufkamen?» wollte Stryker wissen, während er sich ein paar Notizen machte.

«Keine Ahnung. Ich habe nur Dan gesehen.»

«Welche Farbe hatte der Umschlag?»

«Es war ein ganz gewöhnlicher bräunlicher Umschlag, groß und schon etwas eingerissen, als wäre er bereits mehrfach benutzt worden. Typisch für Aiken! Er hat jeden Penny ein paarmal umgedreht.»

«Wovon handelte das Manuskript?»

«Warum beißen Sie sich so daran fest?»

«Weil ich nichts anderes habe, woran ich mich festbeißen kann», schnappte Stryker. «Haben Sie es gelesen?»

«Nur ein Wort vom Titel, und den verkehrt herum. Irgendwas über Kavallerie. Ich nehme an, er hat einen Abstecher in die Militärgeschichte gemacht.»

«Mit all den starken, mordenden Soldaten und ihren großen... Waffen», sagte Liz mit gespielter obszöner Belustigung. «Klasse!»

Kate zuckte mit den Schultern. «Er hat über verschiedene Themen geschrieben. Vielleicht war es das griechische Heer. Warum sehen Sie es sich nicht selbst an. Es muß noch da liegen.»

«Können Sie sich sonst an etwas erinnern?»

«Nichts.» Sie sah ihn an. «Wenigstens nicht an gestern abend.» Sie wurde mit einer leichten Röte seiner Wangen belohnt, aber sein Blick blieb unverändert. Kaltes blaues Feuer, wie immer.

«Na gut, ich schaue später noch mal rein.« Er ging unvermittelt davon.

«Der Mann mag mich nicht», stellte Liz fest.

«Er mag niemanden.» Kate versuchte, sich im Bett aufzurichten. Ihr Kopf tat weh, aber er war immer noch da, wo er hingehörte, also konnte es nicht allzu schlimm sein. Dankbar für diesen kleinen Trost verlangte sie Frühstück und Informationen.

Liz trug einen bunten handgewebten Rock. Sie vergrub die Hände in den tiefen Taschen, trat an das Fenster und starrte hinaus. «Na ja», sagte sie, «in eurem Seminar herrscht Chaos. Ohne Chef, ohne zwei der fähigsten Professoren und die attraktivste Dozentin wird Hektik verbreitet, von Verfolgung und Grausamkeiten geraunt. Fowler flattert wie ein aufgeregtes Huhn durch die Gegend. Manche glauben, er wird bald abheben. Mark Heskell läßt eine Atelieraufnahme machen für den Fall, daß die Presse ein ausführliches Interview mit ihm wünscht, und Underhill schreibt zu Hause Predigten über...»

«Und Richard?» unterbrach Kate. «Weiß er, daß ich hier bin – was passiert ist?»

Liz sah auf ihre Stiefel, klopfte mit einer Zehe, betrachtete einen Absatz und drehte sich ein wenig, sah Kate aber nicht an. «Er ist nicht da, hat sich seit Montag morgen nicht blicken lassen. Die Polizei hat einen Haftbefehl wegen Mordverdacht gegen ihn erlassen und sucht ihn wie eine Nadel im Heuhaufen. Wenn er weiß, was dir zugestoßen ist, dann wahrscheinlich nur deshalb, weil er es selbst getan hat.»

Stryker ging zur Intensivstation hinunter und sagte dem diensthabenden Arzt: «Ich möchte mit Stark sprechen.»

«Tut mir leid, das ist unmöglich.»

«Nur einen Augenblick – oder auch zwei. Ich muß rauskriegen, ob er gesehen hat, von wem er überfallen wurde. Es könnte für unsere Bemühungen, den Täter zu ermitteln, von ausschlaggebender Bedeutung sein.»

Der Arzt zögerte. «Er hat starke Schmerzen und Beruhigungsmittel bekommen. Er ist kaum ansprechbar.»

«Lassen Sie mich einen Versuch machen, bitte... Fünf Minuten.»

«Drei, und in Gegenwart einer Schwester.»

«Einverstanden.»

Der Raum war hell erleuchtet und voller piepender, summender und tickender Apparate. Der Unterschied zu dem dämmrigen Zimmer von Edward Pinchman hätte nicht krasser sein können.

«Dr. Stark – können Sie mir sagen, wer Sie überfallen hat?»

Murmeln und Flüstern, nichts Verständliches. Stryker beugte sich über die kleine Gestalt. Der dicke Kopfverband preßte das schmale Gesicht zu einem Dreieck zusammen, das kaum mehr Farbe hatte als die Binden.

«Wer hat Sie überfallen, Dr. Stark?»

«Kaval... Kalva...» stammelte Stark.

«Haben Sie Adamsons Manuskript gelesen?»

Stark nickte, versuchte zu sprechen, doch seine trockenen Lippen gehorchten ihm nicht. Seine Augenlider begannen zu zucken.

«Wer hat Sie überfallen, Dr. Stark? Bitte versuchen Sie, es mir zu sagen. Haben Sie ihn gesehen?»

«Alle haben gesehen...» erklärte Stark deutlich. Dann fielen ihm die Augen zu.

«Das ist genug», sagte die Schwester. «Tut mir leid.»

Stryker stand vor der Intensivstation, als Arthur Fowler eilig den Korridor entlangkam. «Ist Dan da drin?» wollte er wissen.

«Ja, Sir.»

«Ich muß ihn sprechen. Sofort.»

«Da werden Sie kein Glück haben. Es geht ihm schlecht. Vielleicht später.»

Fowler zog ein Taschentuch hervor und schnaubte sich nachdrücklich die Nase. «Idiot», murmelte er.

«Dr. Stark?» fragte Stryker erstaunt.

«Nein, natürlich nicht. Ich selbst. Dan Stark ist kein Idiot, aber sein Glaube an das Gute im Menschen... Diese Theorie, daß Schwäche sich in Stärke verwandelt, ist ja gut und schön, aber...»

«Sir?»

Fowler ging auf den Fahrstuhl zu. Stryker folgte ihm. «Nach Dans Theorie werden Leute, die ihre Schwäche überwinden, stärker als andere. Er hat sich ständig Idioten und irgendwelche Witzbolde an Land gezogen und behauptet, aus denen würde etwas werden. Und wohin hat es ihn gebracht? Ist ja schön und gut, ein Seminar zu haben, das ein wackliges Kartenhaus ist, solange man darauf aufpassen kann, aber ohne ihn... Eine Katastrophe. Eine reine Katastrophe.»

«Was wollen Sie damit sagen?»

«Reicht es nicht, daß vier von uns im Krankenhaus liegen und einer auf der Vermißtenliste steht?» fragte Fowler verdrießlich. «Jetzt sind zwei weitere auf und davon gegangen, haben uns einfach im Stich gelassen.»

«Wer denn?»

«Heath und Grey-Jenner. Heute morgen lag ein Brief auf Dans Schreibtisch, in dem sie ihm mitteilten, daß sie heiraten wollen und erst nächste Woche wiederkommen. Heiraten! Ich kann Ihnen gar nicht sagen, wie entsetzt ich war.»

«Sie haben ein Recht darauf, glücklich zu sein.»

«Aber nicht bei Semesterbeginn und all den anderen Katastrophen. Ich bin schwer enttäuscht von ihnen. Das werde ich ihnen am Montag auch sagen. Ich muß jetzt junge Hochschulabsolventen engagieren, damit sie die Anfängerkurse übernehmen, und die freiwerdenden Kräfte einsetzen, um Vorlesungen für die Fortgeschrittenen zu halten. Heskell muß zwei Seminare von Dan über kritische Beurteilung übernehmen – die armen Studenten! Rocheleau lehrt Semantik, weil Underhill krank ist, und ...»

«Chris Underhill ist krank?»

«Ja. Noch einer, der fehlt. Am besten, ich mache dicht!» erklärte Fowler dramatisch. «Einfach dicht, bis alles vorbei ist.»

Stryker dachte, er könnte dem Mann unrecht tun, aber er hatte den leisen Verdacht, daß Fowler das alles genoß.

«Und was ist, wenn ich fragen darf, an der Geschichte mit den Affen dran?»

«Sir?»

«Nennen Sie mich nicht ‹Sir›, junger Mann. Es hat heute morgen in den Zeitungen gestanden. Sie haben diesem blutrünstigen Irren den Spitznamen ‹Affenmörder› gegeben. Warum? Sie stellen alle möglichen unsinnigen Behauptungen auf... Augen, Ohren, Zunge... es ist grauenvoll. Dahinter steckt Heskell, ich weiß es. Er hat wieder mit denen gesprochen. Nichts Böses sehen, nichts Böses hören. Der Mann ist eine Gefahr. Meine Unterstützung kriegt er nicht. Nie. Es wimmelt nur so von Reportern...» Er drückte kräftig mit dem Finger auf den Fahrstuhlknopf und lutschte dann daran wie ein Kind. Das Haar stand wie ein Heiligenschein um den glänzenden Kopf, seine Kiefer zitterten beängstigend. «Affen», murmelte er um seinen Finger. «Affen!»

«Tut mir leid, aber dagegen kann ich nichts machen», sagte Stryker nachsichtig.

«Doch. Sie können ihn festnehmen und der Sache ein Ende bereiten. Inzwischen werde ich versuchen, Dans Schiff über Wasser zu halten. Das können Sie ihm ausrichten. Ich bin gewissenhaft, werde alles im Griff behalten. Sagen Sie ihm...» Plötzlich standen Tränen in seinen Augen. «Sagen Sie dem alten Narren, er soll sehen, daß er auf die Beine kommt. Wir brauchen ihn.»

Die Fahrstuhltür öffnete sich. Fowler stieg ein und drückte grimmig auf den Knopf zum Erdgeschoß. Stryker beugte sich vor und hielt die Hand an den Gummistopper, um die Tür offenzuhalten. «Wissen Sie etwas von einem Buch, das Adamson geschrieben hat? Über das Heer?»

«Das Heer?»

«Genau gesagt, über die Kavallerie.»

«Nein, keine Ahnung. Da müssen Sie sich an Wayland wenden.»

«Wayland?»

«Wenn Sie den Kerl finden können. Meines Wissens hat er etwas über Vietnam geschrieben. War ein großer Gegner. Demonstrationen und so. Könnte auch der Bürgerkrieg gewesen sein, wegen Whitman. Heute heißt das ja nicht mehr Kavallerie, aber damals schon. Ich glaube, es steht in seiner Akte. Ein Artikel oder ein Buch über Whitman ... Lincoln – irgendwas in dieser Richtung. Wenn Sie wollen, kümmere ich mich darum.»

«Ich wäre Ihnen sehr dankbar.»

«Ich habe ja im Moment soviel Zeit», knurrte Fowler, als er sich eine Notiz machte, doch seine Augen glänzten. Vielleicht waren es die Reste der Tränen, denen er keinen freien Lauf gelassen hatte. «Ich kann mir nicht vorstellen, daß Aiken sich damit beschäftigt hat. Allerdings hat er schon eine Weile nichts mehr veröffentlicht, und das muß man – regelmäßig etwas veröffentlichen. Viel Erfolg war ihm nie beschieden. Aber die Armee? Das kann ich mir nicht vorstellen. Nein. Wenden Sie sich an Wayland, und wenn Sie ihn finden, erinnern Sie ihn daran, daß er einen Vertrag mit der Universität hat, wonach er verpflichtet ist, neben allen anderen Aufgaben regelmäßig Vorlesungen zu halten. Er neigte dazu, es zu vergessen.»

«Ich werde es erwähnen.» Stryker ließ die Tür los.

Sie schloß sich vor Fowlers rotem, gereizten Gesicht, und Stryker stand einfach da und versuchte, das Durcheinander in seinem Kopf zu ordnen. Er wünschte, alles im Griff zu haben, so wie Fowler es von sich behauptete.

Als Neilson fünf Minuten später den Korridor entlangkam, stand er noch immer da. «Ich glaube, Sie sollten kommen», sagte Neilson eindringlich. «Sie ist in Pinchmans Zimmer, und er fängt an zu reden.»

«Wer ist in...?»

«Diese Trevorne.»

«Meine Güte, das fehlt mir noch!»

Pinsky wartete vor Pinchmans Tür. «Ich bin nicht hiergewesen... Sie ist der Schwester nachgelaufen und hat angefangen, ihn anzubrüllen. Nancy wollte sie rauswerfen, aber der Alte fing an, sich zu rühren, und...»

Sie gingen hinein. Kate hatte sich die blutbefleckten Sachen vom vergangenen Abend übergeworfen, beugte sich nun über Pinchmans Bett und rief seinen Namen. Der alte Mann war noch bewußtlos, bewegte sich aber unruhig im Bett und drehte den Kopf von einer Seite zur anderen. Sein Gesicht war zu einer Grimasse verzerrt.

«Edward, wach auf! Sag ihnen, daß es nicht Richard war. Du mußt ihnen sagen, was passiert ist, und was es mit der Wiege auf sich hat. Die Wiege...»

«Kate!» Strykers Stimme knallte wie ein Peitschenhieb, doch sie zuckte nicht mit der Wimper und wandte sich auch nicht um, als sie erwiderte: «Er weiß es. Er muß es wissen. Liz hat mir erzählt, daß Sie hinter Richard her sind und glauben, er hätte das alles auf dem Gewissen. Aber es stimmt nicht. Ich weiß genau, daß er es nicht war...»

«Richard», sagte Pinchman plötzlich.

Im Raum herrschte völlige Stille.

«Wiege... Schaukeln... Endloses Schaukeln...»

«Was zum Teufel soll das?»

«Kate, sei vorsichtig. Richard... Gefährlich... Bleib weg...»

Kate richtete sich mit einem Ruck auf. Ihr Gesicht war bleich. Sie taumelte, und Stryker trat vor, um sie aufzufangen. Ihr Blick war voller Entsetzen auf Pinchmans Gesicht gerichtet, während sie mit heftigem Kopfschütteln zum Ausdruck brachte, daß sie seinen Worten keinen Glauben schenken mochte. Sie hatte gewollt, daß Edward zu sich kam, damit er Richard entlastete. Doch was er gesagt hatte, machte alles noch schlimmer.

«Die Wiege, Richard... Schaukeln... Endloses Schaukeln... Niemand weiß etwas davon... Aiken ist dahintergekommen.

O Gott, Richard! Weg... weg!» Das letzte Wort war wie ein Schrei, aber Pinchmans Augen blieben geschlossen, unter den papierdünnen Lidern quollen Tränen hervor. Er fiel auf die Kissen zurück.

«Tut mir leid, das war's», sagte die Schwester. «Er braucht Ruhe.»

«Aber er wird jeden Moment zu sich kommen», wandte Stryker ein.

Die Schwester fühlte Pinchmans Puls. «Das wird er nicht.»

«Soll das heißen, er...?» stieß Kate hervor.

Die Schwester legte die bebende Hand rasch unter die Decke. «Das soll heißen, er ist erschöpft und kann keine weitere Belastung verkraften. Sein Puls ist unregelmäßig geworden. Ich rufe den Arzt. Sie müssen jetzt gehen.»

«Sie bleibt», sagte Stryker und deutete auf eine Polizeibeamtin, die Calder abgelöst hatte.

«Ja, ich weiß. Aber sie geht!» Die Schwester zeigte auf Kate.

Kate lief blindlings in die hellerleuchtete Anonymität des Korridors, an kaum zu unterscheidenden weißen Trachten und den Besuchern vorbei, die mit unverhohlener Neugier der weinenden, davonlaufenden Frau nachsahen. Freie Vorstellung. Drama. Das wahre Leben. So was muß man gesehen haben.

Stryker fand sie in einer Ecke des Korridors neben einem vollbeladenen Wäschewagen. Sie trocknete sich die Tränen mit einem Laken ab, ohne darüber nachzudenken, daß es vielleicht von einem Typhuspatienten stammte. Er riß es ihr aus der Hand und gab ihr dafür sein sauberes Taschentuch. «Sie können sich wer weiß was holen, Sie Schaf», sagte er barsch.

«Er fürchtet sich vor Richard», schluchzte sie.

«Wirklich?»

«Etwa nicht?» Sie blinzelte ihn verschwommen an. Er sah verstört, ärgerlich und gereizt aus, als wolle er jemanden schlagen.

«Was soll denn der Unsinn mit der Wiege?»

«Ich weiß es nicht.»

«Erzählen Sie mir keine Märchen.»

«Ach, bitte...»

«Es ist ein Teil eines Gedichts von Whitman. ‹Als Flieder jüngst mir im Garten blüht...› Stimmt's? Handelt von Lincolns Tod. Stimmt's?»

Sie nickte kläglich.

«Laut Fowler hat Wayland seine Doktorarbeit über Whitman geschrieben. Sein Fach ist moderne amerikanische Dichtung.»

«Außerdem die Bibel als Literatur, Geschichte der englischen Sprache...» Sie zählte verzweifelt auf.

«Aber Whitman ist sein Thema, stimmt's?»

Kate antwortete nicht. Sie war so müde, so verstört, und er so wütend.

«Ich bringe Sie nach Hause. Ich will nicht, daß Sie weiter in die Sache verwickelt werden», sagte Stryker.

«Vor ein paar Tagen wollten Sie noch, daß ich Ihnen helfe.»

«Jetzt nicht mehr. Sie halten sich raus.»

«Sie können mich sonstwo...»

«Schöne Ausdrucksweise für eine Dozentin.»

Sie bedachte ihn mit einigen weiteren Ausdrücken dieser Art, so daß eine Schwester sich schockiert nach ihr umsah. Selbst Stryker war leicht erschüttert.

«Sie glauben, Richard hat das alles auf dem Gewissen», sagte sie schließlich, «und ich bin sicher, daß er mir nicht weh tun könnte. Richard nicht.»

«Mag sein. Nicht der Richard, der Sie anbetet – aber ein Richard, der er vielleicht geworden ist. Mörder werden zu Fremden, Kate.»

«Richard nicht», sagte sie verstockt.

«Sie wiederholen sich.» Sie starrten sich an, bis Stryker sich seufzend abwandte. «Kate», sagte er in sanfterem Ton, «Sie hätten gestern abend fast ein Auge verloren, vielleicht auch zwei, wenn Dr. Coulter nicht dazugekommen wäre.»

«Sie werden die Meute auf ihn hetzen, nicht wahr?»

«Wir sind schon seit Montag hinter ihm her», sagte er ernst. «Ist Ihnen schon mal der Gedanke gekommen, daß er irgendwo liegen könnte – tot?... Anscheinend nicht. Finden Sie das nicht aufschlußreich? Wenn Sie diese Möglichkeit nie in Betracht gezogen haben, deutet es doch wohl darauf hin, daß Sie nicht völlig von seiner Unschuld überzeugt sind.»

«Also...»

«Oder ist Ihnen schon mal der Gedanke gekommen, daß wir – wenn wir einen Mörder suchen – weitere Morde verhindern wollen?» fuhr Stryker unerbittlich fort. «Wir machen das nicht aus Freude an der Jagd wie Ihre Romandetektive, denn diese Jagd ist kein Vergnügen. Als Sie und Ihre Genossen mit den wirren Köpfen voller wirrer Ideen, bei denen sich alles nur um Sie selbst und nicht um andere drehte, uns bei der Demonstration als ‹Schweine› beschimpft haben – haben Sie da auch nur einen Gedanken an die Leute verschwendet, die im Getümmel vor einen fahrenden Bus gestoßen werden könnten? Oder an den Hausmeister mit der Arthritis, der den ganzen Dreck beseitigen mußte? Oder an Ihre Eltern, die vielleicht auf vieles verzichtet haben, um Ihre Ausbildung zu finanzieren? Zum Teufel...» Er sah, daß sie betroffen war. «Wenn ich an einen Tatort komme, sehe ich als erstes das Opfer, Kate. Diese Vergeudung eines Menschenlebens macht mich rasend. Und wenn – falls – ich den Mörder finde, habe ich ein weiteres Opfer vor mir. Das macht mich genauso rasend. Es hat alles seine zwei Seiten, und alles, was geschieht, zieht etwas nach sich. Es gibt nicht nur vier Dimensionen, sondern tausend – je nachdem, wie man die Dinge betrachtet. Als wir beschlossen, Wayland zu suchen, hatten wir seine Sicherheit ebenso im Auge wie alles andere.»

«Und jetzt?»

«Jetzt geht es um die Sicherheit aller.»

«Er hat es nicht getan.»

«Kate, er mag ein netter Kerl sein, das kann ich nicht beurteilen. Vielleicht ist er ein Heiliger. Vielleicht ist er tot oder verletzt. Und vielleicht – nur vielleicht – ist er ein Mörder. Daran haben Sie auch schon gedacht, und Sie denken es jetzt wieder, hab ich recht?»

«Hören Sie auf!» Ihre Stimme war hoch und schrill. Sie wandte sich ab, weil sie seinem Blick nicht standhalten konnte. Sie hatte daran gedacht und haßte Stryker, weil er die kleine dunkle Stelle in ihrem Innersten erspäht hatte, in der Richard nicht zu Hause war und nicht geliebt wurde. Tausend Erinnerungen schossen ihr durch den Kopf: der lachende Richard, der liebende Richard, der laufende, essende, trinkende, lehrende, schwimmende, tanzende...

Der mordende Richard?

«Er ist schließlich doch nach Vietnam gegangen», sagte sie, es schien ihr nicht unwichtig. Nur merkwürdig, es so zu verkünden. Aber Stryker wußte es bereits.

«Vietnam oder irgendein anderer Krieg macht niemanden zum Mörder, aber man lernt die Methoden», sagte er. «Millionen von Männern waren in Vietnam. Es hat sie geprägt, sie einiges gelehrt, und sie haben die Hosen voll gehabt. Aber die Anständigen unter ihnen sind als anständige Kerle zurückgekommen, und das waren immerhin neunundneunzig Prozent.»

«Waren Sie auch dabei?»

«Ich brauchte nicht. Ich kämpfe hier.»

«Und Ihr Gegner ist Richard Wayland?»

«Vielleicht. Das werde ich erst wissen, wenn ich ihn gefunden habe.»

«Erwarten Sie, daß ich Ihnen viel Glück wünsche?»

«Ich erwarte nur, daß Sie nach Hause gehen und da bleiben.»

«Wie ein braves kleines Mädchen?»

«Wie ein behütetes kleines Mädchen.»

«Richard tut mir nichts. Das weiß ich genau.»

«Ach, Kate», sagte Stryker leise, als sie sich umdrehte. «Begreifen Sie nicht, daß ich mir nichts Besseres wünsche, als bei Richard Wayland auf der falschen Fährte zu sein? Ich weiß genau, was Sie von mir halten, wenn ich ihn festnehme. Können Sie sich nicht vorstellen, wie es gelaufen wäre, wenn wir beide uns nicht wegen eines Mordes, sondern aus irgendeinem anderen Anlaß getroffen hätten? Dadurch ist ein Graben zwischen uns entstanden, den wir vielleicht nie überbrücken werden.»

«Wie poetisch!» Sie kochte innerlich.

Er sah sie lange an. Ihr weicher Mund war vor Wut verkniffen, ihre Augen blickten finster. «Verdammt noch mal, Kate! Sie wissen genau, daß ich recht habe – wie es von Anfang an um uns gestanden hat. Vielleicht schon vor fünfzehn Jahren. Zum Teufel mit Adamson, zum Teufel mit Richard Wayland, zum Teufel mit allen Dieben, die stehlen, was hätte sein können. Ach ja, ich weiß – ich bin poetisch.» Am anderen Ende des Korridors tauchte Pinsky auf, und Stryker winkte ihn heran. «Bringen Sie Miss Trevorne nach Hause. Hier gefällt es ihr nicht.»

«Mit Vergnügen.» Pinsky strahlte sie an. «Ich hoffe, es geht Ihnen wieder besser, Miss Trevorne. Das war knapp gestern abend.»

«Es scheint mein Schicksal zu sein, mit knapper Not davonzukommen», sagte Kate und ging, ohne sich noch einmal umzusehen.

Pinsky warf Stryker, der die Hand ausstreckte und ihn am Ärmel faßte, einen fragenden Blick zu. Sobald Kate außer Hörweite war, sagte er in leisem, bestimmtem Ton: «Bringen Sie sie nach Hause und lassen Sie sie diskret überwachen. Wirklich diskret. Sie darf es nicht merken.»

«Kapiert. Haben Sie Angst, er versucht es noch mal?»

Stryker griff in die Tasche, holte eine Zigarre heraus und zündete sie an. Er starrte durch den Rauch auf Kate, die ihnen noch immer den Rücken zuwandte. «Angst? Ich hoffe es. Das ist vielleicht die einzige Genugtuung. Ich steige aus der verfluchten Sache aus.»

«Das kann doch nicht Ihr Ernst sein!»

«Nein?»

«Nie im Leben.» Pinskys zerfurchtes Gesicht war voller Überzeugung.

«Bin ich ein guter Beamter, Pinsky? Leiste ich anständige Arbeit?»

«Besser als jeder andere.» Er zögerte. «Allerdings kenne ich nicht sehr viele.»

«Sie sind wirklich eine große Stütze.»

«Das sagt meine Frau auch immer.» Pinsky nickte und machte sich auf den Weg. «Und sie meint es genausowenig wie Sie.»

24

«Hallo, Champion!»

Toscarelli stand in der Mitte der Sporthalle und verfolgte Strykers verbissene Anstrengungen auf der Bahn. «Willst du den ganzen Vormittag hier deine Runden drehen?»

«Warum nicht?» keuchte Stryker. «Ich hab mich die ganze Nacht im Kreis gedreht.»

Toscarelli murmelte in gekränktem Ton etwas vor sich hin.

«Was?»

«Ich hab gesagt, du bist ein Blödkopf. Neilson sagt, er hätte dich gestern abend mit einem Berg von Berichten des Tages, den Ergebnissen der gerichtsmedizinischen Untersuchungen und der Akte allein gelassen, und als er heute früh kam, warst du immer noch drin vertieft.»

«Optische Täuschung», keuchte Stryker.

Toscarelli drehte sich auf der Stelle, während Stryker mit zitternden Knien weiterlief. Schweiß rann über sein Gesicht in das Handtuch, das er um die Schultern gelegt hatte. «Ich habe auf der Couch im Zimmer vom Captain geschlafen.»

Toscarelli schüttelte den Kopf und drehte sich ein paarmal in die entgegengesetzte Richtung, um einen klaren Kopf zu bekommen. «Verdammt, hör endlich auf. Mir wird ganz schwindlig.»

Stryker kam atemlos zum Stehen, taumelte und sank über das Geländer. Vielleicht suchte er auch Halt daran. Er wußte es selbst nicht genau. «Was von Wayland gehört?»

«Bis jetzt nicht. Aber die Unterlagen aus Washington sind gekommen.»

«Hast du sie dir angesehen? Irgendwas vom Truppenarzt dabei?»

«Ja. Und vom Psychiater. Läßt du die Bars und Clubs überwachen?»

«Das hat Vice übernommen.»

«Meinst du, das Mädchen ist im Bilde?»

Stryker wischte sich mit einem Ende des Handtuchs das Gesicht ab. «Weiß nicht. Vielleicht. Das würde einiges erklären.

Adamson hat ihm fünfzigtausend vermacht, ihn aber in seinen Tagebüchern oder sonst nirgends erwähnt.»

«Das Mädchen auch nicht, und sie kriegt zehn.»

«Vielleicht hatte er eine alte Schuld zu begleichen.» Er dachte darüber nach und rieb sich den Nacken. «Ich glaube, es ist eine alte Schuld.»

«Das Krankenhaus hat angerufen. Pinchman ist ansprechbar.»

Stryker richtete sich auf. «Warum hast du das nicht gleich gesagt?»

«Hab ich doch gerade.»

Als Stryker sich nach dem Duschen abtrocknete und anzog, folgte Toscarelli ihm in die Kabine und setzte sich auf die Bank. «Also los», sagte Stryker, indem er nach Mantel und Schal griff, «gehen wir!» Er stand neben der Bank, als warte er auf den Startschuß.

«Hast du heute schon was gegessen?» Toscarelli war offensichtlich nicht zum Aufstehen bereit, ehe er eine Antwort bekam.

Stryker überlegte. Er erinnerte sich, daß er in der Cafeteria gewesen war. «Ja. Ich hab gegessen. Irgendwas. Komm schon!»

Sie verließen die Kabine. Toscarelli erinnerte wie immer an einen Flugzeugträger im Manöver. Stryker stapfte ungeduldig voran. «Vielleicht kann er die Sache klären», ereiferte er sich über die Schulter.

«Vielleicht will er auch nur guten Tag sagen», bemerkte Toscarelli nüchtern.

«Wenn er sagt, Wayland hat es getan, ist die Sache geritzt. Dann können wir den Fall zu den Akten legen.»

«Toll!» Tos beobachtete Stryker, der mit kurzen Sprüngen zum Parkplatz lief. Typisch. Wenn ein Fall einen bestimmten Punkt erreichte, packte ihn eine Art Hysterie. Diesmal war es schlimmer als je zuvor. Auch Neilson und sogar Pinsky hatten es bemerkt. Wenn Stryker sich nicht in acht nahm, würde er sich irgendwo festbeißen und von jemandem überrollt werden. «He!» rief er ihm nach. «Nimmst du noch immer die Vitaminpillen, die ich dir empfohlen habe?»

Als Stryker und Toscarelli eintraten, saß Pinchman im Bett und beobachtete die Tür. Abgesehen von einer gelegentlichen Trübung der hellen blauen Augen schien er ganz munter nach dem langen Schlaf, der fast zum ewigen geworden wäre. Er war ein gutaussehender alter Mann, dachte Stryker, trotz allem, was ihm im Leben widerfahren war. Der Gedanke an das, was ihn noch erwarten mochte, bedrückte ihn. Sie begrüßten sich reserviert, dann zog Stryker einen Stuhl ans Bett, setzte sich rücklings darauf und stützte die Arme auf die Lehne.

«Wollen Sie mir sagen, was passiert ist?»

Pinchman nickte und seufzte. «Als Sie am Samstag ‹erstochen› sagten, ist mir ein Stein vom Herzen gefallen. Ich bin völlig aufgelöst da hingekommen, weil ich dachte, ich hätte ihn durch einen unglücklichen Zufall umgebracht. Ich wollte ihn nicht umbringen. Ich gebe zu, daß ich ihn mit meiner Krücke geschlagen habe, aber als ich ihn verließ, war er nur bewußtlos. Ich habe mich vergewissert... ihm meine Zigarre an die Lippen gehalten. Der Rauch hat sich wie Nebel verteilt.»

«Sie haben ihn mit Ihrer Krücke geschlagen...»

«Ja. Es ist mir erst bewußt geworden, als es schon geschehen war. Sie sind wie ein Teil von mir. Ich habe wutentbrannt die Hand gegen ihn erhoben – mit der Krücke. Er schubste mich zurück, an den Schreibtisch, stieß unaufhörlich mit dem Finger nach mir und sagte, er würde alles an die große Glocke hängen. Da ist es passiert, ganz schnell, in der Hitze des Augenblicks. Ich kann sehr jähzornig sein – das war schon immer so –, aber ich habe die Beherrschung seit Jahren nicht mehr verloren.» Er legte eine Pause ein. «Schon sehr lange nicht mehr.»

«Nicht seit Ihrer letzten Verhaftung?»

Pinchman starrte ihn an, schloß die Augen und sank in die Kissen. «Er hat es also doch erzählt.»

«Nein, dazu hatte er keine Gelegenheit mehr. Wir haben Ihre Fingerabdrücke ans FBI geschickt und die Auskunft erhalten, sie gehörten einem Mann namens Edgar Pinchman mit einem ellenlangen Strafregister. Sie waren sehr erstaunt. Soviel sie wußten, war Edgar Pinchman nach Griechenland ausgewandert. Hat Adamson Wind von der Geschichte gekriegt?»

Pinchman nickte. «Das alles an einem Tag festzustellen, ist wirklich eine Leistung, Lieutenant.»

«Es hat fast eine Woche gedauert, Professor Pinchman.»

«Eine Woche?»

«Darauf kommen wir gleich zurück. Können Sie mir noch etwas über Edgar – oder Edward – Pinchman erzählen?»

Nach einer langen Pause sagte Pinchman zögernd: «Ich war ein recht guter Betrüger.» Er lächelte.

«Sie wurden geschnappt.»

«Nicht immer.» Sein Lächeln wirkte einen Augenblick lang triumphierend. «Jedenfalls nie hier in Ohio.» Er seufzte tief. «Edward ist ein Jahr älter als ich, aber die Leute haben uns oft für Zwillinge gehalten. Zu Hause in Connorsville wurden wir einfach die Pinchman Boys genannt. Es war sehr komisch. Wir sahen gleich aus, hatten die gleiche Stimme und den gleichen Gang. Aber innerlich waren wir so verschieden wie Tag und Nacht. Edward war ein brillanter Schüler, strebsam und wißbegierig. Ich war nur brillant darin, mich um die Schule zu drükken und in Schwierigkeiten zu geraten. Aber Edward hat immer zu mir gehalten, mir aus der Patsche geholfen und sogar für mich gelogen. Lügen kamen ihm sehr schwer, mir dagegen ganz automatisch über die Lippen. Wir waren ein Herz und eine Seele.» Er sah Stryker kurz an. «Früher gab es das.»

«Ja, Sir. Ich weiß.»

Pinchman lächelte schief, nickte, seufzte wieder und fuhr fort. «Immer, wenn ich in der Klemme saß, glaubte er, daß es nie wieder vorkommen würde. Er war nie verzweifelt und hat auch nie den Richter gespielt. Allmählich wurden wir erwachsen, und unsere Wege trennten sich. Er wurde ein angesehener Wissenschaftler, und ich kam mehrfach hinter Gitter.» Das unruhige Lächeln erlosch. Sein Gesicht wurde düster. «Als ich vor neunzehn Jahren nach fünfjähriger Haftstrafe entlassen wurde, begann gerade sein Ferienjahr. Er schlug mir vor, ihn nach Griechenland zu begleiten. Ich war müde und dankbar. Viel Geld besaßen wir nicht, aber es reichte. Wir lebten einfach. Es war sehr schön. Ich begann, mich für seine Arbeit zu interessieren. Er meinte, ich hätte eine Begabung dafür, es sei ein Jammer, daß ich die Schule hingeschmissen hätte. Meine kriminellen Aktivitäten überging er taktvoll. Schließlich dachte ich, wir seien vielleicht gar nicht so verschieden.» Er lachte in sich hinein. «Der Tag wurde zur Nacht – oder umgekehrt. Nachmittags gingen wir spazieren. Das ist in Griechenland nicht üblich. Eines Nachmittags bog ein Lastwagen zu schnell um eine Kurve und hatte mitten auf der Straße zwei ältere Herren vor sich. Er konnte es nicht verhindern. Ich verlor meine Beine, Edward noch wesentlich mehr.»

«Er lebt. Wir haben es überprüft.»

«O ja, sein Körper lebt. Er hatte hauptsächlich Kopfverletzungen. Er ist gesund und glücklich, aber überhaupt nicht mehr ansprechbar – ein liebes, stummes Kind. Ich besuche ihn jeden Sommer.»

«Als Edward Pinchman.»

Er zuckte mit den Schultern. «Es war ein kleines Krankenhaus auf dem Lande. Da werden keine Fingerabdrücke genommen. Sie haben nur versucht, unser Leben zu retten. Sie hatten zwei Patienten namens Pinchman, und solange nicht einer von ihnen starb, spielte absolut keine Rolle, wer wer war. Es hat Wochen gedauert, bis mir klar wurde, daß sie uns nicht unterscheiden konnten, und zu diesem Zeitpunkt war ich bereits über Edwards hoffnungslose Lage im Bilde.» Er warf Stryker einen Blick von der Seite zu. «Verdammt, Menschenskind... Ich habe mein Leben lang günstige Gelegenheiten beim Schopf ergriffen, und das war ein Geschenk des Himmels! Die Chance, neu anzufangen. Ich wußte, daß Edward einverstanden gewesen wäre, wenn er sich hätte äußern können. Als Kind hat er weiß Gott oft genug für mich gelogen. Also schlüpfte ich in seine Haut. Der Invalide, für den keine Aussicht auf Besserung bestand, wurde offiziell als Edgar Pinchman geführt, und ich kam als Edward Pinchman zurück.»

«Einfach so...?»

«Nicht ganz. Zuerst war es verdammt schwierig. Die Leute haben natürlich wegen meiner körperlichen Verfassung einige Zugeständnisse gemacht, und ich habe Anspielungen über mein verändertes Aussehen eingeflochten, darüber gewitzelt. So groß war der Unterschied ja nicht, und damit wurden jegliche Zweifel über mein verwandeltes Gesicht im Keime erstickt. Größen- und Gewichtsdifferenzen ließen sich leicht durch die Krücken erklären. Edward hatte in Kalifornien gearbeitet. Ich sah mich so schnell wie möglich nach einer neuen Stelle um. Das brachte einige Nachteile mit sich, aber ich wollte verschwinden, ehe die Kollegen Veränderungen an mir bemerkten, die sich nicht so leicht vertuschen ließen. Ich war durch Edwards Briefe und die Gespräche mit ihm recht gut über sein Leben informiert, doch man stolpert leicht über Kleinigkeiten – all das ‹Wissen Sie noch?›, Späße, Heimlichkeiten und so fort. Als Dan mir anbot, nach Ohio zu kommen, machte ich einen Freudensprung.» Er lächelte. «Soweit man bei mir von Sprüngen reden kann. Edward und Dan waren zusammen zur Schule gegangen, also schien es ganz natürlich, das sonnige Kalifornien zu verlassen, um nach Hause zu alten Freunden zurückzukehren. Sie haben mich natürlich für verrückt erklärt, vor allem, als ich darum bat, ein Jahr beurlaubt zu werden, ehe ich die Arbeit aufnahm. Ich habe gesundheitliche Gründe vorgeschoben, aber in Wirklichkeit brauchte ich Zeit, mich mit Edwards Themen vertraut zu machen und mein Wissen zu vertiefen, damit ich keinen Schiffbruch erlitt. Manchmal habe ich mich wirklich gefragt, ob ich es schaffen könnte. Aber Dan war so verständnisvoll und geduldig...» Pinchman sah gedankenverloren vor sich hin. «Manchmal hatte ich fast den Eindruck, er ahnte die Wahrheit, doch er hat nie ein Wort darüber verloren.»

«Dr. Stark ist ein sehr intelligenter Mann.»

«Ja. Das ist alles. Ich habe hart gearbeitet, Edwards Platz einzunehmen, und habe meine Sache nicht schlecht gemacht, glaube ich. Bis jetzt.»

Stryker betrachtete den alten Mann. Ein Gefühl der Bewunderung wallte in ihm auf. Es war bestimmt kein Kinderspiel gewesen und erklärte auch, warum er soviel Verständnis für Kate aufgebracht hatte, die ebenfalls Lücken füllen mußte.

Der Blick des alten Mannes verschwamm ein wenig. «Ich habe Edward vor meiner Abreise erzählt, was ich vorhatte und warum ich es tun wollte. Wir haben viel Zeit im Krankenhausgarten verbracht... bei den Bienen und Blumen und dem Gebrüll der Ochsen hinter der Mauer. Ich will nicht behaupten, daß er es begriffen hat, aber er hat nicht widersprochen.» Er schloß die Augen. An den Wimpern glitzerte etwas Feuchtes, doch es war nicht genug, um herunterzutropfen. «Wenigstens sehe ich das so. Ich habe sein Leben lieben gelernt. Jeden Sommer, wenn ich ihn besuche, erzähle ich ihm von meiner Arbeit, von Studenten, die Karriere machen könnten, und dergleichen mehr. Seine wissenschaftlichen Studien kann ich nicht fortsetzen, aber ich kann lehren. Natürlich ist es ein betrügerisches Spiel.» Er hob den Kopf. «Verdammt, ich bin ein guter Lehrer. Selbst Aiken hat das nie bestritten.»

«Wie ist er dahintergekommen?»

«Durch Zufall – reinen Zufall. Als er durch einen kleinen Ort kam, begegnete er Edward, der im Rollstuhl spazierengefahren wurde. Da ihm die Ähnlichkeit auffiel, erkundigte er sich nach dem Mann und kriegte die ganze Geschichte zu hören.» Pinchman seufzte. «Mir persönlich macht das nicht viel aus, ich habe ohnehin nicht mehr viel Zeit vor mir. Aber für Edward...» Er hob die Hand und ließ sie sinken. «Es war sein Leben. Seine Karriere. Die Hoffnungen, die man in ihn gesetzt hatte, habe ich natürlich nicht erfüllt. Die Leute dachten, es hinge mit dem Unfall zusammen. Das tat es ja auch. Immerhin ist es mir gelungen, seinen Ruf zu wahren. Als Aiken neulich abend den ersten Pfeil abschoß, wußte ich, was die Stunde geschlagen hatte! Monate-, vielleicht jahrelange Pein und die ständige Angst, daß er eines Tages des Spiels überdrüssig wurde und es Dan erzählte. Er selbst hatte kein sehr hohes akademisches Niveau, aber ich selbst habe nicht einmal einen Abschluß.»

«Und was passierte dann?»

«Nach dem Treffen ging ich unter dem Vorwand, ich müßte noch arbeiten, in mein Zimmer. In Wirklichkeit wollte ich meine Gedanken sortieren. Ich dachte daran, aus gesundheitlichen Gründen um vorzeitige Pensionierung zu bitten...» Seine Stimme wurde ganz leise, und Stryker spürte, wie schwer es ihm fallen mußte, den Beruf aufzugeben, den er lieben gelernt hatte. «Ich habe mir so lange den Kopf zerbrochen, daß ich schließlich im Sessel einschlief. Als ich aufwachte, war es kalt und sehr spät. Ich hatte das Licht ausgeknipst. Niemand wußte, daß ich da war. Ich konnte Licht in Aikens Zimmer auf der anderen Seite des Korridors sehen. Er hatte erwähnt, daß er an der Küste anrufen wollte. Ich hörte ihn in seiner aufreizenden Art vor sich hin summen und wurde immer wütender. Schließlich riß mir der Faden. Ich stand auf, ging zu ihm und sagte, ich würde mir seine Schikanen nicht länger gefallen lassen. Er lachte.» Pinchman war rot im Gesicht, der Zorn loderte wieder auf. «Er lachte und behauptete, ich hätte Edwards Karriere versaut, aber das hätte Edward selbst vielleicht auch geschafft. Da habe ich zugeschlagen – hart zugeschlagen.» Er sah Stryker gerade in die Augen. «Mein Gott, das hat gutgetan! Ich hätte stundenlang weiterschlagen können.»

«Aber das haben Sie nicht.»

«Nein, natürlich nicht. Als ich zur Vernunft kam und sicher war, daß er lebte, bin ich in mein Zimmer gegangen und habe die Tür zugemacht.» Er erinnerte sich jetzt genau, und Stryker wagte kaum zu atmen aus Angst, er könnte das Bild im Kopf des alten Mannes stören. Pinchman atmete langsamer. Schlief er ein?

«Erzählen Sie weiter», sagte Stryker ganz leise.

Pinchman riß die Augen auf. «Wo bin ich stehengeblieben? Ach ja, in meinem Zimmer. Ich wollte mir den Mantel anziehen und verschwinden, ehe Aiken zu sich kam. Doch ehe ich soweit war, hörte ich Schritte auf dem Korridor.»

Stryker sträubten sich die Haare im Genick. Das war der große Moment. Jetzt kam der Clou.

Pinchman deutete Strykers Gesichtsausdruck richtig und erlöste ihn rasch von seiner Spannung. «Nein, ich habe nicht gesehen, wer es war. Da muß ich Sie enttäuschen. Ich habe nur einen Schatten hinter dem Ornamentglas gesehen. Bei mir war es dunkel, bei Aiken brannte Licht. Die Person – wer immer es sein mochte – stand einen Moment in Aikens Tür, ging dann hinein und machte sie hinter sich zu. Ich habe auf irgendeine Reaktion gewartet. Nichts geschah. Zuerst nur Stille. Und dann...»

«Dann was?»

«Gelächter.»

«Gelächter?»

«Kein angenehmes Gelächter. Es hat mir Angst eingeflößt», sagte er offen.

Stryker stellte sich vor, wie er sich voller Angst und Panik in der Dunkelheit seines Zimmers verbarg, nachdem er jemanden niedergeschlagen hatte, und dieses Geräusch hörte. Pinchman war zäh, hatte viel durchgemacht und besaß Mut, und doch hatte er Angst gehabt. Es mußte ein ganz besonderes Gelächter gewesen sein.

«Mann oder Frau?»

«Kann ich nicht sagen. Es war geschlechtslos, wie das eines überdrehten Kindes. Es hat mir einfach ... das Blut in den Adern erstarren lassen. Dann kamen andere Geräusche hinzu: das Öffnen von Schüben, Grunzlaute. Ich weiß nicht ... Ich stand einfach da wie angewurzelt. Dann öffnete sich die Tür, die Gestalt kam heraus. Sie ging den Korridor entlang, und ich hörte den Fahrstuhl runterfahren. Nach ein paar Minuten riß ich mich zusammen und machte die Tür auf. Seine stand ein Stückchen offen. Ich warf einen Blick hinein, sah seine Beine und wußte, daß er noch bewußtlos war. Da habe ich angenommen, die andere Person hätte ihn beraubt, und mich aus dem Staub gemacht, so schnell ich konnte.»

«Und ihn da liegenlassen?»

«Ja. Tut mir leid. So ist es gewesen.»

Zu diesem Zeitpunkt konnte das Blut die Tür noch nicht erreicht haben, räumte Stryker ein. Der alte Mann hatte weder wissen noch ahnen können, daß ein Mord begangen worden war, während er sich in der Dunkelheit versteckt hielt. «Erzählen Sie mir etwas von dem Schatten hinter dem Ornamentglas. Groß oder klein?»

«Mittel.»

«Farbe der Kleidung?»

«Braun, nehme ich an. Dunkelbraun.»

«Hut? Mantel?»

«Ich weiß nicht, ob es ein Hut war oder ... Hell. Eine helle Farbe, denn ich konnte die Form durch das Glas nicht deutlich erkennen. Dunkel hätte ich sehen müssen.»

«Mann oder Frau?»

«Hab ich doch schon gesagt – ich weiß es nicht.»

«Könnte es Richard Wayland gewesen sein?»

«Möglich. Die Gestalt war nicht direkt vor meiner Tür, sondern in der Mitte des Korridors. Aber nein – Richard war es nicht.»

«Hat er Sie Montag nach Hause gebracht?»

«Richard? Ja, das hat er.»

«Als Sie bewußtlos waren, haben Sie mehrfach seinen Namen genannt.»

«Warum war ich eigentlich bewußtlos?» fragte Pinchman. «Bis jetzt hat mir das noch niemand gesagt. Alle lächeln und nicken nur und sagen, ich brauchte Ruhe. Ich erinnere mich, daß Richard mich nach Hause gebracht hat, aber kaum an das, was nachher passiert ist. Bin ich zusammengeklappt? Das kommt mitunter vor.»

«Ich weiß nicht, vielleicht. Als Sie Waylands Namen nannten, schienen Sie sehr erregt, als ob Sie ihn vor etwas oder andere Leute vor ihm warnen wollten. Sie sagten etwas wie: ‹Bleib weg, Richard!› oder ‹Geh weg, Richard!› Hat er Sie angegriffen?»

«Richard? Mich angegriffen?» Pinchman war verwundert. «Mein Gott, machen Sie sich nicht lächerlich! Er war die Freundlichkeit in Person. Er hat gemerkt, wie sehr ich mich über den Brief aufgeregt habe, und hat mir angeboten, mich nach Hause zu bringen.»

«Brief?» Stryker starrte ihn an.

«Ja, Sir. Er lag im Sekretariat in meinem Fach. *Ich habe gesehen, daß Sie den alten Mann umgebracht haben, und will Geld. Sonst sage ich es der Polizei.* Kurz, aber unmißverständlich. Guter, einfacher Satzbau – eine Eins für Klarheit.» Seine Stimme klang gepreßt.

«Hat Wayland den Brief gesehen?»

«Nein, er hat nur gemerkt, daß ich mich darüber aufgeregt habe. Hätten Sie doch auch getan, oder? Samstag früh war ich am Boden zerstört, dann sagten Sie, Aiken sei erstochen worden, und ich bildete mir ein, für mich sei die Sache gelaufen.

Dann kommt aus heiterem Himmel dieser Brief, und ich stecke wieder in der Klemme. Es war entsetzlich – als ob er noch lebte, um mich zu quälen.»

«Also Wayland hat Sie nach Hause gebracht. Was dann?»

«Er half mir in den Sessel und machte mir einen Kaffee. Ich hasse Kaffee, habe aber ein bißchen getrunken, um ihm einen Gefallen zu tun. Er sagte, er würde nach den Vorlesungen noch mal wiederkommen und nach mir sehen. Ich glaube, ich bin eingeschlafen. Ist er noch mal dagewesen?»

«Ich war da», sagte Stryker. «Haben Sie den Kaffee ausgetrunken, ehe Sie eingeschlafen sind?»

«Ich glaube nicht. Wie gesagt, ich hasse Kaffee und habe ihn nur für Gäste im Haus. Und Richard kann zwar ausgezeichnet mit Studenten umgehen, aber vom Kaffeekochen hat er absolut keine Ahnung. Er schmeckte grauenhaft.»

25

Liz Olson kam leise die Hintertreppe herauf, öffnete Kates Wohnungstür und streckte den Kopf hinein. «Kate», rief sie. Sie bekam keine Antwort, aber aus einem der Vorderzimmer drang Musik, und sie ging darauf zu. Als sie sich dem Durchgang vom Eß- zum Wohnzimmer näherte, sah sie plötzlich völlig reglose bloße Füße, und ihr Magen krampfte sich voller Angst zusammen. Sie rannte die letzten Schritte, sah Kate der Länge nach auf dem Fußboden ausgestreckt und schrie aus Leibeskräften.

Kate schrie ebenfalls und sprang entsetzt hoch. Sie starrten sich einen Moment mit aufgerissenen Augen an, dann ließ sich Liz auf den nächsten Kissenstapel fallen. «Mein Gott, ich habe gedacht, du bist tot.» Sie war so weiß wie der Schnee vor dem Fenster und zitterte heftig. «Gott, ich dachte, du wärst ermordet worden!»

«Und ich dachte, da kommt der Mörder», ertönte Kates Stimme von unten. Sie war wieder auf den Teppich gesunken. «Warum bist du nicht in der Uni?»

«War ich. Weißt du nicht, wie spät es ist?»

Kate sah verwirrt auf die Uhr. «Ich muß eingeschlafen sein.»

«Einen Drink...»

«Was?»

«Gib einer völlig erledigten Frau einen Drink», bat Liz.

«Wir können beidc einen brauchen. Es ist wirklich eine gemeine Art, jemanden zu wecken. Ist dir das klar?» knurrte Kate, stand auf und ging ins Eßzimmer. «Du hast dich angehört wie die Fünf-Uhr-Sirene bei General Motors.»

«Meine Mutter hat immer gesagt, ich sollte Opernsängerin werden.»

«Oder ein tragbarer Lautsprecher.» Kate kam zurück und drückte ihr ein Glas Gin-Tonic in die Hand. «Da. Komm zu dir!»

Einige Minuten lang herrschte einträchtiges Schweigen, dann brummte Liz: «Ich wünschte, du würdest das nicht tun.»

«Was?»

«Hier rumsitzen, als ob du darauf wartest, daß die Wände einstürzen.»

«So ist mir zumute.» In ihren Augen glänzten plötzlich Tränen. «Ach, Liz, langsam glaube ich wirklich, daß es Richard war. Wie ist so was möglich? Ich muß doch zu ihm halten, ihm vertrauen.»

«Warum?» fragte Liz bedrückt. «Wie bringt dieser Richard es eigentlich fertig, daß vernünftige Frauen sich seinetwegen wie Idioten benehmen? Das war schon immer so. Die Hälfte der Mädchen, die sich damals für die gemeinsame Sache eingesetzt haben, tat es seinetwegen. Und er hat es genau gewußt.»

«Nur weil er sich nie an dich rangemacht hat, brauchst...»

«Das hat er», sagte Liz. «Er hat es bei mir und allen anderen Frauen versucht, die ihm über den Weg gelaufen sind. Das geht bei ihm ganz automatisch, wie die Spucke, die einem im Mund zusammenläuft, wenn man jemanden eine Zitrone lutschen sieht.»

«Das hast du mir nie erzählt.»

Liz runzelte die Stirn. «Sag bloß nicht, daß es dich noch immer trifft.»

«Nein, natürlich nicht. Es wundert mich nur.»

«Gott, ihr seid doch alle gleich in diesem Seminar: du, Dan Stark, Jane Coulter. Ihr wollt einfach nicht wahrhaben, daß jemand, den ihr gern habt, schlecht sein kann.»

«Jane hat vorhin angerufen und gefragt, ob ich etwas von Richard gehört hätte.» Kate starrte an die Decke. «Sie hat mich gebeten, ihr sofort Bescheid zu geben, wenn er sich meldet.» Sie sah die Freundin an. «Ich glaube, sie hat ihn neulich abend wegrennen sehen. Und Jody hat ihn, glaube ich, auch gesehen.»

«Das meint die Polizei auch.»

«So?» Kate schien zu müde zu sein, um sich wirklich dafür zu interessieren. «Jane hat es nicht direkt gesagt, aber mehr oder weniger angedeutet. Wenn Richard tatsächlich aus meinem Zimmer gekommen ist und sie über den Haufen gerannt hat, könnte er gerade erst reingekommen sein, als es schon passiert war. Sie fragte, ob das nicht eine einleuchtende Erklärung sei.»

«Eine einleuchtende Erklärung dafür, daß er die Flucht ergriffen hat, anstatt Hilfe herbeizuholen?» fragte Liz sachlich.

Kate rieb sich die Schläfen. «Mein Kopf scheint aus drei Teilen zu bestehen, wie Gallien.» Sie seufzte. «Ich habe Richard mal geliebt, und Jane hat ihn unter ihre Fittiche genommen – er soll ihr Nachfolger werden, wenn sie in den Ruhestand geht. Jody bewundert ihn. Ist es nicht verständlich, daß wir ihn für unschuldig halten?»

«Kate, der Mann ist gefährlich. Vielleicht ist er ein Mörder. Du hast ihn schon während des Studiums in Schutz genommen und tust es immer noch. Es ist wie ein Kniesehnenreflex. Wir sind gegen ihn, du bist für ihn.»

«Ich möchte hören, was er zu sagen hat.»

«Die Polizei auch.» Liz betrachtete ihr leeres Glas und stand auf. «Ich habe einen Stapel Arbeiten zu korrigieren und einen Test vorzubereiten – kann leider nicht bleiben, um mich mit dir zu betrinken.»

«Das habe ich nicht vor.»

Liz sah zu ihr hinab. «Vielleicht täte es dir gut.»

Kate lauschte niedergeschlagen Liz' Schritten, die auf der Hintertreppe verklangen. Dann ging sie ins Badezimmer, um ein paar Aspirintabletten gegen die Kopfschmerzen einzunehmen. Bei der zweiten verschluckte sie sich und hustete noch, als das Telefon klingelte.

Ehe sie den Hörer abnahm, wußte sie bereits, daß es Richard war.

Es war bitter kalt geworden, und der Matsch hatte sich auf Bürgersteigen und Straßen in eine eisige Gefahrenstrecke verwandelt. Vom Fluß her wehte ein böiger Wind durch die Lücken zwischen den Häusern, hielt einen Augenblick inne, drehte, schnitt und drehte sich wieder mit frischer Schärfe. Kate zog den alten Lammfellmantel enger an sich und wünschte, sie hätte noch einen Pullover darunter angezogen, weil zwei Verschlüsse fehlten. Ihre Stiefel stießen an eine der gefrorenen Kanten, die in Schlangenlinien über das geschmackvolle, schwarz-weiße Mosaikmuster des Platzes vor dem Bürgerhaus führte. Es war die neueste Errungenschaft am Flußufer. Der Schnee war sorgfältig beseitigt worden, das Pflaster jedoch tückisch glatt. Vor ihr lag der hell erleuchtete Bau des ebenfalls neuen McDonald's, in dem sich kleine Figuren wie Marionetten bewegten. Welche von ihnen war Richard? Stand er vorn am Tresen oder saß er an einem der Tische? Es war voll. Woher kamen nur all die Leute? Es war nach elf, der Platz lag verlassen, die Straßen waren menschenleer, und doch wimmelte es in dem Glaswürfel wie in einem jener Ameisenhaufen, dessen Leben und Treiben man durch eine Glasscheibe betrachten konnte.

Als sie näher heranschlitterte, bemerkte sie, daß die Entfernung einen falschen Eindruck der Gäste vermittelt hatte. Einige in der Schlange waren gut gekleidet, vermutlich Bewohner der Apartmenttürme, die sich eine Stärkung holten, um sie beim Mitternachtsfilm zu sich zu nehmen. Aber die zerlumpten, über ihre Kaffeetassen gebeugten Männer suchten hier nur Wärme und die Illusion, in Gesellschaft zu sein. Lauter einsame Menschen.

Ein plötzlicher Windstoß wirbelte sie fast einmal um sich selbst, so daß sie den Platz wie durch ein Kaleidoskop sah. Verlassen – abgesehen von einem Auto an der anderen Seite, aus dem einige Männer stiegen. Auf dem schwarz-weißen Pflaster wirkten sie wie Figuren auf einem riesigen Schachbrett.

Sie stolperte die letzten fünfzig Schritte in den Wind hinein, der sie stützte. Als er sie an dem geschützten Eingang von McDonald's verließ, stürzte sie förmlich durch die Tür. Ein frischer Windzug begleitete sie. Eine heruntergefallene Serviette tanzte eine Sarabande, zwei Pommes frites, die den Putzfrauen entgangen waren, glitten hinterher. Die Tür fiel zu. Der Wind rüttelte ein paarmal vergeblich daran, ehe er es aufgab und nach neuen Opfern Ausschau hielt.

Atemlos lehnte sich Kate an einen der Tresen und ließ den Blick über die Menschen in der Schlange gleiten. Richard war nicht darunter. Sie zog die Handschuhe aus und stellte sich in die ihrer Ansicht nach kürzeste Schlange. Als sie an die Reihe kam, nahm sie einen Kaffee und einen Big Mac, ging damit nach oben und setzte sich an einen Tisch am Fenster, wo Richard sie leicht finden konnte. Sie hatte den Mund voll und bedauerte, daß sie den Mantel nicht ausgezogen hatte, als sich in der entgegengesetzten Ecke eine zusammengesunkene Gestalt erhob und zielstrebig auf sie zukam.

Erst als er sie fast erreicht hatte, wurde ihr klar, daß es Richard Wayland war. Er ging vorbei in Richtung Herrentoilette und flüsterte ihr aus dem Mundwinkel zu: «Setz dich da hinten in die Ecke!» Kurz darauf fiel die Tür der Toilette hinter ihm zu.

Sie saß ein paar Sekunden da, ehe sie weiterkaute, was sie im Mund hatte. Er sah schrecklich aus, als hätte er sich seit Tagen nicht rasiert, nichts gegessen und nicht geschlafen. Sie nahm ihre Sachen und trug sie an einen Ecktisch, der teilweise durch eine Pflanze verdeckt wurde. Sie roch ihn, ehe sie ihn kommen sah. Eine Wolke aus säuerlichem Angstschweiß und Whiskygeruch hüllte sie ein, als er sich am Ende der Polsterbank niederließ. «Hast du das Geld mitgebracht?»

«Alles, was ich zu Hause hatte. Rund dreiundneunzig Dollar. Verzeihung, einundneunzig, wenn ich das bezahlt habe.» Er sah auf den Big Mac und biß die Lippen zusammen. «Das kannst du dir nie verkneifen, oder?» Seine Hand schloß sich um das Geld, das sie aus der Handtasche nahm. Die Hand war grau von tiefsitzendem Schmutz. An einem Knöchel hatte er einen Schorf, der zu eitern begann. Als sie ihm ins Gesicht blickte, sah sie noch mehr Schmutz und einige Schrammen an den Wangen. Diese Zeichen von Gewalt und Nachlässigkeit erschütterten sie dermaßen, daß er seine Frage wiederholen mußte.

«Was ist mit deinem Gesicht passiert?» fragte er mit rauher, verschwommener Stimme.

«Weißt du das nicht?»

«Sollte ich?» Er war ganz damit beschäftigt, das Geld in einer Tasche zu verstauen.

«Richard, hast du getrunken?»

Er sah sie mit leerem Blick an. «Ja, ich habe getrunken», sagte er bedächtig, «und ich habe die Absicht, weiterzutrinken, bis ich voll bin. Dann kotze ich alles aus und trinke wieder. Was dagegen?»

«Ach, Richard...» Sie war traurig. «Warum?» Sie wünschte, sie könnte die Frage zurücknehmen, denn er würde sie beantworten, und sie wollte es eigentlich gar nicht wissen. Er war ein Fremder, in die Welt gekommen in der Zeit, die zwischen dem lag, was er einmal gewesen war, und dem, was er jetzt zu sein schien. Ein Kriegskind, geboren in Vietnam... die Zeit, über die zu sprechen er sich stets geweigert hatte. Sein Geheimnis. Er hatte sich darüber lustig gemacht. Jetzt wußte sie, daß sein Lachen lediglich ein Schutz gewesen war.

«Warum? Weil ich ein Mörder bin. Behaupten doch alle. Hast du mein Gesicht nicht in sämtlichen Zeitungen gesehen? Ich wollte immer berühmt werden, Kate. Das weißt du doch, oder? Wir haben oft darüber gesprochen.» Er war den Tränen verdächtig nahe. «Wäre das für dich kein Grund zum Trinken?»

«Du warst seit Montag von der Bildfläche verschwunden.»

«Nein, war ich nicht. Ich hab die ganze Zeit in meiner Gesellschaft verbracht und wußte jede Minute, wo ich war.»

«Und Mittwoch abend? Wo warst du Mittwoch abend?»

Er sah sie an, versuchte krampfhaft, seinen Blick und seine Gedanken zu konzentrieren. «Mittwoch abend... ich weiß genau, wo ich Mittwoch abend war... Mittwoch abend war ich... in... einer Bar.» Er grinste albern und triumphierend, weil er sich schließlich doch noch etwas aus den Fingern gesogen hatte.

Kate sah ihn fassungslos an. Erinnerungen traten zwischen sie und das verschwommene Gesicht: Richard, der einen Drink ablehnt, weil er angeblich allergisch gegen Alkohol ist, Richards Wochenendausflüge zum Angeln, obwohl er Fische immer gehaßt hat, geplatzte Verabredungen, ein graues Gesicht am Morgen, weil er angeblich wegen Migräne die ganze Nacht kein Auge zugetan hat.

Richard Wayland war Alkoholiker.

War das auch der Grund für sein Verhalten am letzten Freitag gewesen? Als sie zur Toilette ging, blieb er knurrend am Tisch zurück, als sie zurückkam, stand er mit strahlender Miene an der Bar. Hatte es da schon angefangen? Später war er ohne ersichtlichen Grund plötzlich wieder schlecht gelaunt gewesen. Er hatte behauptet, es sei wegen Aikens Sticheleien. War es das Verlangen nach Alkohol gewesen? War er, nachdem er ihre Wohnungstür hinter sich zugeknallt hatte, zu Aiken oder in die nächste Bar gegangen?

«Richard, hast du Aiken Freitag abend gesehen?»

«Klar. Du doch auch.» Sein Blick war verschlagen. Siehst du, schien er zum Ausdruck zu bringen, so schnell legst du mich nicht rein.

«Ich meine, nachdem du von mir weggegangen bist.»

«Ja. Ich habe mich vor Lachen nicht halten können, als ich ihn da wie eine Schaufensterpuppe liegen sah.»

«Bist du noch mal in die Uni gegangen?»

Sein Blick wurde wieder verschlagen. «Bin ich?»

«Hast du Aiken ermordet?» Sie mußte ihn danach fragen.

«Ich glaube nicht», sagte er ernst, «obwohl ich es vorhatte. Die Idee stammt aus einem deiner Bücher. Teuflisch raffiniert, ganz gerissen. Aber ich glaube nicht, daß ich es getan habe.» Aus irgendeinem Grund fand er das komisch. Unterdrücktes Lachen schüttelte ihn. «Pssst», sagte er und sah sich um. «Mach hier keine Szene, Kate.»

Kate beherrschte sich. War das die Wahrheit, oder ging die

Phantasie mit ihm durch? Wenn er seit Montag getrunken hatte, mußte er hoffnungslos durcheinander sein. «Und wie ist das mit Edward?»

«Edward?»

«Hast du ihn am Montag nach Hause gebracht?»

«Natürlich. Edward ist ein netter alter Kerl. Er hat keine Beine, Kate. Armes altes Schwein. Keine Beine, um darauf zu stehen.» Wieder diese unterdrückte Heiterkeit. «Ich habe ihn nach Hause gebracht. Weißt du, er hatte nicht die Absicht, Aiken umzubringen. Aber er war völlig erledigt und wollte seine Tablette nicht nehmen. Da hab ich sie ihm in den Kaffee getan.»

«Du hast ihm Tabletten in den Kaffee getan?»

Er richtete sich auf. «Nur eine – ich bin doch nicht blöd. Mit Tabletten kenne ich mich aus. War doch nicht umsonst Sanitäter in Vietnam. Das arme alte Schwein brauchte ein bißchen Schlaf. Dazu hab ich ihm verholfen. Ich bin ein guter Kerl, ist dir das eigentlich klar? Wirklich ein guter Kerl.»

«Richard – bist du Mittwoch in der Uni gewesen, um Aikens Manuskript zu holen?»

«Was für ein Manuskript?»

«Ich weiß nicht viel darüber. Anscheinend hat Aiken ein Buch über die Kavallerie geschrieben. Was immer das sein mag.»

«Die Kavallerie?»

«Ich weiß nicht genau. Ich hab nur ein Wort des Titels gesehen, und das Papier lag verkehrt rum. Ich wollte es Dan bringen, aber dem ist ein Ohr abgeschnitten worden.»

«Ein Ohr?» Er wiederholte einige Worte wie ein Papagei und starrte sie unverwandt an. «Dan ein Ohr abgeschnitten?»

«Bist du in der Uni gewesen?»

Er nickte. «Ich mußte ihn davon abhalten, Kate. Ich konnte nicht zulassen, daß er sich mit fremden Federn schmückt.»

«Redest du von dem Manuskript? Soll das heißen, er hat was von dir geklaut?» An diese Möglichkeit hatte sie noch nicht gedacht. «Aiken hat sich deine Arbeit unter den Nagel gerissen? Über Whitman und den Bürgerkrieg? Hat Edward darüber gesprochen?»

«Unter den Nagel gerissen? Was soll das heißen?» Richard

hörte sich plötzlich völlig nüchtern an. «Er hat sich bei mir bedankt, erinnerst du dich nicht? Er hatte die Unverfrorenheit, sich im Wagen bei mir zu bedanken und zu sagen, meinetwegen würde er berühmt werden. Es ist meine Schuld.» Er begann zu weinen. «Es ist alles meine Schuld. Ich hätte nie gedacht, daß er so weit gehen würde.»

«Daß er sich etwas unter den Nagel reißen würde?»

«Bist du deswegen verletzt worden? Weil du es gelesen hast? Und Dan? Arme Jane! Alles meine Schuld. Ihr müßt mich hassen, dabei habe ich das alles gar nicht gewollt.»

Solange er nicht nüchtern war, würde sie nie die Wahrheit erfahren. «Komm, laß uns nach Hause gehen», sagte sie und stand auf. Sie faßte ihn am Arm und fand ihn erstaunlich fügsam. Er erhob sich unbeholfen, aber bereitwillig, und ging mit ihr, noch immer ein freundliches Lächeln auf dem schmutzigen, unrasierten Gesicht.

«Du bist mir doch nicht böse, Kate, oder?»

«Nein, Richard, überhaupt nicht. Wir gehen jetzt zu mir. Du legst dich in die Badewanne, und ich mache einen Kaffee.»

«Trink einen Kaffee mit mir», kicherte er. «Meinst du, es ist Platz für uns beide?» Dann schüttelte er sich vor Lachen. Als er die Treppe hinuntertaumelte, drehten die Gäste sich teils amüsiert, teils mißbilligend nach ihm um. Kate hatte noch nie zuvor einen Betrunkenen geführt und fand es ebenso schwierig, wie ein Stück Schnur zu schieben. Sie brachte ihn zur Tür und schob ihn vor sich hinaus. Sein Körper zuckte zusammen, als der kalte Wind ihn traf.

«Schon gut, Kate. Das Weitere übernehmen wir.»

Männer, die nach dem hellen Licht im Lokal noch düsterer erschienen, umzingelten sie in der Dunkelheit. Einen riesigen Schatten – Sergeant Toscarelli – erkannte sie an der Stimme. Daneben war eine kleinere Gestalt, die Hände in den Taschen vergraben, die Beine gegen den Wind gestemmt. Stryker.

«Sie müssen ihn anhören ...» begann sie, doch Richard drehte sich zu ihr um. Seine Fröhlichkeit war verflogen. «Du Drecksau!» Er rannte.

Darauf waren sie nicht gefaßt gewesen. Er hatte sich von einer

Sekunde zur anderen von einem durchhängenden Clown in einen wilden Mann verwandelt. Der Wind, der einen verwandten Geist in ihm erkennen mochte, spielte mit, indem er ihnen wütend einen kräftigen, mit Hagelkörnern beladenen Stoß entgegenschleuderte.

Von oben mußte es sehr komisch gewirkt haben, denn der Wind wurde so stark, daß sie nur mit Mühe über den freien Platz dagegen ankämpfen konnten. Richard hingegen war durch seinen raschen Start im Vorteil. Er lief vor dem Wind, der um die auseinandergerissene Gruppe von Polizisten pfiff. Wie ein ausgelassenes Kind seinen Puppenwagen, schob und stieß er sie hierhin und dorthin. Das Eis unter ihren Füßen machte sie zu Schlittschuhläufern, Tänzern und Clowns. Einen Augenblick später waren sie verschwunden. Über dem fröhlichen Pfeifen des Windes, der sich vom Platz zum nächsten Gebäude erhob und Anstalten machte, die Antenne herunterzureißen, war nur noch das Echo vereinzelter Schreie und Rufe zu hören.

«Sie sind mir gefolgt», sagte Kate mit ausdrucksloser, erstickter Stimme. «Sie haben mich beobachtet und sind mir gefolgt.»

«Wir haben damit gerechnet, daß er sich an Sie wendet.» Strykers Stimme war ebenso ausdruckslos, er selbst stand noch immer im Schatten.

«Natürlich.» Ein breites, leeres Lächeln trat auf ihr Gesicht. «Wem sollte er sonst vertrauen?»

Der Wind war seiner Spiele plötzlich überdrüssig geworden. Auf dem verlassenen Platz herrschte jene Stille, die einer Explosion folgt. Leer und abwartend. In der Ferne hörte sie eine Autohupe, Rufe, einen Frachter, der sich dröhnend den Weg zum See bahnte. Die Kälte schien in der plötzlichen Stille noch bitterer zu sein, und sie hatte das Gefühl, daß alles zu Eis erstarrte.

Sie selbst auch.

26

Sie hatten sie nicht daran gehindert, den Platz zu verlassen. Nachdem sie ihnen als Köder gedient hatte, wurde sie nicht mehr gebraucht. Sie war frei, wie sie immer gewesen war, und erinnerte sich daran, daß Richard ihr einen Blick voller Angst und Enttäuschung zugeworfen hatte. Sie wußte, daß sie nach Haus gefahren war, denn da war sie nun. Sie hatte sich völlig leergepumpt gefühlt und war trotzdem noch lange nach Mitternacht hellwach. Der Wind hatte sich zu einem unaufhörlichen Tosen gesteigert und heulte durch die kahlen Äste der Bäume zu beiden Seiten der Straße. Im Autoradio war ein Schneesturm aus Norden angekündigt worden. Von Neuschnee war noch nichts zu merken, aber der unsichtbare Wind ließ das Haus beben.

Als es an der Tür klingelte, zuckte Kates Herz wie ein Fisch an der Angel. Sie ging ans Fenster, rieb mit alkoholerfülltem Atem die Scheibe frei und sah hinaus. Unten stand eine bekannte Gestalt, die von oben gedrungener erschien, die Tweedkappe bis an die Nase gezogen, und stampfte mit den Füßen.

«Scheren Sie sich zum Teufel!» schrie Kate so laut, daß er es durch das Fenster hören mußte. Er hob den Kopf und sah sie verschwommen hinter der Scheibe. «Machen Sie auf, ich muß mit Ihnen sprechen.»

«Nein», sagte sie, drückte aber auf den Knopf, um die Haustür zu öffnen. Dann lief sie zurück ins Wohnzimmer, kniete sich mit dem Gesicht zur Wand auf ein Kissen und fuhr sich mit dem Ärmel ihres abgetragenen Bademantels über das Gesicht. Sie hörte ihn langsam die Treppe heraufsteigen. Er kam ein paar Schritte herein und blieb stehen.

«Wo sind denn Ihre Möbel?»

«Ich habe keine, und ehe Sie auf meinen handgeknüpften Sechstausend-Dollar-Teppich treten, ziehen Sie sich bitte die Schuhe aus.»

Stryker ging zurück in die Diele, streifte die nassen Schuhe von den Füßen und tapste zurück, um sich Kate in ihrem Wohnzimmer anzusehen. Der Anblick erinnerte ihn an die Raupe auf dem Pilz in *Alice*. Er wünschte, er wüßte, wie er sich verhalten sollte, um Eindruck auf sie zu machen. Elender hätte ihm nicht zumute sein können. Der Raum war groß und, abgesehen von den Kissen und einem Stereoturm, völlig leer. Der weiche, gekräuselte Teppich hatte die Farbe eines von der Sonne verbrannten Weizenfeldes. «Ein schöner Teppich», sagte er tastend. «Er hält die Füße warm.»

«Haben Sie ihn gekriegt?»

«Nein, er ist uns durch die Lappen gegangen.»

«Und jetzt sind Sie hier, um auf ihn zu warten.»

«Nein, was er auch tun mag – hierher kommt er garantiert nicht.»

«Ein Glück.»

«Kate, es tut mir leid. Ich habe Sie beobachten lassen. Es war die einzige Möglichkeit. Das müssen Sie doch verstehen. Wollen Sie mich nicht ansehen?»

«Ich möchte Sie am liebsten von hinten sehen.»

«Wieviel Geld haben Sie ihm gegeben?»

«Etwa neunzig Dollar.»

«Damit kann er sich eine Weile betrinken.»

Er schwieg so lange, daß sie sich schließlich umdrehte und ihn ansah. Er hatte sich im Schneidersitz mitten auf den Teppich gesetzt. Sein Kragen war halb unter, halb über dem Pullover, der Schal hing ihm auf den Schoß. Er stützte die Ellbogen auf die Knie und das Gesicht in die spitzwinklig zusammengelegten Hände. Seine Augen waren geschlossen, als meditiere er. Aber sie glaubte nicht, daß er es tat. «Wenn Sie nicht damit rechnen, daß Richard herkommt – was wollen Sie dann hier?» fragte sie mit vibrierender Stimme.

«Mit Ihnen über Richard Wayland sprechen. Wann hat Adamson ihn verleitet?»

Kate fühlte sich ausgelaugt und nicht mehr in der Lage, sich selbst oder Richard zu verteidigen. Plötzlich war ihr klar, daß Stryker erst gehen würde, wenn er wußte, was er wissen wollte. Wenn sie noch ein bißchen Energie gehabt hätte, wäre sie über ihn hergefallen, aber so sank sie einfach auf das nächste Kissen und weinte.

Stryker, der sich abscheulicher fühlte als je zuvor, saß ganz still und wartete darauf, daß sie aufhörte. Sie hatte die kleinen, nackten Füße angezogen und den lockigen Kopf gesenkt, so daß ihr Nacken zu sehen war. Sie wirkte wie eine Neunjährige. Als sie die Schluckaufphase erreichte, ging er in die Küche und kam mit einer Handvoll Papiertücher zurück, da am Ärmel kein Stückchen Stoff mehr trocken war. «Erzählen Sie es mir», sagte er leise. «Oder hören Sie einfach zu. Ich glaube, ich blicke jetzt ganz gut durch. Bei einem Dreiecksverhältnis ist es fast immer die gleiche Leier.»

«Nur die Geschlechter sind anders, um die Unschuldigen zu zerstören?» fragte sie mit erstickter Stimme.

«Ist das nicht ein bißchen melodramatisch?»

«Es war melodramatisch, das ist ja gerade der springende Punkt. Es war schrecklich. Ich war siebzehn, Richard neunzehn. Wir hatten keine Ahnung und konnten es überhaupt nicht richtig fassen.»

«Ich dachte, Adamson hätte die Hände von seinen Studenten gelassen.»

«Hat er auch, aber bei Richard konnte er sich wohl nicht beherrschen. Richard hat ihm damals geholfen, seine umfangreiche Mythologiensammlung zu katalogisieren. Eines Abends, als es sehr spät geworden war, hat Aiken ihn zum Essen und anschließend zu sich nach Hause eingeladen. Dort hat er ihn betrunken gemacht, und dann ist es passiert. Die alte Geschichte, nicht wahr?» Sie sah zum Fenster hinüber, dessen Haken im Wind klapperte. «Wissen Sie noch, wie naiv wir waren, als im Herzen von Amerika das Wort *gay* noch fröhlich bedeutete? Ich wußte nicht, wie ich ihm helfen sollte. Ich hatte keinen blassen Schimmer. Als er es mir erzählte, habe ich mich übergeben. Können Sie sich vorstellen, was das für ihn bedeutet hat?» Ihre Stimme geriet außer Kontrolle.

«Beruhigen Sie sich», murmelte Stryker.

Sie holte tief Luft. «Richard wußte auch nicht, was er tun sollte. Er hat die Arbeit bei Aiken natürlich hingeschmissen, und Aiken hat es akzeptiert.»

«Richard hätte ihn um Amt und Würden bringen können.»

«Das war ihm damals nicht klar. Aiken war ein hohes Tier,

und wir waren nur Kinder. Richard wußte lediglich, daß er mitgemacht und sich gar nicht gewehrt hat – daß es ihm sogar... Spaß gemacht hat. Deshalb kam er zu der Überzeugung, homosexuell zu sein.» – «Ziemlich drastisch.»

Sie sah fast flehend zu ihm auf. «Nachdem er es mir erzählt hatte, konnte ich kaum noch ertragen, daß er mich berührte. Wir haben versucht, zusammen zu schlafen, aber es klappte nicht. Er war impotent und behauptete, das sei der Beweis.»

«Blödsinn!»

«Natürlich. Jetzt weiß ich das auch. Aber damals war ich siebzehn und hatte noch keinen außer Richard gehabt. Ich wußte nicht, was ich tun sollte, damit er sich wieder als Mann fühlte. Ich kannte auch keine Tricks, um sein Verlangen nach mir zu wecken. Ich fühlte mich häßlich und dumm und kam mir wie eine seelenlose Puppe vor.»

«Deswegen hat er Richard fünfzigtausend und Ihnen zehntausend vermacht. Er hatte Ihnen beiden Kummer bereitet. Ich habe mir schon so was gedacht.»

«Er hat uns Geld vermacht?» fragte sie erstaunt.

«Ja. Ich wußte nicht recht, ob er eine alte Schuld damit begleichen wollte oder ob es ein Trostpflaster für etwas Aktuelles ist. Eine alte...? Die beiden haben doch nicht...?»

«Nein. Nur das eine Mal. Ich habe mich immer gewundert, daß Richard hierher zurückgekommen ist, obwohl er genau wußte, daß er Aiken treffen würde.»

Wayland ist zurückgekommen, weil Stark der einzige war, der ihm mit seinem Alkoholproblem, das aus den Entlassungspapieren hervorging, eine Chance geben würde. Er ist aufgrund eines psychiatrischen Gutachtens entlassen worden, weil er sich ständig betrunken und in den einschlägigen Bars von Saigon Schlägereien vom Zaun gebrochen hat. Der Sachverständige war der Ansicht, Wayland wollte ein länger zurückliegendes Erlebnis abreagieren. Als ich das gelesen habe, schien mir der Rest auf der Hand zu liegen, aber mir ist immer noch nicht klar, was am Freitag eigentlich der Auslöser war.»

«Es gab keinen Auslöser, weder am Freitag noch an irgendeinem anderen Abend», sagte Kate bestimmt.

Stryker sah sie mitleidig an. «Er hat zugegeben, daß er zurückgegangen ist und daß er gelacht hat, als er ihn da liegen sah.»

Sie riß die Augen auf. «Woher wissen Sie das?»

«In der Nische neben Ihnen haben zwei Beamte gesessen – Casey und Grabowski. Da die beiden sich nicht ausstehen können und nicht miteinander reden, ist es ihnen nicht schwergefallen, Ihre Unterhaltung mitzuhören.»

«Die waren eigens da, um uns zu bespitzeln?»

Stryker seufzte schwer. «Kate, Sie mögen Richard Wayland so vertrauen, daß Sie Ihre Hand für ihn ins Feuer legen würden, aber ich bin Kriminalbeamter und traue niemandem, schon gar nicht einem Säufer, der Sie vielleicht schon einmal überfallen hat. Die beiden waren da, um Sie zu schützen... Falls Wayland es auf Ihr anderes Auge abgesehen hatte.»

Zu sehen, daß sie blaß wurde, bereitete ihm keine Genugtuung. Offenbar hatte sie diese Möglichkeit nie in Betracht gezogen. Aber jetzt tat sie es. «Ich... verstehe.» Ihre Finger berührten den Schnitt am Backenknochen. «Aber er hat mich gefragt, wie das passiert ist. Er wußte es nicht.»

«Soso... Weswegen ist er am Freitag noch mal zurückgegangen? Wegen dieses ominösen Manuskripts?»

«Am Freitag war es noch gar nicht da.»

Er war einen Moment verdutzt. «Ach ja, stimmt. Dann... Verdammt... Natürlich, das Insulin. Aber wenn er auf dem Weg noch ein paar gekippt und ihn auf dem Fußboden gefunden hat...»

«O nein», wimmerte Kate.

«Kate, er hat in Vietnam Homosexuelle zusammengeschlagen, wenn er betrunken war. Wenn er Freitag abend betrunken war und den Homosexuellen, den er am meisten haßt, hilflos zu seinen Füßen sah... Mit einem guten Nervenarzt und einem guten Anwalt könnte er auf vorübergehende Unzurechnungsfähigkeit plädieren. Pinchman hat einen Schatten gesehen und Gelächter gehört.»

Sie gab ein würgendes Geräusch von sich und hielt abwehrend die Hand hoch.

«Sie sind sich nicht mehr sicher, oder?» fragte Stryker.

Sie schüttelte den Kopf, wich aber seinem Blick aus. Eine Träne fiel auf ihr Knie. Sie schlug immer und immer wieder mit der Hand darauf.

Er griff in die Tasche und holte sein Zigarrenetui heraus. «Stört es Sie, wenn ich rauche?»

«Ich denke, Sie sollen nicht rauchen.»

Er machte ein angewidertes Gesicht. «Fangen Sie nicht auch noch an.» Er zündete sich die Zigarre an, schnitt eine Grimasse und ging in die Küche, um den Abfalleimer zu suchen. Kate hörte ihn fluchen.

«Was ist denn los?»

«In Ihrem Geschirrbord sitzt eine Katze. Ich habe gedacht, sie wäre aus Porzellan, und bin zu Tode erschrocken, als sie sich plötzlich bewegte.»

«Das ist nur Hodge. Er tut Ihnen nichts.»

Stryker kam zurück. «Samuel Johnsons Katze hieß auch Hodge.»

«Das hat er mir erzählt.»

«Es ist der größte Kater, den ich je gesehen habe. Was wiegt er?»

«Einundzwanzig Pfund, ohne Schuhe.»

«Ein Ungetüm.» Er setzte sich wieder. «Können Sie sich seinetwegen keine Möbel leisten?»

«Nein, deswegen.» Sie deutete auf den Teppich. Sie wollte zugänglich sein. Nach kurzem Zögern sagte sie: «Ihre Spitzel ... Haben sie Ihnen erzählt, daß ich Richard nach dem Manuskript gefragt habe?»

«Ja, das haben sie.»

«Und was er geantwortet hat? Daß alles seine Schuld sei? Ich glaube, das hat er nicht so gemeint. Ich glaube ...»

«Kate, hören Sie auf! Hören Sie auf, in den Worten eines Betrunkenen krampfhaft nach einem Sinn zu suchen. In diesem Fall ist mir eine Menge aufgetischt worden, das keinen Sinn ergibt. Für Angehörige eines englischen Seminars stellen Sie sich bezüglich klarer Ausdrucksweise alle miteinander ein ziemliches Armutszeugnis aus.»

«Haben Sie das Manuskript denn nicht gelesen?»

«Das Manuskript ist verschwunden, als Stark und Sie überfallen wurden. Wußten Sie das nicht?»

«Nein. Hat der Mörder...» Sie machte eine Pause. «Hat er Aikens Zimmer deswegen durchwühlt? Haben Sie nicht gesagt, er hätte das nur getan, um einen Diebstahl vorzutäuschen?»

«Langsam komme ich zu der Ansicht, daß ich mich getäuscht habe.» Er lächelte ihr zu. «Ich hoffe, Sie wissen das zu schätzen. So was haben noch nicht viele Leute von mir zu hören bekommen.»

«Wenn Sie wissen wollen, was in dem Manuskript steht – warum fragen Sie dann nicht die Frau, die es getippt hat?»

«Weil ich sie nicht finden kann. Die Nachbarn sagen, sie wohnt bei ihren Eltern, solange ihr Mann im Krankenhaus liegt, aber sie wissen nicht, wie die Leute heißen. Pinsky klappert die Krankenhäuser ab und sucht den Mann.» Er stand auf. «Sind Sie sicher, daß es Kavallerie und nicht Kalvarien hieß?»

«Kalvarien?»

«Stark hat nur gestammelt... Kaval... Kalva... Das hat mich stutzig gemacht.»

«Bei den beiden Worten kommen viele ins Schleudern.»

«Ein Mann wie Stark wohl kaum. Hat Wayland nicht einen Kurs über die Bibel?»

«Ja. Alle andern gelegentlich auch. Bis jetzt hat noch niemand den Beweis erbracht, daß Abel von Kain erschlagen wurde. Ich meine...»

«Hören Sie auf!»

«Womit?»

«Vom Thema abzulenken. Das tun Sie alle, und genau das ist einer der Punkte, der mir den letzten Nerv raubt.» Er hielt in seinem Hin- und Herlaufen inne und sah sie an. «Einer der Punkte.»

«Und was ist mit dem Flieder?»

«Das ist ein weiterer Punkt», gab er zu, ohne den Blick von ihr zu wenden. «Ich meine, Sie sollten ins Bett gehen. Sie sehen erbärmlich aus.»

«Ist das ein Angebot?»

«Nein. Dann hätte ich gesagt, wir sollten ins Bett gehen, und

Sie sähen hinreißend aus. Verstehen Sie den Unterschied?» Sein Blick war noch immer auf sie gerichtet, aber sie sah es nicht. «Hatte er einen Agenten?» fragte er.

«Wer?»

«Adamson.»

«Möglich. Dan müßte es wissen.»

«Schön, vielen Dank.»

«Vielleicht auch sein Anwalt. Oder sein Verleger.»

Er nickte. «Ich werde es überprüfen. Gehen Sie ins Bett.»

«Sobald Sie weg sind.»

«Warum? Haben Sie Angst, daß ich Ihr Silber stehle?»

Sie sah ihn verwirrt an. «Warum sind Sie hier?»

«Draußen ist es kalt.»

«Sie wollen nicht gehen, stimmt's?»

«Auf dem Teppich schläft es sich bestimmt gut.»

«Aber warum...?»

«Ich möchte mich mit Ihrem Kater über Johnson unterhalten.» Er legte Kissen aufeinander. «Gehen Sie ins Bett!»

Sie stand auf, ging davon und drehte sich noch einmal um. «Sind Sie hier, weil Sie glauben, Richard könnte herkommen?»

«Nicht direkt. Eigentlich deshalb, weil ich keinen blassen Schimmer habe, was er tun wird. Genausowenig wie ich weiß, was Sie als nächstes tun werden. Und ehe ich durch die ganze Stadt zu meiner Wohnung gefahren bin, ist es Zeit zum Aufstehen. Haben Sie kein Herz, keine Seele?»

«Gute Nacht», sagte sie und ging. Sie war zu müde, um mit einem Verrückten zu streiten.

27

Das Buch war leer.

Er hatte es hinausgeschoben, die Vorfreude ausgekostet. Für nichts. Der Wächter fluchte und legte es an seinen Platz zurück. Zwei Tage waren vergangen, und keine weitere Zahlung. Einen Tag würde er noch zugeben. Wenn das Geld dann nicht da war, würde er die Daumenschrauben anziehen.

Er grinste.

Vielleicht hatte sein Opfer heute oder gestern hier gesessen und das Buch im Auge behalten, um zu sehen, wer es vom Regal holte. Diese Reihe rührte normalerweise niemand an. Sie war total verstaubt. Ziemlich langweiliges Thema, vermutete er. Aber für seine Zwecke ideal.

Bei der ersten Zahlung war alles wie geschmiert gegangen. Der Trottel hatte das Geld tagsüber hingelegt, und er hatte es abends abgeholt. Kein Kontakt, keine Gefahr. Aber diese erste Zahlung war nur ein Taschengeld, lediglich ein Versuchsballon gewesen. Jetzt wartete er auf das dicke Geld.

Sein grinsendes Gesicht verwandelte sich in eine verbissene Grimasse.

Na schön, dachte er. Ich werde warten.

Aber nicht ewig.

28

Zweitausend Meilen nördlich zog eine breite Kaltluftfront stetig über die weiten Flächen Kanadas nach Süden. In der hohen, weiten Dunkelheit folgten riesige, mit Eispartikeln beladene Gewitterwolken. Sobald die Front von der kalten Tundra in die etwas wärmeren, bewaldeten Regionen von Saskatchewan und Nordontario gelangte, begannen sich die Eispartikel in den Wolken zu verbinden und zu kunstvollen sechseckigen Kristallen zu verschmelzen, die unendlich vielseitig, zart und leichter waren als die Luft.

Als die Kaltfront die Great Lakes überquerte, vermochte die rasende Kraft des Hochdruckwindes die Schneeflocken, in die sich die Eiskristalle verwandelt hatten, nicht mehr zu halten. Der Sturm begann, sich seiner Last zu entledigen.

Kurz nach sieben Uhr am Samstagmorgen begannen die ersten Vorboten der Flocken am Stadtrand auf die mit altem Schnee bedeckten Rasenflächen von Grantham Hall zu fallen. Die Dunkelheit der Nacht ging kaum wahrnehmbar in die Dunkelheit der Dämmerung über, die nie wirklich zum Durchbruch kam, weil Wolken sich vor den Himmel schoben. Die Temperatur sank von knapp über dem Gefrierpunkt auf etwa minus achtzehn Grad Celsius und ließ sie jeder Kreatur, die gegen den Sturm ankämpfte, noch tiefer erscheinen. Vögel verschwanden unter Dachrinnen, Hunde und Katzen liefen nach Hause oder suchten sich einen Unterschlupf, in dem sie sich zusammenkauern konnten. Der Wind heulte triumphierend. Jetzt endlich führte er das Regiment.

Stryker erwachte auf dem goldenen Teppich und wußte, wer Adamson umgebracht hatte.

Radio und Fernsehen hatten Sturmwarnungen durchgegeben, doch auf den Straßen herrschte reger Verkehr, vor allem in der Nähe der Supermärkte. Stryker verzog das Gesicht, als er an dem dicht bei Kates Wohnung gelegenen Geschäft vorbeifuhr. «Schnell, laßt uns die Regale füllen, ehe die Hamsterer zuschlagen», sagte er. Es war einer der Lieblingssprüche seines Vaters gewesen.

Plötzlich mußte er einer Frau ausweichen, die blind von der Bordsteinkante auf die Straße trat, weil die großen braunen Tüten in ihren Armen ihr die Sicht nahmen. Sie kam kaum aus dem Tritt, aber er stieß beinahe mit einem Bäckerwagen zusammen, der mit einem Satz vorwärtsschoß, als seine im Schneematsch durchdrehenden Reifen unvermittelt griffen.

Auch andere Warnungen waren durchgegeben worden.

Er hatte im Flüsterton in Kates Telefon gesprochen, weil er sie nicht wecken und auch keine Erklärungen abgeben wollte. Noch nicht. Als erstes fuhr er zum Polizeihaus.

Auch das Krankenhaus schien die Lager zu füllen und Vorsorgemaßnahmen zu treffen. Es schwirrten mehr Schwestern und mehr Hilfspersonal in blauen Kitteln herum als an einem gewöhnlichen Samstagmorgen. Männer in weißen Wettermänteln räumten bereits den Schnee von den Buchten der Krankenwagen und streuten reichlich Salz. Holzsperren säumten die Zufahrt, um zu verhindern, daß Fahrzeuge sich in die Einfahrt für Notfälle verirrten. Später würden die Opfer eingeliefert werden: Beinbrüche, Herzanfälle, alte Leute mit Unterkühlung, Prellungen und schwere Verletzungen von Auseinandersetzungen, die in der Isolation des Unwetters vom Zaun gebrochen wurden.

Stryker fand Tos vor Starks Zimmer. «Hast du die Leute postiert?»

«Zwei auf diesem Stock und zwei auf Pinchmans, alle wie Hilfspersonal gekleidet. Vier laufen in Weiß als Ärzte und vier Beamtinnen als Schwestern rum. Schneit es noch?»

«Ja, und es wird noch schlimmer werden.»

«Was ist mit Neilson und Pinsky? Wo stecken die?»

«Ich habe Pinsky nach Hause geschickt. Eins seiner Kinder ist krank.»

«Hat er die Frau gefunden, die das Manuskript getippt hat?»

«Ja, im St. Mary Ignatius Hospice am Bett ihres Mannes. Es hat sich rausgestellt, daß er Krebs im fortgeschrittenen Stadium hat und nicht mehr lange leben wird. Sie ist auch in ziemlich schlechter Verfassung.»

«Das ist ja schrecklich.»

Stryker hatte eine hektische Stunde im Polizeihaus verbracht, um alles zu organisieren. «Pinsky sagt, sie hat nicht viel Vernünftiges von sich gegeben, aber in einem Punkt ist sie sich sicher: Die Krankheit des Mannes ist die Strafe dafür, daß sie Adamsons Manuskript getippt hat. Damit hat sie – wie sie Pinsky erklärte – den Teufel ins Haus geholt. Wenn ihr Mann stirbt, will sie ins Kloster gehen und für ihre Sünden büßen.»

«Worum geht es denn in diesem verfluchten Manuskript überhaupt?»

«Angeblich enthält es den Beweis, daß Jesus nicht am Kreuz gestorben, sondern mit Anna Magdalena durchgebrannt ist und irgendwo in Frankreich mit ihr zusammengelebt hat. Dort gibt es eine Art Sekte, deren Mitglieder behaupten, direkte Nachfahren dieser Verbindung zu sein.»

«So was ist doch Schwachsinn!» Tos war im Innersten seines katholischen Herzens getroffen.

«Vielleicht. Davon verstehe ich nichts. Aber Adamsons Agentin sagt, er hätte da ein wirklich heißes Eisen angefaßt. Die Sache würde mehr Wirbel machen als das Bermuda-Dreieck. Sie möchte wissen, wo das Manuskript ist. Sie kennt nur eine Zusammenfassung der ersten beiden Kapitel, die er ihr schon vor Monaten geschickt hat, und der Verleger schreit nach dem Rest. Nachdem ich Adamsons Tagebuch gelesen habe, kann ich mir vorstellen, daß er tatsächlich ein heißes Eisen angefaßt hat. Du nicht auch?»

«Und deswegen ist er umgebracht worden?»

«Ich glaube ja. Aber ich habe keine Beweise dafür.»

«Wo ist Neilson?»

«Der hat was für mich zu erledigen.» Er warf einen Blick auf die Tür. «Wie geht's Stark heute?»

«Wesentlich besser. Willst du mit ihm sprechen?»

«Natürlich. Und danach mit Pinchman.»

Der Schnee fiel nicht nur zeitweise, sondern unaufhörlich in dikken Flocken. Vom Wind getrieben, blieb er an Wänden und Bäumen ebenso wie auf dem Boden haften und zog wie ein Fluß durch die Straßen, trieb um die Ecken, stieß mit anderen Flokken zusammen und stieg in Wirbeln auf.

Das Krankenhaus war hell erleuchtet. Auf der anderen Seite des Hofes sah Stryker eine Schwester und einen Arzt, die in ein ernstes Gespräch vertieft waren. Er wandte sich wieder Pinchman zu. «Ich hoffe, ich strenge Sie nicht zu sehr an, Sir.»

«O nein, keineswegs. Bleiben Sie, solange Sie wollen. Wenn erst mal durchsickert, wer ich wirklich bin, werden mich ohnehin nicht mehr viele Leute besuchen», sagte Pinchman bedrückt.

«Es hat bestimmt niemand was dagegen, daß Sie Jake Laredo sind», lächelte Stryker. «Laut Kate wird es allmählich respektabel, Western und Kriminalromane zu schreiben.»

«Das meine ich nicht. Ich meine, daß ich mich für meinen Bruder ausgegeben habe. Ich habe keine akademische Ausbildung. Dan wird mich...»

«Dan ist schon eine ganze Weile über diese Täuschung im Bilde», sagte Stryker dem alten Mann. «Er hat mir gesagt, er hätte Ihren Bruder als Wissenschaftler sehr geschätzt, aber als Lehrer hätte er zu wünschen übriggelassen. Sie hingegen sind nach seiner Ansicht der geborene Lehrer, und Lehren, meint er, sei die Hauptaufgabe einer Universität.»

«Weiß er es von Aiken?»

«Nein.» Stryker kehrte zu seinem Posten ans Fenster zurück. Die Schwester und der Arzt hatten ihre Arbeit aufgegeben und waren nun eng umschlungen. Er betrachtete sie gedankenversunken und sagte: «Stark und Ihr Bruder haben als Studenten zusammen Handball gespielt. Edward hatte ein Muttermal am Arm – Sie nicht. Den Rest hat er sich zusammengereimt – er war während des Krieges beim Nachrichtendienst. Er wußte eine ganze Menge über die Leute, die er anstellte, wesentlich mehr als Adamson. Der Unterschied zwischen ihnen bestand darin, daß Stark sein Wissen zum Guten nutzte, um Menschen aufzubauen, statt sie zu zerstören. Er half ihnen, ihre Schwächen zu überwinden, indem er ihnen Vertrauen schenkte und ihnen Mut machte, aber er ist auch Risiken eingegangen – enorme Risiken. Das ist ihm wohl inzwischen klargeworden.»

«Sie meinen Richard?» Pinchmans Stimme klang traurig. Er konnte noch immer nicht glauben, daß Wayland, der stets die Freundlichkeit in Person gewesen war, tatsächlich versucht haben sollte, ihn umzubringen. Er wollte es gerade sagen, als er merkte, daß Stryker nicht nur zum Fenster hinaussah, sondern voller Konzentration hinausstarrte. «Was gibt's denn?» fragte der alte Mann und beugte sich ein wenig aus dem Bett, um es zu sehen.

Auf der gegenüberliegenden Seite des Hofes fiel das Licht eines hellerleuchteten Fensters in die dunklen Schatten des Schneegestöbers. Dahinter erkannte man zwei Menschen in intimer Umarmung. Er war ein wenig überrascht, denn eine Neigung zum Voyeurismus hatte er bei Stryker nicht vermutet, aber Strykers rasche Kehrtwendung verwirrte ihn.

«Sie haben gesagt, Sie hätten einen Erpresserbrief bekommen?»

«Ja. Montag früh. Er lag in meinem Fach.»

«Und was stand drin?»

«Der Absender behauptete, ich hätte Aiken ermordet – was nicht stimmt – und...»

«Was stand genau drin?»

Pinchman dachte nach. «Ich habe gesehen, was Sie...»

«Schon gut», stieß Stryker erfreut aus, warf einen raschen Blick zum Fenster und gestikulierte. «Anfangs habe ich gedacht, Wayland hätte sich das einfallen lassen, damit Sie niemandem sagen, was Sie gesehen oder gehört haben. Aber jetzt... Sehen Sie?» – «Was?»

«Die beiden da drüben. Vom Hof aus könnte man sie nicht sehen. Von der Halle unten auch nicht. Aber von hier sehen wir sie so deutlich, als stünden sie auf einer Bühne. Was liegt genau gegenüber von Adamsons Fenster im vierten Stock von Grantham Hall?»

Pinchman starrte ihn an. «Der vierte Stock der Bibliothek.»

«Richtig. Und wenn jemand einen Erpresserbrief schreibt, kann er auch zwei schreiben», sagte Stryker auf dem Weg zur Tür. «Vielleicht waren Sie nicht der einzige, den am Montagmorgen eine kurze Nachricht erwartet hat.»

Stryker benutzte das Telefon der Anmeldung.

«Es kann einen Augenzeugen geben», sagte er zu Tos, als er den Hörer auflegte. «Nach Angaben der Schließgesellschaft heißt er Sam Klusky, ist aufmerksam, aber nicht sehr intelligent und meistens schon vor dem Zahltag pleite. Los – ich habe seine Adresse.»

«Ich dachte, du wartest darauf, daß der Mörder einen Besuch bei Stark abstattet», warf Toscarelli ein.

«Das kann McGee übernehmen. Komm schon!»

«Lieutenant Stryker?» Die Schwester von der Anmeldung hielt ihm den Hörer hin. «Wieder für Sie. Das Telefon ist eigentlich nicht...»

Stryker ging hinüber und griff danach. «Danke.» Es war Neilson. «Haben Sie sie gefragt? Hat sie gesagt, was...»

«Ich hatte keine Gelegenheit. Als ich kam, war sie weg.»

Stryker hatte das Gefühl, als schnürte etwas seinen Hals zusammen. «Weg?» brachte er mit Mühe hervor.

«Ja. Anscheinend hat sie wieder einen Anruf von Wayland bekommen. Sie ist unmittelbar danach gegangen.»

29

Kate kümmerte sich nicht um das Parkverbot. Zu dieser Zeit und bei diesem Wetter waren sicher keine Politessen unterwegs, und sie würde den Teufel tun, in diesem Schnee auch nur einen Schritt weiter zu laufen als nötig. Außerdem würde es nicht lange dauern.

Sie war in der Erwartung aufgewacht, Stryker ausgestreckt auf dem Wohnzimmerteppich zu finden, doch als sie auf Zehenspitzen hineinging, war er spurlos verschwunden. Nichts deutete darauf hin, daß er dagewesen war.

Sie hatte sich Frühstück gemacht und die Unwetterwarnung im Radio gehört. Um die Mittagszeit war die Lage klar: Wenn der Blizzard schlimmer wurde, würden sie selbst in der Stadt einige Zeit völlig abgeschnitten sein. Aber wenn sie sich beeilte, konnte sie noch zur Universität fahren, holen, was sie haben wollte, einiges an Lebensmitteln besorgen und rechtzeitig wieder zurück sein. Sie brauchte eine Weile zum Anziehen. Als sie auf halber Treppe war, hörte sie das Telefon. Zum Glück hatte sie es noch rechtzeitig geschafft.

Sie zwängte sich aus dem Wagen, wandte das Gesicht von dem stechenden Schnee ab und ging leicht taumelnd über den Bürgersteig zur Tür von Grantham Hall. Ohne das Heulen des Windes wirkten die leeren Korridore still und ein wenig gespenstisch. Sie war allein zwischen den menschenleeren Vorlesungsräumen und den Reihen eng aneinanderstehender Schließfächer. Hinter ihr pfiff plötzlich der Wind durch einen Spalt in der Tür, und Kate fuhr zusammen. «Komm, geh weiter – stell dich nicht so an», sagte sie laut zu sich. «Es ist noch taghell.»

Als der Fahrstuhl brummend hinauffuhr – er hatte schon gleich nach dem Einbau wie ein knurriger alter Mann geklungen –, lehnte sie sich an die Wand. Wo mochte Richard bei diesem Unwetter stecken? In einer mollig warmen Bar? Hoffentlich.

Als sie ausstieg, trat sie in eine merkwürdig geräuschlose und abgeschiedene Welt. Die Fenster der Halle waren mit Schnee verhangen, der am unteren Ende jeder Scheibe in mehreren Lagen übereinander lag. Nachfolgende Schichten waren an der warmen Scheibe geschmolzen, so daß es aussah, als seien Samtgardinen von unten nach oben an den Scheiben befestigt.

Durch das glitzernde Netz des Schneetreibens konnte sie den dunklen Umriß der Bibliothek sehen, die geschlossen war. Die Schneegardine sperrte sie ein und den Wind aus. Sie empfand so etwas wie Klaustrophobie und fühlte sich einsam. Vielleicht war das Ganze doch keine gute Idee gewesen.

Während sie noch beim Fahrstuhl zögerte, hörte sie ein leises Geräusch, als glitte ein Stapel Papier über den Boden. Dann folgte ein Rascheln wie von Rattenfüßen. Sie trat einen Schritt zurück, stieß mit dem Absatz ihres Stiefels an den Abfalleimer aus Aluminium und warf ihn beinahe um.

Das Rascheln verstummte sofort. Kate stand da und lauschte auf jemanden, der auf sie lauschte. Etwas Kaltes stieg in ihr auf, griff verstohlen nach den Armen, den Beinen und der Wirbelsäule. Sie ging noch einen Schritt zurück auf den Fahrstuhl zu, dann einen weiteren. Ihre Beine waren plötzlich steif und widerspenstig. Sie drückte auf den Knopf, die Tür ging auf. Gelobt sei die Tür!

Sie ging hinein und drückte auf den Knopf «Abwärts», drückte verzweifelt auf sämtliche Knöpfe, wollte erzwingen, daß die Tür zuging. Aber es dauerte so lange, so schrecklich lange.

Und dann kam jemand.

Die Tür geriet in Bewegung, ganz bedächtig wie ein Gichtkranker, und schloß sich. Als die Schritte näher kamen, war nur noch ein Spalt offen. Sie hörte, daß außen auf den Knopf gedrückt wurde, immer und immer wieder. Sie drückte von innen, immer und immer wieder. Durch die widersprüchlichen

Anweisungen verwirrt, zögerte die Tür, schloß sich und begann, wieder aufzugehen. Kate starrte auf den langsam größer werdenden Spalt.

Oh, diese hinterhältige Tür!

Toscarelli legte das Handmikrofon auf und stützte sich gerade rechtzeitig am Armaturenbrett ab, um einem weiteren knochenbrecherischen Aufprall vorzubeugen. «Himmel!» schrie er, «wenn du unbedingt ein Hindernisrennen veranstalten mußt, laß mich lieber fahren. Ich suche mir wenigstens billige Ziele aus.»

«Der Kantstein ist billig.» Stryker beschleunigte langsam, aber beharrlich, ging in die nächste Kurve und stieß fast mit einem Bus zusammen, der wie die Queen Elizabeth auf sie zuglitt, weil seine Reifen nicht faßten. Die Scheibenwischer ächzten unter jeder neuen Ladung Schnee, schoben jede Lage auf die bereits vorhandene eisige Masse und preßten sie immer fester zusammen. Die Reichweite wurde ständig geringer, der Moment, in dem sie klare Sicht verschafften, immer kürzer. Stryker rutschte die Brille auf die Nasenspitze. Er beugte sich voller Konzentration vor und umklammerte das Lenkrad mit beiden Händen.

«Hast du gehört, was Neilson gesagt hat?»

«Hab ich.»

«Meinst du, es hat was zu bedeuten?»

«Weiß nicht. Hoffentlich nicht.» Er fluchte in sich hinein, geriet von neuem ins Rutschen und streifte die Stoßstange eines entgegenkommenden Wagens. Beide Fahrer fuchtelten mit den Armen, fuhren aber weiter. Es war nicht die erste Beule, würde auch nicht die letzte sein, und der Verkehr war zu stark, um anzuhalten und sich gegenseitig zu beschimpfen. Tatsächlich fuhren die Wagen Stoßstange an Stoßstange und kamen immer langsamer voran.

«Wo zum Teufel wollen die denn alle hin?» knurrte Tos.

«Sie kommen zurück. Sieh dir mal die Lebensmitteltüten auf den Rücksitzen an», sagte Stryker. «So viele Wagen sind es gar nicht. Es liegt daran, daß die verfluchte Straße in beiden Richtungen nur noch zweispurig ist.»

Das Sprechfunkgerät meldete sich wieder. Eine Stimme erzählte ihnen in lakonischem Ton, der Mann von der Schließgesellschaft sei nicht auffindbar, man habe es mehrfach versucht. Er habe zwar Dienst, ginge aber nicht ans Telefon.

«Vielleicht ist er auf dem Klo», sagte Tos, als er auflegte.

Strykers Hände faßten das Lenkrad noch fester. «Vielleicht.» Plötzlich kam der Verkehr völlig zum Erliegen. Sie waren zwischen einem Tankzug und einem Lieferwagen eingeklemmt. «O Gott, was nun?» schrie er und schlug auf das Lenkrad.

Kate stand in der Tür und starrte in das Büro. Chaos. Papier aus noch offenen Schubladen, Aktenordnern und zerrissenen Kladden glitt leicht im Luftzug, der durch das undichte Fenster hereinkam, über den Boden und bildete einen rutschigen Teppich auf den gebohnerten Fliesen.

Neben ihr schnalzte Arthur Fowler mit der Zunge. «Hat man je so ein Tohuwabohu gesehen? Ist denn nichts mehr heilig? Müssen wir diese ständigen Schikanen und die Zerstörungswut über uns ergehen lassen, bis das Seminar total kaputt ist? Kann die Polizei denn nichts tun? Tun die überhaupt was? Allmählich kommen mir Zweifel.»

«Die tun ihr Bestes», murmelte Kate. Sie ging durch den Raum, um das Schneegestöber vor dem Fenster zu betrachten. Sie drückte es ein wenig fester an, so daß der Zug nachließ. «Wann hast du das entdeckt?»

«Vor ein paar Minuten. Ich wollte mir Arbeit mitnehmen. Bei dem Wetter müssen wir vielleicht ein paar Tage dichtmachen, und einiges muß fertig sein, wenn Dan zurückkommt. Als ich aus dem Fahrstuhl kam, war mir, als liefe jemand durch den Korridor zur Feuerleiter, aber als ich um die Ecke bog, war niemand zu sehen. Dann merkte ich, daß die Tür offenstand, und entdeckte das...» Er sah ein wenig blaß aus und schluckte. «Zum Glück nur das. Großer Gott, ich hätte umgebracht werden können.»

Diese Erkenntnis kam ganz plötzlich, und er sah aus, als würde er jeden Moment in Ohnmacht fallen. Kate zog rasch den Schreibtischstuhl hervor. «Komm, setz dich lieber!» Fowler sank darauf. Auf seinem Gesicht glänzte kalter Angstschweiß. Er begann zu zittern. «Glaubst du, es war der ... Affenmörder?»

Kate starrte ihn an. «Wer?»

«Hast du keine Zeitungen gelesen? Die sind voll davon. Nichts Böses sagen, nichts Böses hören, nichts Böses sehen. Aikens Zunge, Dans Ohr ...»

Und um ein Haar meine Augen, dachte Kate. «Ach ja, Lieutenant Stryker hat es erwähnt. Das ist Janes Theorie, oder?»

«Ich weiß nicht», sagte er mürrisch. «Ist das Fenster richtig zu? Ich friere.» Er schlug die Arme um sich. «Wir sollten Lieutenant Stryker anrufen und ihm das erzählen.» Er deutete mit dem Kopf auf das Chaos.

Kate pflichtete ihm bei. Das Telefon stand an der Schreibtischkante. Während sie den Hörer abnahm, warf sie einen Blick aus dem Fenster. Auf der Mall stapfte eine ihr bekannte Gestalt durch den Schnee und kämpfte vornübergebeugt gegen den Wind an. Aber die Bibliothek war geschlossen, da konnte niemand hinein. Was hatte das zu bedeuten?

Dann sah sie eine weitere Gestalt, die sie ebenfalls kannte. Sie folgte der ersten, die inzwischen die Bibliothek erreicht hatte und an der Tür rüttelte.

Sie ging auf.

Und schloß sich.

Einen Augenblick später tat die zweite Gestalt das gleiche.

Zwei Menschen waren gerade in eine Bibliothek gegangen, die geschlossen war und eigentlich verschlossen sein sollte.

Sie nahm den Telefonapparat in die Hand und stellte ihn auf die andere Seite des Schreibtisches in Fowlers Nähe. «Ruf du ihn an!» Sie hatte die Nummer im Kopf und schrieb sie auf ein Stück Papier. «Ich habe gerade etwas sehr Merkwürdiges in der Bibliothek gesehen. Das solltest du ihm auch sagen. Tust du das?»

«Willst du mich hier allein lassen?» fragte Fowler ärgerlich.

«Ich komme gleich wieder. Ruf inzwischen Stryker an, dann geht alles klar.» Kate nickte ihm aufmunternd zu und ging.

Fowler lauschte den Schritten, die sich durch den Korridor entfernten, hörte, wie die Fahrstuhltür sich öffnete, wieder schloß und der Fahrstuhl sich mit jaulendem Geräusch widerwillig nach unten in Bewegung setzte.

«Nicht zu fassen», knurrte er aufgebracht. «Man könnte denken, ich wäre hier nichts weiter als ein kleiner Sekretär.»

Stryker schlug frustriert im Takt auf das Lenkrad. Der Schnee wirbelte um sie herum. Die einzige Bewegung des Wagens war ein leichtes Schaukeln im Wind. Der Verkehr hatte sich in den letzten sechs Minuten nicht vom Fleck gerührt. «Ich habe die Schnauze voll!» stieß er hervor, griff nach den Handschuhen auf der Ablage und begann, sie anzuziehen. «Ich habe die Schnauze voll. Du bleibst hier. Ruf jemand zu Hilfe und sieh zu, daß du so schnell wie möglich hier wegkommst. Es ist ja nicht mehr weit.» Er öffnete die Tür. Der Sturm stieß sie sofort wieder zu und schlug ihm fast den Fuß ab. Er stemmte mit aller Kraft sein Gewicht gegen die Tür, bekam sie auf und büßte beinahe eine Hand ein, weil der Wind sie beim Aussteigen von neuem zuschlug und einklemmte. Er gestikulierte in Toscarellis Richtung, der ihm durch die geschlossene Tür etwas zurief. Der Wind war so laut, daß Stryker kein Wort verstehen konnte, doch er glaubte zu wissen, worum es ging. Er sollte den Mantel zuknöpfen oder so etwas ähnliches. Der Schnee stach ihm ins Gesicht und legte sich auf seine Brillengläser. Er nahm die Brille ab, steckte sie in die Tasche und ging behutsam über die vereiste Fahrbahn Richtung Bordsteinkante, wobei er sich an einem stehenden Wagen festhielt, um zwischen ihm und dem nächsten hindurchzukommen und den Bürgersteig zu erreichen. Dann warf er einen Blick zurück und sah Toscarellis schemenhaften Umriß, der sich auf den Fahrersitz zwängte und zugleich in das Mikrofon sprach. Die Motoren der im Stau stehenden Wagen stießen Wolken von Abgasen aus, die bis zum Verdeck aufstiegen, wo der Wind sie packte und auseinanderriß.

Er machte sich mit vorgebeugtem Kopf und halb ausgestreckten Händen, die ihn vor Hindernissen warnen sollten, auf den Weg. Der Schnee verklebte bereits seine Wimpern. Er wollte so bald wie möglich in eine Seitenstraße abbiegen. Wenn er quer durchging, kam er vielleicht schneller voran. Bis dahin taumelte er wie ein halbblinder Krebs und machte schmerzhaft Bekanntschaft mit sämtlichen Laternenpfählen und Telegrafenmasten, die es nur gab. Augen und Nase begannen zu schmerzen, und er fragte sich, wie das Wetter in Miami sein mochte. Auch in seiner Brust verstärkten sich die Schmerzen. Er versuchte schneller voranzukommen, verlor den Halt und glitt aus. Er wäre am liebsten gerannt, konnte aber nur rutschen. Er kam nicht schneller voran als der Wagen, als er sich noch bewegt hatte, und er hatte noch einen langen Weg vor sich.

Arthur Fowler telefonierte und schüttelte den Kopf. «Ich möchte nicht mit der Verkehrspolizei, sondern mit jemandem verbunden werden, der den Mordfall an der Universität bearbeitet. Sind die alle unterwegs?» Er lauschte der gereizten Stimme am anderen Ende der Leitung. «Mir ist durchaus bewußt, daß wir einen Schneesturm haben, junger Mann – daß alles lahmgelegt ist, wie Sie mir so anschaulich schildern, aber Schneestürme haben wir jedes Jahr. Das kann doch für Sie nicht völlig überraschend gekommen sein...»

Die Stimme unterbrach ihn von neuem. Fowler wurde rot. «Wenn Lieutenant Stryker nicht da ist, dann eben Sergeant Toscarennie, oder wie heißt er? – Toscarelli, danke. Auch nicht? Da waren noch zwei andere. Großer Gott, ist das bei Ihnen nicht schriftlich festgehalten? Aha, ich dachte... Ja, ich warte.» Er saß da, sah in das Schneegestöber hinaus, klopfte mit den Fingern und summte leise eine ungehaltene Melodie vor sich hin. «Ja, hallo? Neilson, ja. Und Pinsky. Stimmt. Gut. Einer von denen soll...» Er brach fassungslos ab. «Unterwegs und dienstfrei. Junger Mann, ist überhaupt jemand da?... Sie natürlich, ich weiß...» Eine weitere Unterbrechung. «Nein, ich will nichts hinterlassen. Es dauert bestimmt viel zu lange, bis Sie die nötigen Sachen zur Hand haben, um alles zu Papier zu bringen. Vielen Dank.»

Fowler knallte den Hörer auf und starrte ihn an. Jetzt mußte er den weiten Weg zum Sekretariat machen und Telefonbücher wälzen. Pinsky? Pinskie? Pinski? Penski?

Es war wirklich der Gipfel. Wäre er nur nicht hergekommen.

Stryker stand im Vorflur und drückte auf die Klingel mit dem Namen Klusky, hatte aber keinen Erfolg. Der Schnee, der an seinen Schuhen haftete, begann in Klumpen auf das abgetretene Linoleum zu fallen. Um seine Füße herum bildete sich eine Lache, in seinen Schuhen entstanden zwei weitere.

Die Innentür flog auf. Eine kleine, dicke Frau mit drei Strickjacken übereinander starrte zu ihm auf, die Lockenwickler in ihrem Haar standen förmlich vor Empörung zu Berge. «Wo brennt's denn? Ist nein für Sie keine Antwort? Diese ewige Bimmelei – erst das Telefon, jetzt die Klingel. Es ist durch die Decke zu hören – wie die Feuerwehr. Und mein Chester schläft. Klusky ist nicht zu Hause. Er ist vor einer Stunde weggegangen, weil der Schneesturm immer schlimmer wurde. Sonst würde er's nicht schaffen, hat er gesagt, und die zählen auf ihn. Haha! Kann ich mir vorstellen. Wer auf den zählt, muß Hände und Füße zu Hilfe nehmen. Hören Sie auf zu klingeln, sonst kommt mein Chester mit dem Feuerhaken und zieht Ihnen eins über, Freundchen.»

Die Tür knallte zu, und Stryker stand wieder allein in dem kleinen Vorflur. Ihm war zumute, als hätte ihn gerade ein heftiger Windstoß getroffen, und er hätte fast nach seinem Kopf gefaßt, um zu sehen, ob er noch da war.

Der Kopf war da. Klusky offenbar nicht.

Wieder in den Schnee, mein Freund. Und die Universität war noch mindestens fünfzehn Häuserblocks entfernt.

Edward Pinchman lag in die Kissen gestützt und versuchte, den Schmerz zu ignorieren. Daran war er gewöhnt, doch diesmal kam er aus einer anderen Richtung. Sein Kopf dröhnte, aber wegen einer solchen Bagatelle mochte er nicht nach der Schwester rufen. Es konnte jemand im Sterben liegen, ein Kind bekommen oder eine Blutung haben. Was war schon ein bißchen Kopfschmerz im Vergleich dazu?

Seit Stryker ihn von einer plötzlichen Erkenntnis beflügelt verlassen hatte, war er ganz allein gewesen. Selbst die junge Polizeibeamtin saß nicht mehr an seinem Bett.

Würde Dan wirklich über diese Täuschung hinwegsehen? Das konnte er sich kaum vorstellen, und Stryker hatte sich sehr mißverständlich ausgedrückt. Wenn es rauskam, mußte er natürlich seinen Hut nehmen, aber wenn Dan und die Polizei es für sich behielten... Er seufzte. Immer hing alles von anderen Leuten ab.

Wenn er sich richtig verhalten hätte, nachdem er Aiken geschlagen hatte, wenn er wenigstens seine Tür einen Spalt geöffnet hätte, als die andere Person auftauchte, wären der Überfall auf Dan, Jane und die liebe Kate vermieden worden. Der auf ihn auch. Er war ein Feigling gewesen, daran gab es nichts zu rütteln, ein absoluter, jämmerlicher Feigling, immer nur auf seinen Vorteil bedacht.

Er hatte sich nicht geändert. Er war nicht Edward, so sehr er sich auch all die Jahre bemüht hatte. Hätte er Stryker doch wenigstens einen kleinen Hinweis geben können... Aber nein, keine Spur. Nichts. Er wußte nicht, was er gerochen, gespürt, gehört hatte, erinnerte sich an nichts. Plötzlich richtete er sich in seinen Kissen auf und starrte in den leeren Raum.

«Großer Gott!» sagte er.

Pinsky öffnete die Tür von Grantham Hall, um die verschneite Gestalt einzulassen, die fast hereinstürzte, und führte sie zu einer Bank.

Eine dicke Schneeschicht bröckelte Stryker vom Gesicht und aus dem Haar. Sie klebte wie Gips zusammen und löste sich nur zögernd auf, ehe sie in Klumpen um seine tauben Füße fiel. Die Haut unter dem Schnee war weiß, die rotumränderten Augen tränten. Er stieß nacheinander mit beiden Absätzen an die Beine der Bank, um die Schneeklumpen von seinen Schuhen zu entfernen. «Was machen Sie denn hier?» stieß er schließlich in krächzendem Ton hervor. «Ist was passiert, während ich meine erste und letzte Vorstellung als Eskimo gegeben habe?»

«Na ja», sagte Pinsky. «So könnte man es nennen.»

«Und was?»

«Na ja, Fowler hat mich zu Hause angerufen, und da ich nicht so weit weg wohne wie die andern, bin ich per Ski hergekommen.»

«Was sind Sie?» Plötzlich bemerkte er Pinskys Pudelmütze.

«Mit Skiern hergekommen. Eine Art Querfeldein-Lauf. Ich habe eine gute Zeit gemacht, sie waren gerade frisch gewachst, und da oben ist ein höllisches Durcheinander.»

Ein frischer Windzug blies durch die Tür, als Tos hereinkam. An seinem schwarzen Mantel bildete der Schnee ein geschecktes Muster. Er nahm den Hut ab und schlug ihn gegen die Hüfte. Dann entdeckte er Stryker und Pinsky. «Ich hab Blaulicht und Sirene eingeschaltet und bin über den Bürgersteig gefahren, bis mir ein Briefkasten in die Quere kam. Es ist eben durchgegeben worden. Ist sie hier?»

«Ich will es ihm gerade verklickern», sagte Pinsky gelassen. «Da oben ist ein höllisches Durcheinander, und Mr. Fowler wird schon ganz unruhig. Er fürchtet, ihr ist etwas zugestoßen.»

«Wem? Was?»

«Weil sie reingegangen und nicht wieder rausgekommen ist», beendete Pinsky seine Erklärung.

«Wer?» wollte Stryker wissen und konnte sich nicht entscheiden, ob er tief Luft holen oder das bißchen, das er noch hatte, mit einem Schrei ausstoßen sollte.

Neilson kam herein und brachte noch mehr Schnee mit.

«Ist sie hier?» fragte er.

30

Der Wächter saß mit dem Gesicht zum Fenster.

Der Schnee, der hinter der Scheibe wirbelte, erinnerte an jene Glaskugeln, die Kinder immer und immer wieder kräftig schütteln, um die Flocken tanzen zu sehen.

Aber den Schnee sah er nicht.

Gelegentlich war der Blick über die Mall frei, und Grantham Hall tauchte kurz auf. Alles war dunkel. Hinter den Fenstern brannte kein Licht.

Aber Grantham Hall sah er nicht.

Das Licht draußen wurde schwächer und schwächer, noch schwächer, als das Schneegestöber sich verstärkte. Das Licht schimmerte mit perlenartigem Glanz auf seinem Gesicht. Auf seiner Nase. Auf seinem Mund.

Und auf den beiden blutigen Höhlen, in denen einst seine Augen gewesen waren.

31

Nach dem Heulen und Pfeifen des Windes draußen schienen die Dunkelheit und die Stille der Bibliothek vollkommen. Kate hatte auf der Mall gegen den Sturm ankämpfen müssen, stand nun keuchend in der Finsternis und versuchte, wieder zu sich zu kommen. Das Tropfen des schmelzenden Schnees, der um sie herum auf den Fußboden fiel, klang unnatürlich laut. Sie hörte ihre eigenen Atemzüge, das Rascheln ihrer Kleidung und den Wind, der hinter ihr an der Tür rüttelte. Ihr Gesicht fühlte sich von der eisigen Kälte ganz wund an. Nachdem sie aufgeregt und voller Sorge aus Grantham Hall gestürzt war, stand sie nun schwitzend und zittrig in ihrem dicken Mantel in der überheizten Bibliothek.

Ihre Augen stellten sich allmählich auf den schwachen Lichtschein ein, der durch die Tür und die hohen Oberlichter in den Wänden fiel. Hier am Eingang war alles in Ordnung. Was sie beunruhigte, war die undurchdringliche Dunkelheit, die weiter hinten herrschte.

Die Bibliothek war groß, vier Stockwerke voller Regale, über die ganze Breite des Gebäudes aneinandergereiht wie eine Armee in voller Formation, mit Weisheit bewaffnet.

Hier irgendwo waren sie – aber wo?

Und warum?

Sie zog den Mantel aus, weil er sie beengte. Die Heizung mußte das ganze Wochenende über in Betrieb gewesen sein. Der Bücher wegen, dachte sie. Und der Schnee isolierte das Gebäude ebenso wie Grantham Hall, so daß alles sehr leise war.

Sie hörte ein Lachen.

Ein plötzliches Lachen, weit weg und merkwürdig.

Und dann Stimmen.

Irgendwo oben, im nächsten oder übernächsten Stockwerk. Sie mußte die Treppe suchen, irgendwo in der Mitte. Sie war so oft hiergewesen, daß sie geschworen hätte, sich mit verbundenen Augen zurechtzufinden, doch kaum zehn Schritte nach Verlassen ihres halbdunklen Standortes am Eingang stieß sie so heftig an die erste Reihe von Regalen, daß sie eine Beule auf der Stirn bekam. Sie stützte sich an das kalte Metall eines Pfostens und legte die Finger an die gerippten Buchrücken neben sich. Das ist die Abteilung Medizin, dachte sie und versuchte, sich zu konzentrieren. Ich bin wahrscheinlich zwischen Apparat und Appendektomie. Weiter von Beule zu Blase. Irgendwo tropfte Wasser, eine Uhr weiter oben tickte automatisch und ließ die Minuten verstreichen.

Ein kleiner Eiszapfen löste sich aus ihrem Haar und glitt über ihren Nacken hinweg unter den Kragen. Sie schauderte und tastete sich am Regal entlang bis zu einer Lücke. Wenn sie die Hände ausstreckte, würde sie vielleicht nirgends anstoßen.

Fast im gleichen Moment stieß sie gegen etwas, das davonsprang. Sie fiel zwischen zwei Regalen nach vorn und landete auf allen vieren. Sie war über einen jener Tritte mit Rollen gestolpert, die Bibliothekare benutzen, um hohe Regale zu erreichen. Er hatte in der Dunkelheit etwas Lebendiges an sich, wie ein Tier in der Dunkelheit. Sie merkte, daß sie wieder keuchte;

ihr Herz machte mehr Lärm als der Wind draußen. Das Rauschen ihres Blutes und ihr Atem waren geradezu ohrenbetäubend. So laut, daß man glauben sollte, jemand müsse es hören. Sie preßte die Lippen zusammen, richtete sich auf und lehnte sich an ein Regal. Na schön, es war eine Schnapsidee gewesen, das gab sie zu. Sie hatte genau das getan, worüber sie sich in Filmen immer aufregte. Es war so dumm. Aber die Versuchung war zu groß gewesen.

Außerdem hatte Arthur bestimmt bei Stryker angerufen, also würde ihr nichts passieren. Sie wollte nur nahe genug herankommen, um zu hören, was sie sagten, und zu sehen, was sie taten.

Vielleicht auch, um Richard daran zu hindern, noch einen Mord zu begehen.

Die Sache hatte sich verselbständigt. Es war falsch gewesen, ihn zu schützen, seinetwegen zu lügen. Aber das eine konnte sie noch für ihn tun. Sie glaubte nicht, daß er in ihrer Gegenwart jemandem etwas antun würde. Und ihr schon gar nicht. Wenn es ihr gelänge, ihn in ein Gespräch zu verwickeln, würde Stryker rechtzeitig da sein und alles Weitere in die Hand nehmen. Sie mußte ganz vorsichtig sein. Die Dunkelheit hatte sie nervös gemacht. Weiter nichts. Sie kannte sich in dem Gebäude aus und hatte keinen Grund, sich zu fürchten.

Sie stand auf und machte sich vorsichtig auf den Weg zur Treppe. Kurz darauf stellte sie fest, daß sie mit geschlossenen Augen besser vorankam. Sie konnte sich leichter konzentrieren. Sie ging langsam von einem Pfosten zum anderen, spürte das Knirschen des Reinigungsmittels unter ihren Schuhen, roch die Bücher, den Leim, den metallisch-chemischen Geruch des Fotokopierers. Aha – sie war dicht vor dem Treppenschacht. Ja ... Durch den Zwischenraum, und ihre Hände lagen endlich auf den gestrichenen Steinen. Sie glitt daran entlang, das Gesicht zur Wand, bis sie eine Schwingtür erreichte.

Sobald sie eine aufgestoßen hatte, wurden die Stimmen lauter. Noch undeutlich, aber lauter. Eine leise und vernünftig, die andere laut und sich überschlagend. So ist es gut, dachte sie, sorge dafür, daß er redet. Ihre Füße fanden eine Stufe nach der anderen, während sie sich am hölzernen Geländer festhielt und zugleich haltsuchend an die Wand stützte. Jetzt war nicht der passende Moment zum Ausrutschen.

Sie stieß die Tür zum nächsten Stockwerk auf und wußte, daß ihre Vermutung stimmte. Hier waren sie – natürlich bei der englischen Literatur – hinter der Innentür im Leseraum. Dort waren die Regale höher und standen enger beieinander. Die Metallregale mit ihrer Bücherlast verzerrten die Stimmen. Kate tastete sich behutsam näher an die Stimmen heran und hatte den Eindruck, sie bewegten sich ebenfalls. Manchmal konnte sie fast ein Wort verstehen, gleich darauf klangen die Stimmen verschwommen, und im Rauschen des Windes, der um das Gebäude pfiff, waren nur Wortfetzen zu vernehmen.

Sie gelangte zur nächsten Tür, öffnete sie einen Spalt, hielt das Ohr daran und wäre fast zurückgesprungen, als plötzlich nur wenige Schritte entfernt eine Stimme sprach.

«*Zu* liebenswürdig. Ich konnte es nur zu gut zwischen den Zeilen lesen. Ich mache ihm keinen Vorwurf daraus. Er muß geschäftliche Interessen berücksichtigen. Einem kleinen Verlag wie diesem wird nicht alle Tage ein Buch wie das von Aiken angeboten. Verstehst du das nicht? Er hat es nicht gesagt – er hätte es nie gesagt –, aber gefragt hat er sich schon... Gefragt, ob ich versuche, mich in Aikens Gebiet reinzudrängen... Ob ich Aiken Konkurrenz machen und absahnen wollte.»

«Das hättest du leicht widerlegen können...»

«Aber ich wäre in der Defensive gewesen, weil ich nicht beweisen konnte, daß ich soviel Zeit in die Sache investiert hatte. Das konnte Aiken ebensowenig. Was zählte, war nur die Arbeit selbst, jede Seite abgezeichnet und mit Kommentaren versehen.»

«Du hättest klagen können...»

Ein unartikulierter Schrei, als habe jemand auf ein Tier getreten und ihm eine unsichtbare, aber schwere Verletzung zugefügt. «Du kapierst das anscheinend noch immer nicht. George hat es nicht so ausgedrückt, aber ich habe es zwischen den Zeilen gelesen. Mein Buch war einfallslos – genau wie ich, so sehr ich auch versucht habe, mich zu ändern. Mein ganzes Leben wurde ich für tüchtig gehalten. Solide und anständig, wie irgendein häßlicher großer Tisch. Aikens Buch war kontrovers und clever, es sprühte und funkelte in seiner gemeinen, verschlagenen Art. Jeder, der es las, würde es zum Thema für Talk-Shows machen, er würde der Liebling der Medien werden.»

«Das ist nur der übliche Schwachsinn. Es hat doch nichts damit zu tun, angesehen zu sein.»

«Angesehen?» Es klang wie ein Schluchzen. «Das brauchte er nicht. Darauf war er nicht scharf. Es war ihm völlig gleichgültig, ob vierzehn verkalkte Professoren verschiedener Universitäten mit den Köpfen nickten und das Werk hervorragend fanden; es war ihm völlig gleichgültig, ob in der einen oder anderen kleinen Zeitschrift mit einer Miniauflage trockene Abhandlungen darüber erschienen. Und mir wäre es an seiner Stelle auch gleichgültig gewesen. Aber als ich sein Buch sah, wurde mir klar, wie man es hätte machen können. Besser gesagt, wie man es hätte machen sollen, um möglichst viele Menschen anzusprechen und sie zu ändern. Plötzlich war es mir sehr wichtig, einmal – nur einmal! – zu hören, daß jemand zu mir sagte: ‹Du bist clever!› Nicht immer nur tüchtig, aber einfallslos.»

«Aber du hättest es doch veröffentlichen können.»

«Nein, das hat Aiken mir vermasselt. Ich war ein Idiot, habe alles für mich behalten, keiner Menschenseele erzählt, woran ich arbeite. Nur dir. Ich habe Jahre gebraucht, um zu recherchieren, meine Unterlagen und Fakten zu sortieren. Es hat Aiken wohl nur eine Stunde gekostet, eines Abends durch den Korridor zu gehen, meine Ordner und Notizen durchzusehen, und vielleicht eine weitere, um alles zu fotokopieren. Das war schon schlimm genug, aber was er daraus gemacht hat, war noch viel schlimmer. Sogar für ihn selbst.»

Kate wurde plötzlich kalt und übel. Die Stimme steigerte sich gewaltig. Es war nicht mehr die Stimme, die sie gekannt und geliebt hatte. Sie war so schrill wie der Wind, ebenso unkontrolliert und völlig unberechenbar. Sie mußte der Sache ein Ende machen. Zu zweit würden sie es schaffen. Sie stieß die Tür auf. Die Stimme wurde klarer, der Ton eher noch abschreckender.

«Ich verstehe nicht, was...»

«Nach dem, was er am Nachmittag im Wagen gesagt hat, habe ich gesucht und den ersten Entwurf in seinen Ordnern gefunden. Die Zimmerschlüssel passen praktisch zu allen Türen, und was er konnte, konnte ich schon lange. Es war mein Werk, basierte auf meinen Recherchen, aber es war völlig anders geschrieben. Auf Aikens Art: seicht, obszön und grausam, dabei durchaus amüsant. Ich wußte, was George meinte. Es würde ein Bestseller werden.»

«George?»

«Mein Verleger. Vor drei Wochen habe ich ihm das Manuskript geschickt und einen Brief von ihm bekommen. Er war erstaunt und entsetzt. Wenn er doch nur gewußt hätte, daß ich mich damit beschäftige – er hätte gerade mit einem meiner Kollegen einen Vertrag über das gleiche Thema abgeschlossen und rechnete damit, das komplette Manuskript in etwa einer Woche zu bekommen. Beide zu veröffentlichen, würde sich kaum rentieren. Er hat sehr nett geschrieben.»

Es entstand eine Pause, dann fuhr die Stimme fort: «Weißt du, ich war ein häßliches Kind, und bei uns zu Hause gab's nicht viel zu lachen. Bescheidenheit wurde großgeschrieben. Man gab nicht an, man prahlte nicht. Harte Arbeit und...» Die Stimme schnarrte höhnisch. «Und kein Lob.»

Kate spürte, wie sich ihr Herz zusammenzog. Sie verstand es, und mit dem Verstehen kam ein törichtes, gefährliches Mitleid. Sie sprach mit heller Stimme durch die halboffene Tür in die Dunkelheit. «Richard?»

Plötzlich völlige Stille, dann plötzlich raschelnde Bewegung. Füße glitten über den Fußboden, ein dumpfer Schlag, wieder Stille.

Kate sprach sanft, aber bestimmt. «Es hat keinen Sinn. Die Polizei wird jeden Moment hier sein. Du weißt es, Richard. Es hilft dir nicht, weiter darüber zu reden.»

Sie stand im Dunkeln, wartete auf eine Antwort.

«Richard?»

Sie hörte jetzt ein schweres, keuchendes Atmen irgendwo im Gewirr von Regalen. Wieder Schritte, die über den Fußboden glitten. «Wer ist da?» fragte eine Stimme.

«Ich bin's, Kate. Hör zu, du kannst nicht länger Menschen umbringen und dich verstecken.»

«O doch, ich kann», sagte die Stimme fast fröhlich. «Ich bin jedesmal ganz raffiniert vorgegangen. Jedesmal, wenn ohne meine Schuld etwas schiefgegangen ist, habe ich es auf meine Weise geregelt. Als ich Montag früh sah, daß Edward auch so einen Brief bekommen hat wie ich, wurde mir klar, daß er ihn bewußtlos geschlagen hat. Er mußte erledigt werden und wurde erledigt...»

«Edward lebt und ist bei Bewußtsein. Er wird aussagen, daß du nach Richard bei ihm gewesen bist.»

«Das weiß er nicht.» Wieder ein Lachen, ein leises Glucksen. «Er hat geschlafen, als ich reinkam. Ich brauchte nur dafür zu sorgen, daß er noch ein bißchen fester schlief, und ihn zum Herd zu transportieren. Er ist nicht schwer – ist ja eigentlich nur ein halber Mann.»

«Aber ich weiß es», sagte Kate. «Ich weiß, wie du es gemacht hast.»

«Schlaues kleines Luder», sagte die Stimme unmittelbar neben Kate. Eine Hand fiel auf ihre Schulter und packte zu, daß es schmerzte.

Kate schrie, riß sich los, stieß an ein Regal, drückte sich daran entlang bis zu einer Lücke, schlängelte sich hindurch und rannte, um den Abstand zwischen sich und der Hand, dem Krächzen der irren Stimme, dem Geruch nach feuchtem Pelz, kaltem Rauch, frischem Blut und Flieder zu entrinnen.

Wo blieb Stryker? Warum kam er nicht?

Sie zwängte sich durch einen weiteren Zwischenraum und lief direkt in Richards Arme. Er umschlang sie, drückte ihr die Arme an die Seiten, legte sein Gesicht so dicht an das ihre, daß seine Lippen ihr Ohr berührten. «Woher wußtest du, daß wir hier sind?» Sie wollte antworten, doch er legte ihr die Hand auf den Mund. «Wir müssen in Bewegung bleiben... Stimmt es, daß die Polizei kommt?»

Sie nickte an seiner Brust.

«Gut...» Er begann rückwärts zu gehen, ohne sie loszulassen. Auf der anderen Seite des Regals war ein Schritt zu hören.

Er zog sie zu Boden. Abgesehen von dem Heulen des Windes und ihren Atemzügen herrschte völlige Stille. Langsam, ganz langsam standen sie auf, setzten sich wieder in Bewegung... Richtung Tür.

Plötzlich eine Bewegung aus der anderen Richtung. Ein schnelles Trippeln. Richard knurrte, machte den Rücken steif und atmete zwischen zusammengebissenen Zähnen aus. Der dunkle Schatten hinter ihm sprang zurück. Richard Wayland wandte sich langsam nach ihm um, und Kate sah, daß er etwas in der Hand hielt.

Eine Schußwaffe.

Als sein Finger sich um den Abzug krümmte, griff seine andere Hand kraftlos nach dem Gegenstand, der zwischen seinen Rippen steckte. Ehe er abdrücken konnte, umfing ihn Dunkelheit, und er sackte zu Boden. Der Schatten sprang auf ihn zu und hob die Waffe auf. Selbst in der Dunkelheit konnte Kate den matten Schimmer der Mündung sehen.

«Jetzt bist du an der Reihe, meine Liebe. Du komplizierst die Sache, aber ich bin sicher, daß mir etwas einfällt. Es sollte so aussehen, als hätte Richard nach dem Mord an dem Wächter Selbstmord begangen, aber ich nehme an...»

«Nein», sagte Kate. «Bitte... Hör auf, ehe...»

«Mir wird schon was einfallen, hab ich gesagt. Mir ist immer was eingefallen. Ihr habt mich alle unterschätzt. O ja, das habt ihr.»

Plötzlich kreischte die Stimme. Richard, der auf dem Fußboden lag, hatte ein dünnes Fußgelenk gepackt und zog daran.

«Kate! Die Pistole! Gib mir die Pistole!» Seine Stimme war schwach, aber gebieterisch, und Kate versuchte, zu gehorchen. Sie sprang über Richard hinweg, warf sich auf die taumelnde Gestalt und bemühte sich, die Waffe zu erreichen, während die Arme wild um sich schlugen.

Die Gestalt kreischte, sie kreischte, der Wind kreischte.

Es war, als kämpfte sie mit einem Tier, einem wütenden, voller Blut klebenden Pelztier. Richards Blut? Das des Wächters? Ihr eigenes? Kate wußte es nicht.

Ein Schuß löste sich. Sie spürte, wie die Hitze ihr Bein versengte, während sie auf den Menschen einschlug und loshämmerte, der sie einst Freundin genannt hatte und jetzt versuchte, sie umzubringen. Sie stießen gegen die Stahlregale, Bücher stürzten auf sie herab. Sie wurden zu Boden geworfen. Kate spürte, daß ihre Finger sich um die Waffe schlossen, die noch von einer knochigen Hand umklammert wurde. Sie war heiß, Kate verbrannte sich an der Mündung, aber sie mußte sie drehen, ehe ein weiterer Schuß losging. Sie hörte einen Schmerzensschrei an ihrem Ohr. Sie schlug blindlings mit der freien Hand zu, wollte um Richards willen Schmerz bereiten, um Edwards willen töten, um ihrer selbst willen vernichten, schließlich nur noch überleben und leben. An etwas anderes dachte sie nicht mehr. Sie wälzten sich, kämpften in der Dunkelheit, während draußen der Wind heulte, bis Kate den Eindruck bekam, daß keiner die Oberhand gewann und keiner verlor, daß sie nur noch stöhnten, keuchten – Willenskraft gegen Willenskraft, Körper gegen Körper in der warmen, kantigen Dunkelheit.

Plötzlich ging das Licht an. Sie kniffen geblendet die Augen zu.

Die schreckliche Last wurde von ihr gezogen, Kate kämpfte nicht länger allein. Strykers ungeduldiger Griff brachte sie benommen auf die Beine. Sie stand zwischen zwei Regalen, schnappte taumelnd nach Luft, hatte Blut an den Händen, im Gesicht und im Haar. Richard lag in einer Blutlache. Er lag ganz still.

Sie sah Stryker an. Die Wut in seinen Augen wich langsam einem Anflug von Erleichterung. Er klopfte sie ab wie einen Hund, suchte am ganzen Körper nach Wunden oder gebrochenen Knochen. Er dachte, es sei ihr Blut, und sagte immer und immer wieder: «Ist Ihnen wirklich nichts passiert? Ist Ihnen wirklich nichts passiert?»

Sie versuchte zu sprechen, ihm zu sagen, daß alles in Ordnung sei, brachte aber nur eine Art Krächzen über die Lippen. Er stand da mit offener Jacke und zerrissenem Pullover, das Haar zerzaust und naß vom Schnee, roten Augen und Ohren und bleichem Gesicht.

Er sah hinreißend aus.

Er hielt sie fest, weil sie fast zusammengesackt wäre, und erzählte ihr ständig, nun sei alles gut, die Sache sei erledigt, und sie sei in Sicherheit. Doch seine Stimme vermochte nicht Jane Coulters schreckliche, zermürbende, endlose Schreie zu verdrängen, als sie sich krümmend und windend gegen Toscarelli und Neilson zur Wehr setzte.

Sie schrie und schrie ohne Ende.

32

Kate sah sich verwirrt in dem kleinen, mit schimmernden antiken Möbeln ausgestatteten Zimmer um. «Wo sind wir?»

«In meiner Wohnung», sagte Stryker schroff, nahm ihr den Mantel ab, warf ihn über einen Stuhl und wandte sich von ihrem bestürzten Gesicht ab. «Ich mache uns einen Kaffee. Sie sollten etwas essen. Wenn Sie sich etwas ausgeruht haben, wird Ihnen besser zumute sein. Außerdem hat der Schneesturm noch nicht aufgehört.»

«Ach ja, der Schneesturm.» Sie nickte vage, als ließe sich damit alles erklären.

Als er aus der Küche kam, saß sie am Ende der Chaiselongue und starrte ins Leere. Sie sah ihn an, während er klirrend die Becher auf den Kaffeetisch stellte. «Richard kommt durch», versicherte sie ihm, als mache er sich Sorgen deswegen.

«Ich weiß.» Er reichte ihr einen dampfenden Becher und ging mit seinem Kaffeebecher zu einem Bild, um es geradezurücken. Zum Stillsitzen fehlte ihm die Ruhe.

«Was passiert mit Jane?»

«Das, was normalerweise mit Verrückten passiert. Das ist nicht mein Problem. Ich nehme sie nur fest, damit sie von der Straße kommen.»

«Oder aus ihrem Elfenbeinturm.»

«Was immer es sein mag.»

Kate trank einen Schluck Kaffee. «Ich wußte nicht, daß sie ein Buch über die Kreuzigung geschrieben hat.»

«Wayland wußte es. Er hat ihr ein bißchen geholfen. Irgendwann im vergangenen Jahr muß er es Adamson gegenüber erwähnt haben, vermutlich ganz beiläufig. Aber es hat genügt, um Adamsons Neugier zu wecken.»

«Wahrscheinlich ist es ihr klargeworden, als er sich neulich auf der Fahrt in die Stadt bei Richard dafür bedankt hat, daß er ihm zum Ruhm verhelfen würde», sagte Kate gedankenverloren. «Ich habe das nicht weiter registriert. Wenn Aiken solche Sprüche von sich gab, habe ich nie Notiz davon genommen.»

«Aber Dr. Coulter hat es registriert, und dann bekam sie am Freitag diesen Brief von ihrem Verleger. Sie muß innerlich gekocht haben, als das Taxi sie vom Hotel zum Parkplatz brachte. Vielleicht hat sie im Vorbeifahren Licht bei ihm gesehen. Dieses Licht war wie ein Leuchtfeuer, das alle Nachtfalter anzieht. An diesem Abend war reges Kommen und Gehen in Grantham Hall.»

«Und ich habe zu Hause gesessen und mit Liz Kekse gegessen», sagte Kate. «Haben Sie Kekse?»

«Ich sehe mal nach. Sie hat Richard weglaufen sehen. Anfangs war sie vermutlich der Meinung, er hätte Adamson niedergeschlagen. Als sie ihn – ihren Feind – am Boden liegen sah, ist die Sicherung bei ihr durchgebrannt. Überlegt hat sie erst danach. Sie hat alles, was wichtig für sie war, aus seinen Ordnern genommen und bei sich eingeheftet...»

«Wie Poes *Entwendeter Brief*...?»

«Genau. Ich glaube, sie hat dann erst beschlossen, zurückzugehen und ihm die Zunge abzuschneiden. Die Nerven dazu hatte sie. Wenn sie nicht zu sehr Dame wäre, hätte sie seinen Reißverschluß aufgezogen und das abgeschnitten, was sie eigentlich hätte abschneiden müssen, um uns zu überzeugen, daß dem Mord ein homosexuelles Motiv zugrunde lag. Eigentlich hätte mir schon gleich klarwerden müssen, daß eine Frau dahintersteckte.»

«Aber am nächsten Morgen war sie ganz auf der Höhe.»

«Am nächsten Morgen waren Sie alle ganz auf der Höhe. Sie haben mit Worten um sich geschmissen und sich wie Schauspieler aufgeführt, um die blöden Bullen zum Narren zu halten.» Er war froh, ein schwaches Lächeln über ihr Gesicht huschen zu sehen, und ging in die Küche. Er kam mit etwas Brot und Butter zurück. Kekse hatte er nicht. Wann hätte er auch zum Supermarkt gehen und einkaufen sollen? Er wartete, bis sie einen Happen aß, und setzte dann seine Wanderung durch das Zimmer fort.

«Sie können sich vorstellen, wie entgeistert Dr. Coulter und Pinchman waren, als sie Montag früh diese Briefe fanden. Er klappte zusammen, und Ihr guter Richard brachte ihn nach Hause. Aber inzwischen war Richard selbst in schlechter Verfassung. Er wußte, daß eine Sauftour fällig war. Er hatte schon am Freitag dagegen angekämpft, als er die Falle beseitigen wollte, die er Adamson gestellt hatte.»

«Welche Falle?»

Er erzählte ihr von dem Insulin. «Ich glaube, er wollte nur, daß es Adamson dreckig ging, aber als er ihn da liegen sah, dachte er vermutlich, Adamson hätte das vermeintliche Insulin gespritzt und läge im Koma. Er ergriff die Flucht. Und dann tauchte Ihre liebe Jane auf der Bildfläche auf.»

«Wir haben sie alle für eine wunderbare Frau gehalten.»

«Das war sie vielleicht mal – früher. Aber ihre Arbeit ist zur Manie geworden, und der Neid auf Adamson hat ihr den Rest gegeben. Bei jedem Rückschlag wurde es schlimmer. Der arme Wayland hatte keine Ahnung, daß er Pinchmans Schlüssel einer Mörderin aushändigte. Er wollte nur, daß sie hinging und nach dem Rechten sah.»

«Wenn wir uns nicht in die Wolle geraten wären, hätte er sie wahrscheinlich mir gegeben.»

«Möglich. Aber er hatte ja keinen Grund, Jane Coulter zu mißtrauen. Die beiden waren befreundet. Er ging auf seine Sauftour und dachte, er hätte alles bestens geregelt. Sie ging in Pinchmans Wohnung, um alles auf ihn abzuwälzen, indem sie einen Selbstmord vortäuschte.»

«Sie hat die Fleischspritze benutzt», sagte Kate.

«Ich weiß. Wir haben das Gummibällchen untersuchen lassen und Spuren von Kaffee und Barbituraten gefunden. Sie haben das schon vermutet, als Sie in der Wohnung waren, hab ich recht? Sie haben auf das Bällchen gedrückt und Kaffee gerochen. Aber Sie dachten, Wayland hätte es getan. Sie haben es überall angefaßt, damit außer Ihren keine weiteren Fingerabdrücke mehr darauf zu finden waren. Ihre waren ungefährlich – ich war ja dabei, als Sie die Spritze in der Hand hielten.»

Kate sah zu Boden. «Tut mir leid.»

«Wirklich?» Stryker ballte die Hände zu Fäusten. «Vielleicht hätte ich an Ihrer Stelle das gleiche getan. Sie brauchte nur eine starke Mischung aus Kaffee und Barbituraten zusammenzubrauen, das Röhrchen in Pinchmans Mund zu stecken und kräftig zu drücken. Er schlief. Selbst wenn er sich ein bißchen verschluckt hätte, wäre immer noch genug durch den Hals gelaufen.»

Kate seufzte. «Auf dem Ablaufbrett stand kein Bratentopf. Wozu braucht man eine Fleischspritze, wenn man kein Fleisch brät?»

«Ooooh!» Er sah sie scharf an. «Er schlief, aber vielleicht hat er den Fliedergeruch bemerkt – wie schon am Freitag abend. Er hat ihn nicht mit Bewußtsein wahrgenommen, aber soviel ich weiß, hat er heute im Polizeihaus angerufen und versucht, es mir zu sagen. Möglicherweise hätte ich dann geschaltet, aber ich war hinter dem Wächter her. Allerdings zu spät. Sie hat ihn erwischt.»

«Der arme Kerl!»

«Blöder Kerl!» sagte Stryker barsch. «Adamson war Erpresser auf eine Art – er auf eine andere. Sie hat beiden das Handwerk gelegt.»

«Ja, aber...»

«Und sie hat versucht, Ihren geliebten Richard reinzulegen. Als die Frau mit dem Manuskript auftauchte, war ihr klar, daß sie nicht wieder zuschlagen konnte, ehe sie einen anderen Sündenbock gefunden hatte. Sie mußte es an sich bringen, bevor es jemand las. Da sie weder Ihnen noch Dan wirklich etwas antun wollte, verfiel sie auf diese abartige ‹Drei-Affen›-Theorie. Vielleicht haben die drei Affen auf Ihrem Schreibtisch sie auf die Idee gebracht – ich weiß es nicht. Jedenfalls tat sie, was sie tun mußte, dann schlug sie sich selbst und schrie um Hilfe. Sie wußte verdammt gut, daß ich ihre Beschreibung des angeblichen Täters nicht schlucken würde. Sie rechnete damit, daß ich es ihr nicht glaubte und zu der Überzeugung kommen würde, sie wollte Wayland schützen. Das haben Sie auch gedacht.»

Kate nickte kläglich.

«Dann lief Wayland ihr in die Falle. Nachdem Sie ihm von dem Manuskript erzählt hatten, hat er sie angerufen. Ich weiß nicht, wie sie ihn dazu gebracht hat, mit ihm in die Bibliothek zu gehen...»

«Sie ist zuerst reingegangen», sagte Kate. «Ich habe sie gesehen. Richard kam ein paar Minuten später. Er muß in der Uni in ihrem Zimmer gewesen sein und in ihren Ordnern die Sachen gefunden haben, die sie Adamson weggenommen hat. Da wußte er Bescheid. Er ist ihr gefolgt, um sie zur Rede zu stellen. Aber ich dachte, er wollte sie umbringen. Inzwischen hatten Sie mich davon überzeugt, daß Richard der Mörder war. Das hatten Sie wirklich.» Ihre Augen füllten sich mit Tränen, doch sie unterdrückte sie.

«Irgendwann hätte sie Richard erwischt», sagte Stryker. «Wenn nicht in der Bibliothek, dann eben später. Aber sie mußte den Wächter umbringen, und zwar auf eine Art und Weise, die zu den anderen beiden Attacken paßte. Sie versuchte ständig, die Dinge mit Gewalt in ein Schema zu pressen, das sie sich nach dem ersten Mord zurechtgelegt hatte. Aber es paßte alles nicht zusammen. Wenn es ein richtiges Schema gewesen wäre, hätte sie Stark und Sie umbringen müssen. Das hat sie nicht getan.»

«Sie mochte uns», sagte Kate. Sie ließ den Tränen freien Lauf. «Sie mochte uns. Und Richard auch.»

«Ja, aber in ihren Augen war er die Wurzel allen Übels. Wenn er Adamson nichts von ihrer Arbeit – ihrer geliebten Arbeit – erzählt hätte, wäre das alles nicht passiert. Das rechtfertigte die Exekution. In ihren Augen war alles, was sie tat, gerechtfertigt, weil es zum Schutz ihres Werkes geschah. Ich glaube beinahe, sie hat gedacht, wenn über alles Gras gewachsen war, könnte sie an ihrem Buch weiterarbeiten, ohne daß ihr jemand auf die Schliche käme. Das ist es, was mir bei euch so stinkt: Leuten wie euch bedeuten Worte mehr als die Realität. Ideen sind wichtiger als Menschen.» Er trat ans Fenster und sah in den Schnee hinaus. Der Wind hatte ein wenig nachgelassen, aber es schneite noch immer so stark, daß sein Wagen am Straßenrand nur als weißer Buckel zu erkennen war. Er konnte gerade noch die Spuren sehen, die ihre Schuhe auf dem Weg zum Haus hinterlassen hatten. Sie hatten stundenlang im Krankenhaus gewartet, um zu hören, ob Wayland durchkommen würde. Vermutlich, dachte er, sah sie in Richard nun den großen Helden – einen Mann, der es wert war, gerettet zu werden, während er selbst nur zu den Verfolgern ihres Herzensjungen gehörte. Der gemeine Bulle. Wie üblich. Er hätte sie nach Hause bringen können. Als er sie herbrachte, war er einer eigensüchtigen Regung gefolgt: er hatte sehen wollen, wie sie sich zwischen seinen Möbeln machte.

Kate ging zu ihm ans Fenster. «Wir scheinen von der Welt abgeschlossen zu sein.»

«Nein, es wird bald aufhören. Die Schneepflüge werden kommen. Dann kann ich Sie nach Hause bringen. Kein Problem.»

Sie trat zurück. «Kein Problem. Der Fall ist gelöst. Kein Problem.»

«So ist es.»

Sie sah ihn an. Er stand so starr am Fenster, die Schultern eingezogen. Er sah müde aus. Ihr Blick fiel auf die Lesebrille auf dem Tisch in der Nähe eines Sessels, den er offenbar benutzte, wenn er las. Daneben lag ein Band Gedichte. Das also war der große, miese, furchterregende Bulle, der sie in ihren Träumen verfolgt hatte. Rilke sollte einmal gesagt haben, vielleicht seien all unsere Drachen in Wirklichkeit Prinzen, die darauf warteten, geküßt zu werden. Dieser spezielle Drache war nicht geküßt worden, allenfalls von der Zeit. Er war auch kein Prinz. Nur ein Mann, der eine Aufgabe erfüllte, die erfüllt werden mußte. Sie hatte diese Aufgabe einmal gehaßt, aber jetzt sah sie alles in einem etwas anderen Licht. Die Aufgabe selbst gefiel ihr zwar noch immer nicht, doch er erfüllte sie, und erfüllte sie gut. Sie lag ihm am Herzen. Das war wichtig.

Und sie selbst? Wollte sie noch immer die Welt verbessern? Mit ihrem Doppelkinn und ein paar grauen Haaren und praktisch ohne Ideale, die sie nachts erwärmten? Welches Recht hatte sie, ihn einen Drachen zu nennen?

«Sie haben gesagt, diese Sache bildete einen Graben zwischen uns», sagte sie.

Er wandte sich um. «Diese Sache und alles andere, Kate. Zwischen uns wird immer ein Graben sein. Ich bin, was ich bin, und werde mich nie ändern.»

«Vielleicht sind Sie das, was Sie sind, weil Sie so sein sollen», sagte sie. «Ich weiß nicht einmal so recht, was ich bin.»

Er sah sie an und versuchte, seine Hemmungen mit einem Schulterzucken abzutun. Ihr Bemühen, Richard zu schützen, Richard selbst – immer gegenwärtig und nur zu gern bereit, sich an sie zu lehnen, wenn sie es zuließ –, ihre Elfenbeinturmwelt, selbst ihre Empfindsamkeit und ihre Unsicherheit... Es hielt ihn so vieles zurück, und er wollte ihr nicht weh tun. Nicht noch einmal. «Es ist sehr riskant, Kate.»

«Wegen des Grabens?»

«Wegen des Grabens.»

Sie holte tief Luft und maß mit den Augen die Entfernung zwischen ihnen. «Ich schätze ihn auf etwa zehn Schritt. Ich bin bereit, das Risiko einzugehen. Du auch?»

Sie trafen sich in der Mitte.

Ruth Rendell

Dämon hinter Spitzenstores
(2677)

Durch das Tor zum Himmlischen Frieden
(2684)

Der Pakt
(2709)

Flucht ist kein Entkommen
(2712)

Die Masken der Mütter
(2723)

Alles Liebe vom Tod
(2731)

Die Grausamkeit der Raben
(2741)

Der Tod fällt aus dem Rahmen
(2754)

Die Verblendeten
(2763)

Die neue Freundin
Kriminalstories (2778)

In blinder Panik
(2798)

Mord ist ein schweres Erbe
(2789)

Das geheime Haus des Todes
(2814)

thriller rororo

C 2310/1